惊人一鸣

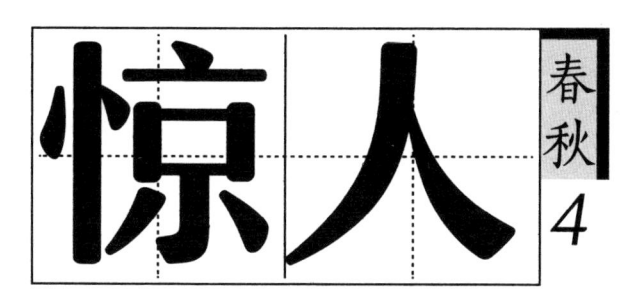

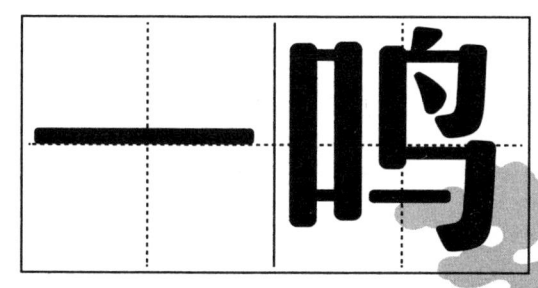

春秋 4

小马连环 /著

天地出版社 | TIANDI PRESS

图书在版编目（CIP）数据

惊人一鸣 / 小马连环著. —成都：天地出版社，2021.9
（春秋）
ISBN 978-7-5455-6399-3

Ⅰ.①惊… Ⅱ.①小… Ⅲ.①散文集－中国－当代 Ⅳ.①I267

中国版本图书馆CIP数据核字（2021）第097189号

JINGREN YIMING
惊人一鸣

出 品 人	杨　政
著　者	小马连环
责任编辑	杨　露
装帧设计	挺有文化
责任印制	王学锋

出版发行	天地出版社
	（成都市槐树街2号 邮政编码：610014）
	（北京市方庄芳群园3区3号 邮政编码：100078）
网　　址	http://www.tiandiph.com
电子邮箱	tianditg@163.com
经　　销	新华文轩出版传媒股份有限公司

印　　刷	北京文昌阁彩色印刷有限责任公司
版　　次	2021年9月第1版
印　　次	2021年9月第1次印刷
开　　本	710mm×1000mm 1/16
印　　张	20.5
字　　数	263千字
定　　价	49.80元
书　　号	ISBN 978-7-5455-6399-3

版权所有◆违者必究

咨询电话：(028) 87734639（总编室）
购书热线：(010) 67693207（营销中心）

如有印装错误，请与本社联系调换

自 序

春秋可以说是中华民族的青春期。春秋以前，夏商的尘太厚，黄土掩埋了我们的神态，再往上，我们更像神话里的人物。

当历史来到春秋，在无韵之离骚的《史记》中，在婉转高歌皆相宜的《诗经》里，在字字机锋的《春秋》里，在循循善诱的《论语》中，在四书五经、诸子百家中，从尧舜古老部落里走出来的我们，面目逐渐清晰。让人惊奇的是，无数的贤人如雨后春笋般冒将出来。执礼的孔子、无物的老子、逍遥的庄子、治国的管子、用兵的孙子……一定有我们未熟知的历史造就了这些贤人，而这些贤人的智慧重构我们，丰满我们。短短数百年间，东亚大陆，长江黄河流域，黄色的土壤养育的我们脱离蒙昧，告别神秘，成为最真实最本质的我们。

这对我们的民族来说，无疑是一次极其重要的淬火与锻打。正是这样充满火花与冰水的淬炼，充满力与血的锻造，将我们从一块生铁变成一块精钢，进而使我们的文明不为时间所腐，不为重压所折，成为世界上延续至今没有中断、泯灭的文明。

让我们翻动史册，做一次穿越两千多年的时光之旅，去寻找最初定型时的我们吧。

临淄，齐国都城，国相管仲徘徊街头，他喃喃自语："吃饱饭啊，不让人民吃饱饭，怎么要求他们懂礼仪？不让他们穿暖和，怎么好跟他们讲荣誉和耻辱？"

商丘，宋国国都，国君宋襄公将走完人生的最后一程，腿上的箭伤在发腐溃烂，半年前与楚国的泓水一战常常浮现在他眼前，几乎所有国人都在指责他没有抓住楚军半渡的大好时机，可他并不服气："君子不重伤，不擒二毛。寡人将以仁义行师，岂效此乘危扼险之举哉？"

柯邑，这里刚举行一场诸侯盟会，气氛不算融洽，鲁国大夫曹刿刚刚用刀子挟持了盟主齐桓公，在齐桓公答应归还侵地之后才肯放开。齐桓公大怒，而根据要盟可犯的惯例，被逼签下的协议也不必遵守，可国相管仲告诉他："守信吧，如果要取信诸侯，没有比守信更好的途径了。"

雍城，秦国的宫门外，楚国的使者申包胥已经哭了七天七夜，终于打动了秦国，为沦陷的祖国请来了复国的救兵。

彭衙，战鼓震天，晋国与狄国激战正酣，晋将狼瞫察觉到自己等到了那个时刻——一个证明自己的时刻。出征前，他被主帅先轸从车右的位置上撤了下来。朋友中，有的诘问他遭此大耻为何还不赴死？有的怂恿他刺杀先轸以正其名。狼瞫拒绝了，他在等待与敌交战的时机。狼瞫拔剑，冲向敌阵战死沙场。他选择用勇破敌军的方式证明自己。战场上的狼瞫，是愤怒的狼瞫。君子曰："小人怒，则祸国殃民；君子怒，则祸止乱息。"

翼城，晋国之都，刑狱官李离将自己捆住，到达宫殿后，李离恳请国君晋文公处死自己，因为他刚刚错判案件，误杀无辜。晋文公令人将他松绑，让他赶快离去。李离拔剑出鞘，伏剑而死。只因为他知道职责所在——法之精神。

礼之要义，仁之坚持，信之价值，忠之可贵，勇之所用，责之所重……春秋里充满着这样的故事。

这就是我们的春秋，这就是曾经的我们。

在走向创新的星辰大海时，我们也应该回望一下，我们最初的样子。

目 录

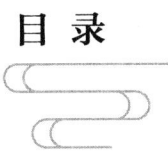

第一章
换帅风波／001

第二章
晋襄公的接班人／019

第三章
晋国权臣诞生记／037

第四章
楚旗复现／053

第五章
赵盾的短板／069

第六章
中原的剧变／087

第七章
悲催的鲁国／107

第八章
一鸣惊人／119

第九章
晋楚代理人之战／133

第十章
暴走的晋灵公／147

第十一章
九鼎的重量／163

第十二章
楚国内乱／175

第十三章
乱世妖姬／189

第十四章
邲地之战／203

第十五章
偏强的宋国／231

第十六章
晋国的复苏／253

第十七章
国际玩笑／263

第十八章
晋国的复霸／289

第十九章
赵氏孤儿／303

《第一章》

换帅风波

第一章

绪论

第一章　换帅风波

公元前621年，是鲁文公六年。以周平王东迁洛邑算起，春秋时代已经经历了五十年。人，五十而知天命，一个时代同样如此。自郑庄公小霸，齐桓公建霸，晋文公继霸后，春秋这个时代终于可以定性为霸主的时代。

大国争霸，小国图强，弱国求存，是这个时代最为鲜明的特色。而一旦霸主产生，中原就会形成一种类似于江湖堂会的政治秩序。

霸主如同武林盟主，通过召开武林大会，也就是诸侯大会的形式，宣示权威，推行霸政，如果有人不服，霸主就会召集天下豪杰，群起而攻之。

如果联盟内的小国受到他国的进攻，霸主就有义务充当裁判的角色，分辨是非、锄强扶弱，等等。

在霸主国的领导下，春秋虽然仍是战事不断，但上面有带头大哥坐馆，大家打得都比较克制，鲜有夺人土地、灭人国家的事情发生。这对一些弱国小国来说，自然也是一件好事。因此在享受霸主保护的同时，自然就有义务缴纳一些保护费。

一鸣惊人

在鲁文公六年的秋天，鲁国就派出了一个使者到晋国去访问。当然，访问是比较委婉的说法。那一年的中原，是晋国的中原。晋国自晋文公始霸晋襄公继霸之后，已经成为中原最顶尖的大国，霸主的位置也牢固无比。就连一向对霸主之位虎视眈眈的楚国近几年也几乎销声匿迹了。

名为大国、实为小国的鲁国，对晋国这个霸主国自然不敢怠慢。

事实上，鲁国在对晋外交工作上是有过血淋淋的教训的。当年晋襄公刚登上君位，鲁国国君鲁文公没有重视起来，竟然没有亲自去面见这位新上位的霸主。结果第二年晋国就进攻鲁国。鲁文公这才惊慌失措，连忙跑到晋国面见晋襄公。晋襄公还十分生气，故意不见他，只派国内的大夫与鲁文公见面。

过了一年，晋襄公想想这样对鲁文公有点过分了，第二年主动要求再重新结一次盟，这一次晋襄公终于出席，与鲁文公进行了友好会面。晋襄公请鲁文公吃饭，饭桌上大家还赋了诗，在诗里，鲁国正式表了态，认为自己就是受晋国罩着的小国。

至此，两国关系终于走上了正轨。

从那次起，鲁国就把鲁晋关系提到最高等级，甚至超过了鲁国原本最重视的鲁齐关系，隔三岔五就派使者去晋国访问，官方名称叫"聘问"，实质就是缴纳保护费。

这一年，鲁文公派出的使者叫季孙行父，姬姓，季氏，谥文，历史上多称呼他为"季文子"。

季孙行父出身于鲁国著名权贵集团"三桓"，其爷爷就是三桓源头之一的季友。季孙行父也是三桓掌控鲁政的标志性人物。当然，在这一年，季孙行父还很年轻，离他掌权还有二十年的时间。他眼下只是鲁国的重要

第一章 换帅风波

储备干部，去执行的自然就是到晋国交份子钱这个颇有锻炼意味的任务。

这个工作，不复杂，却很重要，而且季孙行父有个特点，凡事喜欢三思而后行，谨慎得连孔子都觉得过了。

出行前，季孙行父就多考虑了一下，他叫来随从，让随从去向国内的老大夫们打听一下，"我这次去晋国，如果碰到了丧事应该行什么样的礼数才合适？"

随从很奇怪，"问这个干什么？"

对于这个莫名其妙的考虑，季孙行父却理直气壮，"老一辈的人说过了，有备无患。我们多准备一点，总是没坏处的。不然，万一发生了，我们又没有这方面的准备，就难办了。"

在春秋的历史上，有两国的人说话是十分准的。一个是周国，另一个就是鲁国的，其基本特点是，好的不太灵，坏的经常灵。

本来是给晋国交保护费的，却连纸钱什么的都想着准备一沓。在鲁国乌鸦嘴的念叨下，晋国不死个人，那就要违反春秋鲁咒必应这一历史规律了。

季孙行父秋天的时候抵达晋国，八月十四的时候，晋国最重要的人去世了。

中招的是晋国国君晋襄公。

说实话，认为晋襄公是被季孙行父咒死的，有点牵强，而且也不科学。

准确地说，晋襄公是病死的。应该病得不轻，大概因为这个，季孙行父才在出使前就想着应该给晋襄公带点纸钱。至于什么病，不好推断，但据《史记》所说，晋襄公自从在崤山大败秦军后，个人生活就有些放纵，

惊人一鸣

大抵是把身子掏空了。

但季孙行父能把晋襄公的死预判得这么准确，实在有些惊人，因为就是当事人晋襄公，也没料到自己会薨得这么快。照这两年的记录来看，晋襄公明明是一副我真的好想再干五百年的劲头。

在这一年的春季，晋襄公雄心勃发，搞了他即位以来第一次的大阅兵。这种阅兵在古代称之为"蒐"，其重要性甚至不亚于祭祀这种高端活动。

跟阅兵类似，"蒐"有小蒐跟大蒐之分，小蒐就是农闲时候，组织军队去野外打个猎，检阅一下军队，训练一下队伍。大蒐则牵扯到任命将帅这样的重要事务。而且大蒐一般三年才举行一次。而晋国，举行大蒐的次数更少。上一次大蒐还是晋文公时期举行的。

这其中的原因，大概是晋国对"蒐"这种活动极为重视。当年晋文公回国，为了谋求霸业，把教化国民当作先行要务，而教化国民的重要手段之一就是"蒐"。举办"蒐礼"时，要把晋国国都的人召集起来，向他们展示相关礼仪。从这种意义上来说，不但是军事大会，还是国民大会。

顺便提一句，国民指的是晋国国都的居民，算是有留京指标的，在政治上军事上，有不少参与权。而国都之外的人，尤其是农民，史书多称他们为野人。其实这个野人不是指现在类似于神农架的野人，只是农村户口罢了。

晋襄公在这一年的春天，召集国民，举办"大蒐礼"这种重量级活动，怎么看也不像是马上就要撒手人寰的意思，事实上，这可以算是晋襄公登上国君宝座以来，最大的一次内政与军事改革。

晋襄公准备将晋国的五军缩编为三军。

第一章　换帅风波

做出这样大的变动的直接诱因是，在去年，晋国有四位重量级的人物去世了。

晋国四位大夫赵衰、栾枝、先且居、胥臣像是约好了去下面打麻将一样，先后挥挥衣袖西去了。

这四位大夫可谓是晋国的顶梁柱。晋襄公这些年，能够先败宿敌秦国，后服卫郑鲁齐等国，再震慑楚国，将晋文公的霸业发扬光大，都是靠着这一批老同志在发挥余热。他们在晋国的职务也十分重要，先且居是还乡团最有成就的先轸的儿子，本人是晋国的上卿，中军的主将。赵衰是中军副帅中军佐，栾枝是上军主将，胥臣是上军的上军佐。这四个人一去世，等于晋国的中军、上军群龙无首。

这样看来，晋襄公是做了一个很简单的数字运算，既然二军统帅都没有了，那就缩五军为三军就好了。

但事实上，但凡牵扯到政治这种东西，那就不是简单的加加减减的问题了。

首先，军队的首长没有了，完全可以从下面再提拔嘛，以晋国人士之盛，提拔几个人上来，完全不是什么难事。相信在这四位老同志的追悼会上，一些年轻的同志在沉痛悼念之余，早已经盯上了那几个炙手可热的位置。

如果采用这种办法，那就是简单的补缺了。而晋襄公没有采取这种寻常的举动，而是采取了简单粗暴的裁减方法。明摆着是想趁着这个机会，大刀阔斧地对晋国的人事进行一番大改革。

每一个重大改革未必都能成功，但一开始时，一般都会有一个明确的

惊人一鸣

目标。

在晋襄公宣布要举行"大蒐礼"时,晋国的政坛就已经无法平静了。再联系到四位元老去世的情况,所有的人都意识到晋国将迎来一个新的时代。

旧有的时代是晋文公建立的,那位流亡国外二十年的人回国之后一举奠定了晋国的霸业,而他的身边,团团包围着陪同他流亡的那些老部下。这些老部下,能力出众,各有所长,几乎囊括了晋国所有重要的职务。

现在,元老个个驾鹤西去,晋襄公也终于举行"大蒐礼"了,这明显是晋国政坛将大洗牌的一个信号。

只是这个牌到底要怎么洗呢?

有一群人是十分淡定的,就他们来看,这个牌再怎么洗,最后还得发到他们手上。

这些人分别是贾季、赵盾、胥甲、先克、栾盾等。这些人都有一个共同的特点,他们是晋文公还乡团的二代,可以称之为还乡团二世。比如贾季是狐偃的儿子,赵盾是赵衰的儿子,先克是先且居的儿子(这个算三世了),胥甲是胥臣的儿子,栾盾是栾枝的儿子。

他们的想法很简单,这个天下是他们的老子跟着晋文公打下来的,晋襄公的霸业也是他们老子保住的,现在老爷子们不在了,这些岗位自然由他们来顶上。再怎么洗,也不过是他们内部分配的问题。

于是,这些二代们优哉游哉,就等着任命书下来了。但很快,他们就坐不住了,一份号称十分靠谱的任命名单从宫中流传了出来。

这份名单对踌躇满志的还乡团二代们来说,不亚于一道晴天霹雳。

首先出来的是晋军将缩编的消息,晋襄公要撤销新上下军,重新回到

《第一章》 换帅风波

上中下三军的编制。军队少了，军人是不会少的，只是将新上下军的人并入其他三军去，但有两样东西将消失——随着两军番号的消失，四位将领的编制将不复存在。这也就意味着，军队将领的位置削减了五分之二。

这个消息让贾季赵盾们颇为不满，毕竟二代永远都比一代人数要多。现在晋国要过渡到二代，原本的官职还嫌不够呢，哪知道晋襄公一下就砍掉两个番号，这让本来就超生的还乡团家族怎么办？

如果这个消息就让贾季赵盾们十分不满的话，那接下来的消息就让二代们直接跳了起来。

据消息灵通人士讲，晋襄公将任命士縠担任中军主将，梁益耳为中军佐，箕郑父为上军的主将，先都为上军佐。

士縠是晋国大夫士蒍的儿子。这位士蒍是晋献公时期的一位名臣，当年士蒍辅助晋献公，出过许多计策，其中影响最大的应该是移除晋国公族。有了晋献公移除公族，这些晋国外姓大夫才能掌控晋国政局，可以说，还乡团就是这个政策最大的受益者。

而士縠就比较悲剧了，因为当年晋国内乱时，站错了队，结果晋文公时期就被排挤在外。

而梁益耳来历就有些让还乡团二代们犯嘀咕了，因为这位梁益耳曾经是梁国的公子。梁国的女人嫁给了晋惠公，后来还生了晋怀公，也就是说梁益耳是晋惠公晋怀公一派的人。晋文公回国之后，这位自然就哪儿凉快哪儿待着去了。可没想到，到了今天突然死灰复燃，一下成为中军佐，成为晋国六卿之一。

至于箕郑父与先都，是原新上下军的军佐，虽然是老干部了，但同样

一鸣惊人

不是还乡团的成员。

这个方案等于把还乡团整个废掉了！

搞这么大的动静，只能说晋襄公对晋国的现状十分不满。

每一个雄主的儿子都会面对一个难以破解的问题：怎么摆脱父亲的影响，活出自己的风格。

作为春秋霸主晋文公的儿子，晋襄公同样面临这样的问题。

从即位的那一天起，晋襄公用着父亲留给他的老臣，举着父亲的大旗，调动着父亲教育好的国民，每一个脚步都踩着父亲的足迹前行。这样的举措对晋国来说是成功的，晋国避免了齐国桓公一死，霸业随即凋零，国内就大乱的惨剧，使所有不看好晋国霸业传承的人大感意外，比如秦卫鲁等国。

但对晋襄公来说，却未必是成功的。他做得再好，也不过被认为是晋文公的儿子，他所有的成就，在旁人看来，都是他父亲打下的基础。

如果是个普通的君二代也就算了，有地位、有权力、有霸业，夫复何求？可惜的是晋襄公不是一个普通的君二代。

一个在父亲死了没埋，丢下棺材就敢领兵出战的人，绝对是一个有追求有想法的人。当然，追求了这么多年，效果不太好。

历史书中，提及齐桓公，大家都知道这是一个大气、有讲究的人。论起宋襄公，虽然结局不太好，但人家至少活出了自己的风格，敢想敢为。至于他父亲晋文公，老谋深算，忍辱负重。就连小霸主郑庄公，也城府极深，跟兄弟算账都能忍二十年。这些强者除了干出一番事业来，还在历史书上留下了自己鲜明的特色。

《第一章》 换帅风波

晋襄公呢？实在没混出什么特点。要说有，就是史书上提到晋襄公，必有的一句评论是"垂拱而治"。所谓的"垂拱而治"，就是衣服轻柔地垂下来，晋襄公拱拱手，对着一帮大臣说：

"狐老，这个事情，您怎么看？"

"赵公，辛苦您了。"

"先轸将军，劳您大驾。"

可见，晋襄公的霸业更像是晋卿集团的霸业。晋襄公更像是一个跑龙套、站背景的。而造成这个难堪情景的原因自然是晋国的名卿太强势了。

晋文公去世时，给晋襄公留下了三宝：广阔的国土，高素质的国民，以及一大批国宝级的老臣。

这其中，以名卿这笔遗产最宝贵，又最让晋襄公头疼。比如国土，是个死物，你爱理不理，它就在那里，不增不减。比如国民，虽然同在国都，但宫墙很高，大家生活在不同的维度，晋襄公平时减个税，就能让国民高兴好一阵了。

最难缠的就是这些名卿。这些名卿多半都是还乡团的骨干，见识广，经验足，家底也特别厚，辅助晋襄公毫不费力，同样，管理起晋襄公来也毫不费力。

我发现一个现象，晋文公时，晋国的这些贤大夫们也经常纠正晋文公的一些错误，但几乎都采用巧谏的方式，用美妙的语言包装批评，让批评比赞美听起来都要舒服，实在劝不了，就一哭三叩首，搞得晋文公不听都不好意思。而对晋襄公，就没有这么多礼数了，基本上是有一说一，直截了当，甭管国君爱不爱听，反正不爱听也得听。

比如，晋国打败秦国那阵，晋襄公一时心软，没跟国内那批老爷子商量就把俘虏的秦国三名大将给私放了。这下捅了马蜂窝，晋军中军主将先轸听到了消息，勃然大怒，直接冲到晋襄公面前，"噗"的一声吐出一口浓痰。

"武夫力而拘诸原，妇人暂而免诸国。堕军实而长寇仇，亡无日矣。"

这实在是很重的一句话，要是粗鄙一点翻译过来就是："老子们在前线拼死拼活抓住了他们，你听一个女人的话就把他们放了。你这是毁了我们用命换来的战果，我看这个国家离灭亡不远了。"

这个话实在太重了，一个国君放三个俘虏是多大的事？而且，晋国只是放了秦国几位将军罢了，当年，秦国连俘虏的晋国国君都放了呢。再说了，晋襄公将这些人放了，不也没亡国吗？

先轸摆出这一副竖子不足与谋的气势着实把晋襄公这个毛头小子吓坏了。于是，晋襄公连忙派自己的老师阳处父去把秦将抓回来。当然，阳处父把事情办砸了，秦国将军已经渡过黄河，扬长而去。

后面，又发生一件事情，晋襄公提拔了一个勇士当自己的保镖（车右），大概是没有征求中军主将先轸的意见，先轸竟然直接将这位保镖撤了下来。连自己的保镖都任命不了，说明晋襄公这个国君当得实在是有些窝囊。

这是先轸仗着自己军功大，资格老，对晋襄公的一些不敬。至于其他老臣，虽然历史上没有明确的记载，但我相信，只怕也有许多不讲君臣之礼的事情发生。可能不如先轸这么飞扬跋扈，但骨子里那股傲慢劲儿是断然不会少的：你小子算老几？当年我跟你老子一起流浪的时候，你老子还不是听我们的！

这些东西没怎么记录下来，毕竟《春秋》《左传》等重要史料是鲁

第一章　换帅风波

史，晋襄公受的那些气，鲁国史官未必知道，就是知道了，为了避讳，也可能不会记录下来。

知道了这个，《史记》中关于晋襄公从崤山大胜归来之后就纵淫的记载就好理解了。毕竟后宫的年轻姑娘比朝中这些老头子要可爱上万倍。

在这批老牌名卿的阴影下，晋襄公憋屈着过了七年。好日子似乎来了。这些名卿再强势也强不过岁月，一个个卒掉了，尤其是去年，更是让人惊喜连连，赵衰、栾枝、先且居、胥臣搞了一个地狱单程游的团购，群卒了。

又据一些人猜测，晋国这些老臣一起死掉，是不是太巧了点，这会不会是有什么阴谋呢？

有这样猜测的人，多半是理解了晋襄公的苦，但据我看来，这恐怕也只能停留在猜测上了。毕竟一下干掉这四位名卿，肯定会闹出大动静，鲁晋隔得再远，也不可能不收到点风声，进而记录下来的。而且以这些人的年纪，也该到卒的年纪了。

再说了，以晋襄公的性格，他也不是这种杀伐决断的人。

四位卿士的去世，对晋襄公来说，无异于头上搬掉了四座大山。晋襄公总算用时间换来了空间，接下来，他可以达成一项他刚即位时就该完成的目标：一朝天子一朝臣。

晋襄公把目标对准了受冷落已久的一个晋国大夫群。

因为晋国早年内乱，晋文公被迫出走。晋国的大夫基本可以分成两个阵营：一个就是追随晋文公的还乡团，这些人跟随晋文公游历各国，算是海归派；另一个是晋献公跟晋惠公时期的大夫，这些大夫一直留守晋国，算是本土派。

惊人一鸣

因为海归派跟对了人,所以风光无限,基本上掌控了晋国的政权,而本土派站错队伍,在晋文公时期自然被打入冷宫,久久得不到升迁。

在这两派中间,晋襄公没有选择大热的还乡团二代成员,而是对准了本土派这一沉寂已久的大夫群,比如这一次他准备提拔的四个人,全是本土派大夫。

这样做的原因很简单。提拔还乡团二代,二代们不会感恩晋襄公,他们会很自然地认为这是他们父辈努力的结果。而如果提拔本土派,这些人因为长年处于被打压被排挤的一方,晋襄公将他们提拔上来,就等于是他们的救世主,自然可以收获他们的忠心。

这个想法是极有智慧的,但操作起来困难很大。因为还乡团在晋国掌政十多年,尤其还握有军权,根基十分深厚,动起来风险很大。所以晋襄公才故意放出风来,试试还乡团二代们的反应,如果大家只是发发牢骚,没什么实质性的反对,那晋襄公就可以顺利执行自己的计划。

事实上,还乡团二代的反应很激烈。最为激烈的算起来是还乡团三代中的一个人。

这个人叫先克。

在所有等待晋襄公起用、好顶父亲岗的人当中,先克的信心最足,因为他的背景最雄厚。他的爷爷就是先轸。击败楚军、一举奠定晋国霸业的城濮之战,就是先轸指挥的。全歼秦军,使晋国霸业得以存继的崤山之战,也是先轸指挥的。先克的父亲是去年去世的先且居,同样是晋国中军主将,率领晋军抵挡住了秦军的数次军事报复行动。爷爷、父亲连任晋军主将,很容易让先克产生一种错觉,以为这中军将就是他们家世袭的。

《第一章》 换帅风波

哪知道风声出来，别说顶他老子的岗当中军主将了，连个军佐都没捞着。这让期待值过高的先克怒火中烧，第一个跳了出来。

先克曰："狐、赵之勋，不可废也。"（《左传》）

所谓狐、赵，指的就是狐家跟赵家，狐家的狐偃、狐毛，赵家的赵衰，都是还乡团的骨干成员。

这句话的意思是，狐赵两家的功劳很大，他们的地位不能废掉！

看来，先克虽然肚子窝了一团火，但脑子还是清楚的。没有提自己爷爷先轸的名字。一来，自己不好表扬自己，而把狐赵两家抬出来，不但可以获得狐赵两家的支持，还能避免受到藏有私心的指责。二来，只要保住了狐赵两家，也就保住了还乡团这个集团的利益，作为还乡团的成员之一，先克自然也会捞到好处。

把还乡团作为自己最牢靠的支撑后，先克的底气就特别足，对晋襄公也没有什么顾忌了，反正这一次要得罪国君，干脆就得罪透，所以他在面见晋襄公时，语气极为强硬。

诸位已经注意到了，他不是商量地说，国君，您看这两家都立下了不小的功劳，您用人是不是适当照顾一下功臣后代呢？而是使用了要求、命令时常用的祈使句：不可废也。

晋国的基业都是我们打下来的，你想废掉我们？没门儿！

《东周列国志》的作者冯梦龙在写到这一段时，又创造性地加了一句："且士縠位司空，与梁益耳俱未有战功，骤为大将，恐人心不服。"

意思是："而且士縠是司空，跟梁益耳都没有战功，突然提拔为大将，恐人心不服吧。"

攻击对手的弱点，就是增加自己的筹码，这从斗争的角度来说，是十分合情合理的。而且攻击的点也取得很好，比如士縠官职是司空，管水利营建的，顶多是一个有档次的包工头，让他主中军，除非晋国是房地产企业。而梁益耳就更奇怪了，一个不知道从哪里跑出来的阿猫阿狗，被我们还乡团整得有饭吃就不错的了，竟然也冒出来。这些人什么功劳都没有，让他们当大将，谁听他们的？

冯梦龙的才华是不用说的，以一段混乱的春秋写就了一部精彩的小说。但这一段，我觉得似乎有点画蛇添足了，尤其是最后几个字：恐人心不服。这个"恐"字就用得特别不好。一个"恐"字就透露出婉转商量的语气。

这完全不是先克咄咄逼人，一副你要不把事情说清楚，咱们几家就联合起来把你搞下去的嚣张气势嘛。而且先克用还乡团这个功勋集团为底，哪里需要攻击对手的弱点。因为跟还乡团比，士縠、梁益耳他们这些人，到底都是弱者嘛。

先克的猛然发炮把晋襄公吓坏了。说实话，在还乡团的这些人当中，他还就最怕先克这个人。狐家向来比较温和，而赵家的赵衰更是晋国有名的好脾气，好好先生，儿子赵盾应该也差不多吧。当然，要是晋襄公能够多活几年，他的这个看法是会改变的。

而先克这个人，首先家底厚，爷爷先轸、父亲先且居都是中军主将，掌控晋军近十年，在军中根基牢固，是一个不能得罪的人。而且他们这一家都不是好说话的人，先轸就曾经朝他吐过口水。

晋襄公本来就有些心虚，这才先放点风声出来，想看看这些二世祖们的反应，要只是发发牢骚，那晋襄公就有信心，把改制换将进行到底，要

《第一章》 换帅风波

是反对得太激烈，那改口也容易。

于是，晋襄公马上表示，自己绝不会忘了这些功勋家族，之前的那些消息都是不准确的。先克大夫不要激动，寡人已经想好了三军的人选。

"大蒐礼"如期举行，在这次大阅兵上，晋襄公给出了一个让还乡团二代比较满意的结果。狐偃之子贾季任中军主将，赵盾任中军佐。这完全是按照先克的质询而重新安排的人选。但晋襄公也不是一个老实的人，他没有给先克安排职位。

你不是发扬风格，故意不提自己家族对晋国的贡献吗？那我也装糊涂故意不提拔你！

这样的结果，对晋襄公与先克来说，都是一个失败的结果，而那些不说话的人，比如贾季跟赵盾倒是捡了一个现成的便宜。这说明，有时候，不说话的人往往笑到最后。

但这次换帅并没有结束。就在蒐礼结束没多久，晋国大夫阳处父回来了。

《第二章》

晋襄公的接班人

第二篇

人民社论公事律

《第二章》 晋襄公的接班人

阳处父是晋襄公的老师，是晋襄公重点培养的心腹。在这些年，阳处父可谓是晋国曝光率最高的大夫之一了。

晋襄公即位的前一年，这位阳处父作为使者，到楚国出过差，这是晋楚之间第一次大使级别的外交互访。

晋襄公即位那年，崤山大战爆发，晋襄公私自放走了秦国三位大将，被先轸一顿臭骂，受命去追那三位秦将的就是这位阳处父。阳处父看着对方已经上了船，还玩了一个小聪明，假称是来送马的，想诓骗对方回来，结果连易骗的秦国人都没骗着。

接下来这件事，就比较有名了，骗老实的秦国人不行，骗滑头的楚国人竟然还成功了。就在那一年的年底，阳处父进攻蔡国，楚国令尹子上来救。两军夹河布阵。阳处父忽悠子上，让子上退兵三十里，晋军将渡江相战，等楚军一退，阳处父就宣称楚军撤退了，自个儿就班师回朝了。这件事情也直接导致子上名誉扫地，被楚成王赐死。

接下来的数年，阳处父又干了数件大事，比如以大夫的身份跟鲁文公会盟，以羞辱鲁文公。又曾经在楚国攻打江国时，率兵进攻楚国以救江国，却帮了倒忙。

出境率不可谓不高，但成绩实在不尽如人意。

访问楚国没见到什么出彩的记录。黄河边上连秦国人都忽悠不了。

以大夫的身份跟鲁文公结盟，这是明显失礼的行为，尽管是晋襄公的授意，但作为老师，起码要劝阻一下嘛。不但不劝，在会上还比较嚣张，搞得后来晋襄公还要专门请鲁文公吃饭，赔礼道歉。

与楚国子上一战，不知道的以为是楚军逃跑，知道的自然对晋军大失所望，逃跑还算了，竟然还不按套路，用诡计欺骗对方。这说出去，晋军的形象何在？

救援江国那次，史书记载，阳处父还特地请了周王室一起发兵，可跑到楚国的方城后，碰到楚国一个名不见经传的公子朱，就连忙班师回国了，结果让江国这个地处楚国后院，一直效忠中原的小国被楚国活生生灭了。江国是上一任霸主国齐国拉来的，却间接亡在了晋国的手上。要是晋文公在下面见到齐桓公，只怕都会有些不好意思。

意识到自己的这位老师是位扶不上墙的主儿，晋襄公就彻底死心了，在举办"大蒐礼"时，不但没有给他安排个军职，扶他为正卿，甚至也不想让他参加，干脆打发他去卫国访问去了。

在这次出差途中，发生了一件事，诠释了这位阳处父是个什么样的人。

从卫国访问回来后，阳处父经过宁地。一位叫宁嬴的人主动找到他，表示要追随他。这位宁嬴应该是宁地的地方官或者是旁支小贵族，平时一直在寻找能够进入国都建功立业的机会，但这样的机会是不容易得到的。现在自己的辖地上突然出现了阳处父这样的大官。从史书的记载来看，阳处父这个人长得很潇洒，而且口才很好，侃侃而谈，纵论天下，很快就把

《第二章》 晋襄公的接班人

宁嬴征服了。

"老婆,我求君子求了好久,今天终于得到一个了。"宁嬴兴奋地跟老婆说道,其神态就像被压了五百年的孙悟空碰上了打东方来的唐长老。

于是,宁嬴热情招待阳处父,诚恳请求,阳处父终于答应带他一起去晋国绛都。在春秋时,国都几乎是一个国家唯一的政治舞台,只有进了国都,才有涉足政坛的机会。

跟在阳处父的屁股后面,宁嬴兴冲冲上路了。一路上,阳处父对这个晚辈颇为照顾,本人又是话痨,一路上嘴就没停过,一会儿指点一下以后官场上要注意的事项,一会儿介绍一下自己的丰功伟绩。又讲了讲晋国当前的当红大夫们,当然,在阳处父看来,这里面不少都是靠着关系浑水摸鱼的。阳处父安慰宁嬴,不要以为自己背景差,就失去信心,你看我,不也没什么背景嘛,照样混得好。

宁嬴在后面频频点头,虚心受教。到了温地后,宁嬴突然露出为难的表情,表示自己猛然想起来,有些事要处理,就不跟阳大夫回晋都了。

阳处父倒也没有挽留,他估计也听到了有关"大蒐礼"的消息,着急回去应对,就与宁嬴拱手告辞了。

离开阳处父后,宁嬴直接回到了家里,老婆看到他后十分奇怪,便问:"夫君不是已经得偿所愿找到君子了吗?怎么不跟从他,反而回来了呢?"

"别提了。"宁嬴垂头丧气地说,"我看阳处父这个人长得仪表堂堂,就想跟随,而听他说话却让我感到厌恶。这个人也就长得还可以,言辞却很匮乏,而且这个人性格又很要强。《商书》上说,人要刚柔并济。碰到柔弱的人,就以刚强应对,碰到高亢明爽的人,就用柔弱来应对。这个人，个性太刚强，一点也不肯示弱让人，连老天爷都没他这么强硬。而且我听他说的话，华而不实，只怕会招来怨恨。他在晋国，得罪的人肯定很多，只怕自身都难保。我跟着他，估计没得到什么利益就要陪他倒霉了。想了一下，我还是回来的好。"

一个仅仅跟阳处父相处没多久的人，就把阳处父的性格缺陷分析得头头是道，这说明阳处父这个人没有什么城府，为人单纯，说话也很直接。

对于一个普通人来说，单纯并不是坏事。但对于一个在政治场上混的人来说，单纯的人就如同绵羊，对手全是虎狼。

回到晋国之后，单纯又刚烈的阳处父不甘寂寞，让本已平息的换帅风波再次掀起巨浪。

阳处父很生气。自己一出国，国君就安排"大蒐礼"，这不是明显要把自己排除在外吗？感觉受到冷落的阳处父气呼呼地找到晋襄公，冷不丁提了一个建议："我看赵盾比贾季有才能多了，应该让赵盾当中军主将。任用有才能的人，对国家才有益。"

显然，阳处父对这次"大蒐礼"也相当不满，但他同样不好意思直接表态。像先克一样，他是来搅浑水了。

顺便提一下，阳处父提出这个建议倒不是完全没目的性。他推崇赵盾，是因为团队的需要。

我们知道，中国是个人情社会，人情社会的特点就是无数的小团伙相互交集、嵌套。对于士縠、梁益耳这些本土派大夫来说，还乡团当然是一个集团，但还乡团也不是浑然一体。在这个内部，又因为各个家族而分成许多小团伙。比如以赵盾为首的赵家班，以贾季为首的狐家班，等等。

第二章　晋襄公的接班人

社会学告诉我们，一个团队解决了外部的危机之后，必然会在内部挑起一轮内斗。现在还乡团已经击溃本土派，自然要展开一番内部争斗。

而阳处父不姓赵，但他是赵家班的人。

阳处父以前是赵盾父亲赵衰的部下。赵衰对他更有知遇之恩。据史书记载，因为阳处父这个人没什么背景，想出来做官找不到门路，先是投到了贾季父亲狐偃门下，结果在狐偃手下混了三年，都没被提拔。阳处父无奈之下，转投到赵衰门下，只过了三天，赵衰就帮他谋到了一个职位。

狐偃三年办不成的事，赵衰三天就办成了，这应该不是能力的问题，而是态度的问题。赵衰这个人是出了名的老好人，尤其以能推荐人才而著称，甚至主动让出位置给他人。晋国还流传着他三次让出卿位的故事。

了解了这些，就不难理解阳处父为什么提这个建议了。对于这些过往，晋襄公是知道的，而阳处父提的这个建议简直就是胡搅蛮缠嘛。

以前先克来提时，"大蒐礼"还没有举行，名单也没有公布，只是处在内部讨论阶段，有什么不同意见，大家都可以提出来。现在"大蒐礼"结束，结果也当着国民的面宣布了。

君无戏言，都已经定了的事，你现在来提，是不是有点晚了？而且，这事也轮不到你来提。先克敢提，那是他爷爷和老子都领过军，家底厚。你一个阳处父，不过新晋升的贵族，也敢对我的决定指手画脚？

我栽培你，你不但不帮着我点，还帮着赵盾说话，让我难办。这官到底是国君给你的，还是赵家给你的？

晋襄公心里极其不爽，脸上阴沉如墨，可沉默了一会儿，晋襄公叹了一口气，"既然你这样说了，那就任赵盾为主将，贾季为军佐。"

惊人一鸣

　　阳处父连忙起身，拱手行礼，顺便称赞了两句国君英明的话，然后就得意扬扬地告辞了。而在他转身的那刻，晋襄公的脸上亦露出让人捉摸不定的笑容。

　　在阳处父提出提升赵盾职位的那一刻，晋襄公十分恼火，但冷静下来后，他突然意识到，这或许是一个机会。

　　还乡团要是抱成一团，势力就会越来越大，现在都已经有些不好控制了。既然他们现在要争，那正好推他们一把，管他们谁赢谁输。

　　于是，没过多久，晋襄公就在董地再次举行了一次"蒐礼"，对中军将领的职位进行了调整——贾季跟赵盾的职位对换。

　　这一对换，对这两人来说自然是冰火二重天。赵盾莫名其妙，从原本的非军将候选人，一跃成了晋军最高指挥官。顺便提一下，他原来就是晋军的执政官。这一来，等于将晋国的军权与执政权都掌握在了手中。而贾季在一把手的位置上还没有坐热，就被撤了下来，成了二把手。这其间的差距，自然让他难以接受。

　　宣布完任命，晋襄公面无表情地回去了。他知道，还乡团再也无法像从前一样成为一个整体了。只是接下来的内斗，到底会走向何方，那就不是晋襄公所能知道的了。因为春天办完这件事，到了八月，晋襄公就病逝了。

　　为了活出自己的风格，晋襄公做出了努力，但上天给他的时间实在不多，他的对手又个个难缠，这让他最终没有走出父亲的阴影。历史对他的评价就停留在一个"守成之君"上。

　　就我看来，晋襄公大可不必沮丧，因为就历史来看，一个优秀的守成

《第二章》 晋襄公的接班人

之君比一个英明的创业之君都要稀缺。

去世之前，晋襄公最后做出一个决定，选出了一个他认为合格的接班人。

晋襄公宣来了赵盾，这或许不是他心里的最佳上卿，但事到如今，也只能指望他了。他指指自己的儿子姬夷皋，又指指赵盾，把他这个儿子托付给了赵盾。

从此，晋国的历史交付到了赵盾的手上。

赵盾不是一个简单的人。

当年，他的老子赵衰跟随晋文公外逃，跑到翟国时，赵衰跟晋文公分别娶了翟国国君的女儿。可没待多久，翟国也不安全了，赵衰就跟在晋文公的屁股后面踏上了长达十多年的流亡之路。

大概考虑到以后的日子会比较艰辛，赵衰把老婆、孩子留在了翟国。这是一个体贴的决定，又是一个残酷的决定，这意味着赵盾从小就缺失父爱，在外公家过着寄人篱下的生活。

史料对赵盾童年的生活毫无记载，但从后来赵盾的个性来推断，这想必不会是一段愉快的生涯，而正是这段不愉快的生涯让赵盾有别于晋国其他的贵族二代。

在晋国新生代大夫中，赵盾比一般人敏感，行事也坚定，性格很要强，尤其是特别努力。

在当上中军将没多久，赵盾就让所有人大吃了一惊。

一般来说，新官上任，都要熟悉一下环境，认识认识一下新同事，三个月后才是正式工作的时间。可赵盾一上来，就拿出了一整套的施政方案：制定规章制度、修订律法、清理刑狱、追捕逃犯、清除积弊、恢复秩礼、重建缺失的机构、提拔被埋没的人才……其内容涉及了晋国管理工作的方方面面。

这一份施政方案，显然不是一两天能够搞出来的，只怕腹稿都打了数年也未必。现在可以知道，赵盾虽然一句话没说，一件事情没干，但他早就盯着中军主将、晋国上卿的位置了。

这个位置很多人都在盯，区别是，有的人只盯到位置，而有的人盯到了位置后面的职责。这也就是一个政客跟政治家的区别。

从这一点上来说，赵盾可以被称为一个政治家。

当然，一个政客不一定是政治家，但一个政治家首先必须是一个政客。

赵盾拿出这些方案后，专门委托两个人去办理，一个是阳处父。赵盾能够当上中军主将，全靠这位阳处父在前面冲锋陷阵，现在自然是回报的时候。另一个人则是贾佗。

这位贾佗其实也是还乡团的骨干，名列"晋国五贤人"之一，当年也曾追随晋文公流浪，史书记载，晋文公像对兄长一样对他。奇怪的是，回国后，这位如兄的贾大夫却没有什么露脸的机会，远不如如父的狐偃、如师的赵衰混得好。

现在赵盾把这个老同志又请出来，当然是考虑到自己毕竟年轻，请老同志出来，正好可以镇一镇场面，也可以趁机表个态，好争取更广泛的支持。

正是这一番雷厉风行又滴水不漏的表现，折服了原本对他不满的晋襄公，让晋襄公放心托孤给他。

而赵盾马上就会发现，前面的顺风顺水不过是一种假象。他的政治对

第二章　晋襄公的接班人

手没有出手，不过是一时还没有摸清状况，不好下手。经过数月的观察，大家都了解得差不多了，准备得也差不多了。

真正的还乡团内斗即将拉开大幕。

鲁文公六年的秋天，鲁国大夫季孙行父来到晋国，他提前准备的纸钱没有白费，晋襄公果然去世了。

晋襄公的去世，是中原这一年最重大的事件。这也是极为考验各国外交能力的时刻。鲁国就马上做出了反应。应该是感觉到季孙行父还年轻，职别也很低，不足以应对这种重大外交事件，所以，特地派出了国内的执政大夫公子遂。

这位公子遂是鲁庄公的儿子，名遂，字襄仲。因为家住在曲阜东门，所以又称东门襄仲。此人是鲁国卿士，地位极高，让他来参加霸主晋襄公的葬礼，方能显示鲁国的重视。

这是季孙行父与东门襄仲第一次共同执行一项任务，他们以后还有很多合作的机会。

除鲁国之外，其他国家自然也派出了大夫前来参加晋襄公的追悼会，有的甚至是诸侯亲临。表面上，他们是来瞻仰霸主遗容，慰问家属的，但实质上，大家都心照不宣。

一位霸主级的国君去世，自然会对中原的局势产生重大的影响，大家借送葬之机，前来打探晋国的虚实，以决定本国下一步的外交策略。比如郑国这种转向快的国家，自然要考虑需不需要换个码头，而一直争霸之心不死的齐国，也会来看看情况，好决定以后是否可以再度争雄。

鲁国也是有小心思的，比如鲁国只派公子遂，鲁文公本人就没有来。

惊人一鸣

晋襄公活着的时候，鲁文公亲自到晋国数次，现在晋襄公死了，鲁文公竟然不亲自来参加葬礼，史官认为这不是有礼的表现。按照周礼所说，邻国诸侯或夫人死了，国君应该亲往。鲁文公不来，自然心里有些小算盘。晋襄公活着时，鲁国自然小心应对，现在人都死了，晋国到底怎样还是一个问号，根本没必要亲往。

对于这些国家的小心思，晋国的大夫们自然心知肚明，但接待工作还是做得滴水不漏。而且他们也知道，能否将晋国霸业传承下去的关键，不在他国，而在晋国。

眼下，就有一件决定晋国走向的大事：扶立新君。

虽然晋襄公死之前，拼着最后一口气交代赵盾，让他的儿子姬夷皋继承君位，赵盾也惶恐答应，但出来之后，赵盾就一脸苦色。

这位姬夷皋太小了，这一年只有三岁多。

在中国的历史上，有不少未成年的皇帝，据不完全统计，一共有二十九个十岁以下的皇帝，最小的是东汉殇帝，登基时刚满一百天。但我的印象中，在姬夷皋之前，春秋还没有出现过三四岁的还在吃奶的国君。究其原因，春秋时代，诸国并立，大国之间的竞争十分激烈。而国家强不强，很大一部分原因取决于国君的能力。同时，国家的权力基本上是国君与大夫阶层共享的。所以在大夫的牵制下，没有人敢把吃奶的小孩子送上君位。比如鲁国的鲁惠公去世时，太子年幼，就让庶长子继承了君位，这就是春秋开场时的鲁隐公。

晋国的大夫们对这些事情很明白，他们也清楚，此时是考验晋国的时刻，现在中原各国一边在晋襄公的灵堂弯腰鞠躬，一边却盯着他们的一举一动，只要晋国一招不慎，大家就一拍两散，各谋出路。

《第二章》 晋襄公的接班人

所以，晋襄公还在棺材里躺着，他老人家指定的接班人就被大夫们给放弃了。晋国的高管，也就是卿士们开了一个会，商议晋国新君的人选。根本就没有人提三岁的姬夷皋，包括被临终托孤的赵盾。

大夫们提出了另外的人选。

赵盾推出的人选是晋文公的儿子公子雍，据赵盾介绍，这位公子雍年纪大而且好善，晋文公当年也很喜欢他，而且这个人现在在秦国，跟秦国的关系很好，而秦国是晋国的老朋友。这样的话，选他就太合适了。他好善，地位就巩固；年纪大符合立长的礼仪；晋文公喜欢他，立他就符合孝道；有了他和秦国的关系，晋国就能更加安定。有这四样，晋国就能渡过眼下这个难关。

这四个理由是十分充分的，可想而知，这不是赵盾一时想出来的人选，只怕是晋襄公还在病中，赵盾就开始琢磨了，这才把话说得滴水不漏。

话说到了这份上，人选也就出来了，大家照此执行，扶立新君，晋国也就有望继往开来、延续霸业了。可赵盾话刚说完，有一个人跳了出来，表示我这里还有更好的人选。

跳出来的人是贾季。

贾季跳出来时，显得有些慌乱。自从从一把手成为二把手之后，他心里就憋着一股气，一心想盖过赵盾，但他本人欲望很强，思想准备却不足。照我本人推测，他知道赵盾已经当着先君襄公的面答应了扶立三岁的姬夷皋，就等着赵盾来劝服大家尊重死者，扶立姬夷皋。那他就可以搬出腹中一大堆草稿，以此子年幼，不堪君位为由将之否决，趁机打击一下赵盾。谁知道赵盾这个人一点守信的意思都没有，压根儿就不提姬夷皋，直接搬出了公子雍。

　　这就让贾季有些手忙脚乱，慌张之下，他只好在脑子里过了一下，勉强提出了一个名字，"我看不如立公子乐，公子乐的母亲辰嬴得到过两位国君的宠爱，立她的儿子，晋国的民众一定没话说，晋国也就可以安定了。"

　　公子乐，也是晋文公的儿子，这个人也不在晋国，而在陈国。我们介绍过，晋国是不立公族的，公子长大之后，多半要被赶出晋国，让他们到外面去发展。这位公子乐就到陈国找了份工作。贾季大夫一下子没想到这位公子乐有什么优点，突然想到他的母亲辰嬴。辰嬴应该是秦穆公送给晋文公数个老婆中的一个，年轻又漂亮。晋文公死了之后，晋襄公淫乱后宫，顺手就把她给收编了。算起来，她的确是得到过两位国君的宠爱。这样看上去，似乎也是公子乐的一个优势。

　　贾季一说完，还有些扬扬得意，为自己这么快就想到一个合适的人选而高兴，可很快，赵盾嘴角浮现的一丝嘲笑就让他心里一沉。

　　"辰嬴？她的身份低贱，在文公的夫人中，只排在第九而已。她的儿子能有什么威严！"说完这一句，赵盾更是冷笑了一声，"况且她受到两位先君的宠爱，这简直就是淫荡。公子乐也没什么出息，跑到外国，不寻找大国，只在小国混迹，这就是邪僻。母亲淫荡，儿子邪僻，根本谈不上威严。他依靠的陈国又小又远，有事也帮不上忙，有什么安定可言！"

　　这就是传说中的人身攻击了，使用的武器叫道德大棒。

　　在中国的政治斗争中，道德大棒是一件适应性强、攻击范围大、杀伤力强、使用成本低的精神武器。只要从道德上打倒一个人，那这个人多半是永无翻身之日了。而且这种武器应用范围极广，不仅在政治斗争中得到

第二章　晋襄公的接班人

了广泛应用，在民间也颇受各位斗争人士的喜好，要打倒一个文人，不必从文章上入手；要打倒一个艺人，也不用从表演入手；要打倒一个同事，不必从业绩入手：用道德大棒，可谓百试百灵。

赵盾一阵狂挥，原本贾季口中的优点立马变成了道德缺陷，而这个缺陷可是致命的，"淫荡"这个词放到现在都足以埋葬一个人一百次，何况在处处论礼的春秋。

大夫们纷纷摇头，对贾季提出的这个人大感失望，接下来，赵盾竟然受贾季启发，慷慨介绍起公子雍的母亲来。

据介绍，公子雍母子确实是母慈子孝。他的母亲叫杜祁，原本在晋文公的老婆中排名第二，第一是秦穆公的女儿文嬴。后来杜祁先是把自己的位置让给了晋襄公的母亲，又因为狄国在晋国的外交中占有重要位置，所以又让晋文公在狄国娶的老婆排在了自己的前面。这样，杜祁就位居第四。因为母亲这样让贤，晋文公才很喜欢公子雍，特地安排他去秦国。而公子雍也很争气，在秦国竟然坐到了亚卿的高位。

两位都搬出了竞选对象的母亲来拉票，显然，公子雍再一次压过了公子乐。

两位竞选代理人的辩论就此结束，赵盾以充分的准备工作、完善的论据、严密的逻辑和不讲情面的道德批判完胜临场上阵的贾季。可有时候，言语上的胜利是无法取得共识的。贾季脸色阴沉，拂袖而去，不准备跟赵盾逗口舌之快。

会议结束之后，赵盾跟贾季分别派出了人马去接自己的候选人，大有复制齐国公子纠与公子小白之赛的意思。

谁先到，这国君就是谁的，管他在哪里上过班，母亲是谁。

惊人一鸣

从地理位置上看，秦国近，而陈国远，赵盾组胜出的把握是很大的。但赵盾这个人，可不会把自己的希望交给距离。为了确保自己的胜利，赵盾做出一个十分不讲究的行为。

赵盾派人将公子乐杀死在郫地。

消息传来，贾季气得胡子乱颤。一是气赵盾不讲究，一个堂堂的正卿，不公平竞争，竟然使出刺杀这种下三烂的招数。更重要的原因，大概还是气自己太笨。明明这种事情，齐国的管仲已经干过了，自己就应该提高警惕，怎么这么疏忽呢？

气愤之下，贾季终于失去了理智，也做了一件有违大夫精神的事情。

贾季派自己的弟弟续鞫居前去刺杀阳处父。

你杀了我找回来的公子乐，我就杀你的部属阳处父！

算起来，贾季之所以在这次较量中落于下风，究其根由，是自己中军主将的位置被撤了下来，而自己之所以被撤，就是因为阳处父多嘴多舌。不杀了他，实在难消心头之恨。而且在贾季看来，赵盾不好对付，杀了他一个，晋国两大家族就会火并，而阳处父这个人没什么背景，杀了也没什么事。

续鞫居曾经担任过晋军中军将领先且居的车右，其人孔武有力，对付一个耍嘴皮子出名的阳处父，自然轻而易举。续鞫居一出手，就送阳处父上了西天。

于是，阳处父大夫就成了赵贾之争的一个牺牲品，而《春秋》在记载这件事时，却做出了一个奇怪的记录："晋杀其大夫阳处父。"（《春秋·文公六年》）

阳处父本来是贾季派续鞫居杀的，怎么说是晋杀呢，这样看起来，好

《第二章》 晋襄公的接班人

像是晋国杀死了自己的大夫一般。

事实上，这个记录看上去奇怪，但细论起来，又是十分准确的，因为，虽然阳处父被刺一案，凶手是续鞫居，指使者是贾季，但策划人却是晋襄公。

这个事情还得从阳处父提出让赵盾当中军主将时说起。

那天，阳处父可能是受赵盾指使，又或者是自告奋勇，强烈要求晋襄公把赵盾任命为主将，将贾季撤为军佐。这个事情让晋襄公大为光火，但他本人又比较懦弱，也不敢公然跟赵家的人翻脸，就干脆使坏答应了这个不合理的请求，好让还乡团内讧。而对于敢在他面前指手画脚的阳处父，晋襄公更是极为腹黑地做了一件事。

在将赵盾跟贾季的职务对调之后，晋襄公将贾季请了过来，十分抱歉地告诉他："这件事情本来不该这样做的，但阳处父执意要寡人这样，说你没有群众基础（民众不说），寡人没办法，只好将你跟赵盾调了一个位置。"

这样做当然是不对的，因为无论国君也好，还是普通的领导也好，是不应该把下属打的报告告诉别人的。就算这个报告是小报告，是错误的报告，你也有义务保密，只有这样，下属才会放心进言。不然的话，以后，只怕没有人敢说什么了。正如《易经》所说："君不密则失臣。"

晋襄公的一席话等于彻底将阳处父给出卖了。从那一刻起，贾季对阳处父的恨意就已经超出了对赵盾的不满。

这本是我们两家的事，你一个外人在里面掺和什么？赵盾家族太强，我不好动他人，你一个阳处父我还收拾不了吗？

在气头上的贾季果然拿阳处父开刀。从这个意义上来说，晋襄公才是阳处父之死的最根本原因,所以孔子特地注明:"晋杀其大夫阳处父。"

  阳大夫的死正好验证了宁嬴的判断。这说明,一个人,尤其是没什么背景的人,还是低调一点好,不要为巴结人冲得太靠前,因为你巴结了一个强者,自然就会得罪另一个强者。巴结的强者虽然可以赏你,但得罪的强者却往往会要你的命。

  实在是得不偿失啊!

  这件事的最大受益者是赵盾。

《第三章》

晋国权臣诞生记

第三章 晋国权臣诞生记

听说阳处父被续鞫居刺死的消息后，史书没有记载赵盾的情绪，但据我本人估计，赵盾只怕要偷笑不已。

正没借口收拾你，你居然自己送上门来。

而据记载，阳处父被刺死时，正在外面接待前来给晋襄公送葬的诸侯使者。这个事情，造成了极坏的国际影响，使晋国的国际形象大为受损。

赵盾迅速做出了反应，将凶手续鞫居捉拿归案，即刻处死。可这起凶杀案的幕后指使者贾季却漏网了。

一看赵盾来真的，贾季反应也很快，立马三十六计走为上计，逃到了狄国。而赵盾也见好就收，没有要求狄国引渡罪犯，这也是考虑到贾季这一族在晋国是老牌世家，赶尽杀绝只怕会引起强烈反弹。

为了表示自己不愿深究此事，赵盾还大方地派人将贾季留在晋国的家人送到狄国去。当然，要是认为赵盾跟他父亲赵衰一样是个烂好人，那就大错特错了。

赵盾安排了一个叫臾骈的人来护送贾季的家眷。这个安排有些不怀好意。因为臾骈是赵盾的家臣，而且跟贾季有过节。

惊人一鸣

在这年春天阅兵的时候，贾季刚当上中军主将，有些狂傲，在阅兵时羞辱过臾骈，大概也是想借此给赵盾一点厉害看看。

有仇不报非君子，赵盾故意安排臾骈去护送贾季的家人，给臾骈一个报复的机会。

跟我斗？我有一万种方法收拾你。

看着臾骈离去的背影，赵盾的嘴角浮现一丝阴冷的笑容。可没过多久，他就失望了。

赵盾接到消息，臾骈亲自率兵护卫，认真将贾季的家人以及一些财产护送出境，完全没有半点为难贾季的意思。

这是怎么回事？赵盾大感不解。

出现这样的偏差，那是因为从本质上来说，赵盾是一个政客，学的是斗争学。而臾骈是一位士，遵循春秋贵族精神的士人。

在出这趟任务时，有朋友建议臾骈趁机杀死贾季的全家来报仇，臾骈拒绝了这个建议，他表示，恩怨不牵涉后人。而且赵盾对贾季讲礼仪，专门派我去护送他的家人，我受到赵盾的宠信去办这件事，要是趁机报复，就不是勇；出了气，却增加了双方的仇恨，这不是智；为了私事，妨碍公务，这不是忠。没有勇、智、忠，我以后怎么追随赵夫子？

要是赵盾听到臾骈的解释，只怕也要哭笑不得吧。

赶跑了贾季，赵盾在晋国一家独大，再也没有人反对他提出来的建议。第二年，赵盾挑选的人公子雍也开始向晋国出发，准备接受君位。

之所以来得这么迟，也是因为晋国的形势太过复杂。晋国数股势力相互缠斗，公子乐、阳处父纷纷成为牺牲品。公子雍自然不敢贸然进入

第三章　晋国权臣诞生记

晋国。

现在晋国的形势已经明朗，似乎没有什么后顾之忧了，公子雍这才从秦国启程。而秦国的国君秦康公考虑到晋文公当初回国时，就发生过意外，又为了避免公子乐的悲剧在公子雍身上重演，特地派了一支军队护送他。

这说明，秦国跟晋国打了这么多年的交道，吃了这么多亏，交了那么多学费，总算长进一点了。

晋国确实还没有平定下来，公子雍的君位依然有很大的变数。

变数在世子姬夷皋的母亲穆嬴身上。当初，她亲耳听到自己的老公晋襄公指定自己的儿子为接班人，可一转身，大夫们就把他的儿子晾在一边，转而商议别的人选。她自然极为不满，但她一个妇道人家，娘家秦国又不支持她，她没有别的办法，只好拿出唯一的技能：一哭二闹三上吊。

大夫们一上朝，穆嬴就抱着三岁多的儿子姬夷皋跑到朝堂上，一把鼻涕一把泪地哭诉："先公您怎么这么狠心啊，说死就死，留下我们孤儿寡母的，现在大夫们不听您的安排，丢下您的嫡长子不立，反而跑到外面求国君。"哭到这里，穆嬴就一擦眼泪，把自己的儿子往大夫们面前一推，"你们准备怎么安置先君的骨肉？"

大夫们面面相觑，这个事情的确是他们理亏，赵盾的脸色尤其不好看。但说到底，他也是为了晋国的繁荣与稳定。大家只好回避着穆嬴的眼神，匆匆商议了一下晋国大事就散朝各回各家了。

看到大夫们都不理她，赵盾也是避着她就走，穆嬴连忙起身，拍拍身上的灰，牵着儿子就跟着赵盾走，一直走到了赵盾的家里。

惊人一鸣

进了赵盾的家门后，穆嬴扑通一声跪在了赵盾的面前。

"那天先君托孤给您，说：'如果这个孩子成才，我就是受了您的恩赐；如果不成才，我死了也埋怨您。'现在先君死了，但话还在耳边，您就不管了，那怎么办啊？"

说完，穆嬴干脆坐地哭了起来，大有把赵盾家当成第二灵堂的架势。

这就要人命了，上班已经被哭得心如乱麻，现在直接哭到了家里，这不明摆着告诉天下人，就是赵盾背弃诺言，欺负孤儿寡母吗？

很快，赵盾家里就被搅得鸡犬不宁，无奈之下，赵盾只好再次召集晋国的大夫，做出了一个决定：

穆嬴这么闹下去，实在没办法，我们还是立姬夷皋吧。

从姬夷皋到公子雍，现在又回到了姬夷皋，这里面的转变让人瞠目结舌。史书将这个转变归结为穆嬴的哭闹。又说是因为赵盾跟晋国的大夫们都怕了穆嬴，怕她威逼，所以不得不改变了主意。

这怎么算，都不是一个充分的理由。我们知道，政治是不相信眼泪的，在政治斗争中，眼泪是最软弱的武器，而像赵盾这些老江湖，更不会为区区眼泪改变主意。更何况，穆嬴不过一个寡妇，晋国的大夫用得着怕她？

这里面一定有十分隐秘的原因潜伏着，为了搞清楚这个原因，我们需要重新理一下整个事件。

最开始，赵盾答应晋襄公，立三岁的姬夷皋为君。晋襄公死后，赵盾却抛出了公子雍，贾季随即抬出了公子乐。公子乐被杀，贾季报复杀死阳处父，最终贾季获罪潜逃。随即穆嬴哭闹，赵盾重新扶立姬夷皋。

这个事件的最终决定竟然跟开始是一样的，只是中间发生了很多事

《第三章》 晋国权臣诞生记

情。这些事情导致的结果是赵盾最强劲的政敌贾季出逃，赵盾一家独大。

到了这时，我们有必要再来分析一下赵盾的两个人选：姬夷皋与公子雍。

熟读历史的一眼就看出来了，立姬夷皋对赵盾有利，对晋国不利，而立公子雍对晋国有利，对赵盾不利。

姬夷皋一个三岁小孩，成了国君，能吃饭不用喂就谢天谢地了，自然管不了国事，晋国的大政自然还要多多拜托赵大夫。而公子雍就不同了，不但已经成年，而且在秦国多年，又据记载，还当上了亚卿。所谓亚卿，也就比卿低一级，混到这个级别的人，一般都有自己的亲信。可能回国后头两年，对赵盾还能客客气气，之后一定会开始提拔自己人。

所以，扶立姬夷皋才是对赵盾最有利的选择。

那一开始照晋襄公的安排抚立姬夷皋不就好了吗？干吗还费这么多事？

这自然是因为贾季的原因。

赵盾很清楚，要是自己一开始提出姬夷皋，贾季马上就会针对姬夷皋年幼的缺点进行否决，如果让贾季抬出公子雍来，十有八九，赵盾的计划就得落空。所以，赵盾才主动先弃姬夷皋，提出公子雍来。而贾季一时糊涂，竟然提出接回实力完全不如公子雍的公子乐。随后赵盾刺杀公子乐，公子乐虽然是晋文公的儿子，但他既然已经出了国，可以说已经不是晋国的人，即使被杀了也没多少人会出来主持正义。而贾季为了报复，刺杀晋国的太傅阳处父，就是触犯晋国刑法，只好逃亡他国，彻底退出了晋国的政治舞台。

贾季不在了，公子雍也就没有价值了，也不用管他有几大优势，也不用管他的母亲是多么贤良，立谁还不是赵盾的一句话。据我本人估计，穆嬴的哭闹极可能就是赵盾的安排，不然，早先为什么不哭，非要等到贾季逃了再哭？我更相信，就算穆嬴不哭，赵盾也会找个其他理由，重新回到姬夷皋路线上。

在秦国军队的护送下，公子雍正在朝晋国绛都出发。抵达绛都时，他碰到了晋国的大军。这么隆重的仪式怎么看都不像是欢迎他回家的。

为了"迎接"公子雍，晋国三军齐发，精锐尽出，赵盾本人将中军，先克为军佐，荀林父佐上军，先蔑将下军，先都辅佐，晋国六卿里就只留了上军主将箕郑父留守。

自从贾季出奔之后，赵盾马上就把先克提拔了上来，也算是对他当初大力维护还乡团的奖励。而这里面处境最尴尬的人却是先蔑。当初赵盾决定迎公子雍回国，派了两个大夫前往秦国，先蔑就是其中之一。先蔑在秦国拍着胸脯保证公子雍回国之后，一定能顺利登上君位，现在却要亲自率军阻止公子雍回国。了解情况的自然知道这是赵盾不讲信用，但不知道的，只怕要把毁诺的责任放到先蔑身上。

当初先蔑出使时，晋国大夫、现任上军军佐的荀林父劝他不要去，因为晋国的夫人、太子还在，跑到外面去迎国君，肯定是行不通的，不如托病不要去。不然，你肯定要倒霉。

荀林父不愧是晋国的老牌大夫，早就看穿了赵盾不过是做个样子给大家看看，这君位迟早还是三岁的姬夷皋来坐。可先蔑拒绝了这个建议，接下了这个任务。

先蔑这么做的原因，还是因为权力的欲望啊。如果真的迎回了公子雍，那自然不会忘记他当日迎立的功劳。

现在，先蔑终于领会到了荀林父的意思。

明明要拒绝公子雍，却把我派到秦国去，这不是玩我吗？现在让我领军，不去，就是怠工；去了，就是坐实了小人的名号。

晋国三军尽出，但并不像看上去那么强大。很快，赵盾就发现了一个更严重的问题：晋国的士气不高。

这也难怪，这个事情说起来，还是晋国不占理。公子雍原本是晋文公最喜欢的儿子之一，他的母亲在晋国也有贤名。更何况，公子雍不是自个儿要回来，是晋国的大夫们求他回来的。现在，他回来了，晋国却领着兵马去阻拦，说到哪儿，都是晋国理亏。在这种情绪影响下，晋军的进军速度很慢，战斗欲望也很低。

发现这个问题后，赵盾思索了一下，最后召集军队，进行了一番动员："我们如果接受秦国，则秦国就是宾客；如果不接受，秦国领兵前来，那就是敌寇。我们已经决定不接受了，却又迟迟不进军，秦国就会起疑心。行军作战，就要先发制人，追击敌寇就要像追赶逃犯一样。"

这个理由看上去有些啼笑皆非，什么接受就是客人，不接受就是敌人，也就赵盾这样的厚黑政客才能脸不红心不跳地说出这番话来。这段话，有些厚颜无耻，但却是一种极好的战前动员方式。

赵盾一口一个秦国，完全不提公子雍，把晋军的目标放到秦军身上，就是让大家放下包袱。现在我们面对的不是公子雍，而是秦军，大家都不要有顾虑了。

晋军将士的士气一下上来了，赵盾拿秦国说事算是说到点子上来了。晋国本来比秦国强大，但秦穆公趁着晋国内乱，接连扶立了三位晋国国君，趁机逼晋军签了不少丧权辱国的协议。现在秦国又要来第四次？

赵盾让大家赶紧磨刀，把马喂饱，多吃点饭，马上出发。

在夜色的掩护下，晋军急行军，猛然对秦军发起了进攻，大败秦军，一直追到边境线上才回军。

这一场秦晋交战，又以晋军胜利结束，但晋军倒不是完全没有损失，在战斗结束，清点人员时，发现下军将先蔑跑了。

据记载，先蔑对赵盾出尔反尔极为不满，在这次作战中，怀有二心，一直按兵不动，观看形势，如果秦军占了上风，他就要率军迎接公子雍。现在秦军大败，他怕赵盾追究他的责任，干脆逃到秦国去了。

先蔑一跑，把另一个人也坑了，这个人叫士会，是去年另一位到秦国说服公子雍回国的人。先蔑一跑，很容易让人联想士会也有异心。权衡之下，士会只好跟着先蔑跑到了秦国。

如果说之前的春秋历史，因为各诸侯不尊重周王室，征伐不由天子出，诸侯为利相攻，让孔子老师痛心疾首，利用春秋笔法大批特批这些诸侯"礼崩乐坏"的话，那接下来的时代，那些曾经无视周礼、藐视等级的诸侯马上就会亲自品尝制度失衡的痛苦。

周礼崩溃的趋势终于大面积波及诸侯国。在中原各国中，纷纷出现了强盛的大夫家族，这些大夫家族瓜分君权，政出私门，使"礼崩乐坏"进入全新境界。

这个潮流的带头大哥无疑就是赵盾。

鲁文公七年，安葬完晋襄公，又打跑公子雍后，赵盾将三岁的小孩姬夷皋扶上了君位。

《第三章》 晋国权臣诞生记

从这一刻开始，晋国的内政掌握在了赵盾的手中。平心而论，赵盾虽然擅权却不专门谋私，他还是一个有责任感、有追求的权臣。

等晋国内部的形势开始稳定，赵盾就准备展开外交工作。毕竟，作为一个霸主国，外交工作十分重要。把霸业这面大旗扛下去，也是衡量赵盾工作的重要指标。

说到霸业，就离不开一个活动：开会。

这一年的八月，晋国在扈地召开诸侯大会，总的来说，会议还是非常成功的。齐侯、宋公、卫侯、郑伯、许男、曹伯都前来参会，这应该跟晋国前段时间大败秦国保镖团有点关系。

唯一的一个小插曲是鲁国的鲁文公迟到了。

大家结完盟，宣完誓，鲁文公才姗姗来迟。这个行为，让大家极为不爽。况且鲁文公在国际上的声誉极差。

在国内施政上，鲁文公犯了两大错误，一是在服丧期间娶老婆，二是把自己父亲鲁僖公的牌位放到了前任鲁闵公的前面。这两样叫"丧娶逆祀"。作为礼之大国鲁国，出现这样的事情，着实让人鄙视。此外，鲁文公又犯了一个错误：趁着晋襄公去世，伯主出现空白，鲁国趁机攻击小国邾国，掠夺他国的土地。

本来就瞧不上你，开会还要大牌玩迟到，难道还想让我们这些诸侯为你重新升一次坛，杀一头牛不成？

诸侯们斜着眼睛看鲁文公，"要结盟，你找那位大夫去，我们没空侍候你！"

被诸侯集体鄙视的鲁文公只好苦着脸看着大家指向的大夫，这位大夫不是别人，正是晋国的赵盾。

惊人一鸣

诸侯们不愿意跟鲁文公结盟，赵盾可不挑。这次盟会，因为晋国国君太年幼，自然不能与会，就由赵盾全权代表来参加。作为一名大夫，跟诸侯结盟，本来就是捡了大便宜。

当下，赵盾不辞辛苦，又与鲁文公念了一遍誓词，决定按照晋文公晋襄公既定的方针，团结晋国周围的诸侯国，继续睦邻友好下去。

对赵盾来说，这是他在外交上一次良好的开端。他第一次以执政大夫的身份与众诸侯见面并盟誓，也等于宣告了，从此之后，他就代表晋国，晋国就是他赵盾。

这个宣告是野心勃勃的，但效果怎么样，赵盾心里并没有底。他知道，这一次大会，虽然中原的重要大国都来了，但与其说他们是来臣服晋国的，不如说他们是来打探晋国虚实的。这些人在会场上竟然敢用眼睛斜视他跟鲁文公，显然并没有真的把他赵盾放在眼里。

怎么让这些诸侯认可自己，成了赵盾急需解决的大事。有一个人给赵盾出了一个主意。

"赵夫子不如把卫国的土地还给卫国。"

当年晋文公争霸时，趁机从卫郑二国那里划拉了一些土地，有的分了出去，大部分自己留着了。

出主意的人叫郤缺。他的父亲叫郤芮，是晋惠公一派的大夫，因为反对晋文公回国而被杀。郤缺既然是罪臣之子，身份一下从大夫掉级为野人，在国都的郊外种田。

按理说，他的政治生命就此结束了。万幸有一次被晋国大夫、还乡团骨干胥臣看到他在种田时与妻相敬如宾，认为这是一个君子，进而推荐给晋文公，让他重新回到了晋国政治圈。

郤缺这个人经历过大起大落，性格十分稳健，对外交工作也有自己的看法，比如他就不完全赞同晋文公的一些做法。但以前，他的地位不高，不好随便提。现在比他资格老的也不多了，想了一下，就主动找到了赵盾，提出了这个归还国土的建议。

在郤缺看来，我们做伯主国的，要有赏有罚，服从我们的就要奖赏，反对我们的就要攻打。现在卫国跟郑国都归顺了，不如把土地还给他们。

赵盾正愁怎么拉拢那些诸侯国呢，听到这个方法，大为高兴，命人马上去办这两件事。

于是，第二年的一开年，晋国就把原卫国的土地还给了卫国，又把虎牢附近原属于郑国的土地还给了郑国，这两个举措果然受到了国际社会的热烈拥护。

当然，也不全是奖赏的。在归还土地之后，晋军就发起了对鲁国的进攻，理由就是鲁国去年开会迟到。

这个反面典型抓得极为准确，通过去年的诸侯大会，赵盾已经看出来了，鲁国最近极不受国际社会欢迎。攻打它，再合适不过。

果然，晋国刚发兵，鲁国就来求和了，还特地派了国内的执政大夫公子遂前来订立盟约。

通过这一次有赏有罚，赵盾终于在国际上树立了一定的声望。大家都知道，这位赵大夫确实就是晋国的话事人。

正当赵盾小试牛刀，在国际舞台上展现迷人风采时，晋国的后院却起火了。

惊人一鸣

这一年的年底，晋国的五位大夫同时作乱。这五位组团造反的大夫是箕郑父、先都、士縠、梁益耳、蒯得。

看到这五位大夫的名字，大概也能猜到原因了，前面的四位原本就是晋襄公"大蒐礼"时准备提拔的人。这些人被赵盾们夺走了位置，本就心怀不满。而蒯得是他们新拉拢的一个人。之所以拉拢他，是因为他跟这四人主要的报复对象先克有仇。

在这一年的早些时候，秦国为了报复晋国阻止公子雍回国一事，起军来攻，先克率军迎战。这位兄弟借着行军的需要，将蒯得的一块田给夺走了。

反叛五人帮里的主谋应该是箕郑父，这位老牌大夫早就看赵盾不爽了。现在看到赵盾在国内的支持率越来越高，在国际上也闯出了名堂，再不下手，只怕以后更没他们说话的机会。

五个人一拍即合，他们一商议，把目标定到了先克的身上。一来，这个人是让他们失去职位的罪魁祸首。二来，此人现在是赵盾最得力的助手，又在军中关系极广，除掉他，就可以沉重打击赵盾。

从这一点上看，春秋的人大概是不懂什么叫擒贼先擒王的。除掉一个阳处父，结果让赵盾把先克提拔了起来，现在除掉先克，赵盾难道就无人可用？

这五位兄弟说动手就动手，一击还真成功了，找到一个机会，杀死了先克，据说动手的还是先克的族人先都。

当然，因为策划上的重大缺陷，杀掉了先克起不到决定性的作用。很快，先都就被抓了起来，经过审讯，这一反赵联盟的成员一一浮出水面，并全部被捉拿归案。

《第三章》 晋国权臣诞生记

一个艰难的选择题落到了赵盾的手上。

这些人都是晋国的老臣功臣，而且人数众多，牵涉的势力很复杂，怎么处理着实成了一个难题。一时之间，赵盾也难以下定决心，只是先把直接行凶的先都斩首，剩余四个则被关了起来。

晋国上下全都关注着赵盾的一举一动，猜测这位执政上卿将如何解决这个难题。而有一个人，身在晋国之外，却早就猜到了赵盾将如何对待政敌。

这位仁兄就是在赵盾身上栽倒还没爬起来的贾季。

在两年前，鲁国的使者来到晋国，向赵盾报告，这一年，狄人进攻了鲁国的西部边境。晋国作为伯主国，平时收了不少保护费，自然应该替鲁国出头，赵盾也刚上台执政，对这些可以展示自己权威的事情也很热心。

但狄国国力很强，为了这点小事就兴兵，似乎有点小题大做。贾季不就在狄国嘛。于是，赵盾想到了贾季。

赵盾就给贾季带了封信，让他作为晋国驻狄国大使，请见一下狄国国君，对狄国进犯中原盟友国表示一下强烈抗议。

也许是考虑到赵盾把他老婆、孩子送了过来，贾季就答应了这个请求。

贾季跑到狄国执政大臣酆舒的面前，不过，贾季只是随便提了一下鲁国的抗议。毕竟那是鲁国的事情，他一个流亡的晋臣，为了鲁国得罪自己的东家，傻子才这么干。

两人没说两句，就把鲁国的事情丢到了一边，反而兴致勃勃谈起了晋国的情况。酆舒问了一句："晋国的赵衰、赵盾父子，哪个贤明一些？"

贾季沉吟了一会儿，他没有直接说哪个贤明，而是微眯着眼睛，颇有深意地给出一个形象的比喻："赵衰是冬天的太阳，赵盾是夏天的太阳。"

赵衰就像冬天的太阳一样，靠近他的人，都感觉到了温暖。而赵盾则像夏天的太阳，让所有与他接近的人都大汗淋漓，酷热难当。

而事实将证明，赵盾不但酷如夏日之阳，更有如冬日之霜。

赵盾终于做出了他最终的决定。鲁文公九年的三月，斩杀先都的三个月后，赵盾将箕郑父、士縠、蒯得、梁益耳全部杀死。

还乡团内的反对分子贾季出逃了，本土派又被赵盾一锅端。从此，赵盾在晋国再没有任何可以挑战他的人。从这个意义上来说，晋国已经进入了赵盾时期。这无疑是赵盾的胜利，但却是晋国的失败。

至晋灵公六年时，因为年龄的问题，曾经的晋国十卿去了七七八八，再经过赵盾这么一折腾，两个大夫被刺死，三个大夫外逃，五个大夫被杀，竟然非战斗减员十名大夫。晋国就算人才鼎盛，一时之间，也有一些吃不消。

如果是小国，只要老老实实，慢慢地就可以恢复过来。可晋国，是伯主国，一个伯主国必须保持满血状态，一现疲态，就会出现挑战者。

在赵盾下令处死箕郑父等人时，南方的楚王接到了大夫范山的一份晋国国情分析报告。在这份报告里，范山指出，晋国国君年少，难以称霸诸侯，现在对我们楚国来说，北方可图也。

楚国等待这个时机很久了。

《第四章》

楚旗复现

《第四章》 楚旗复现

鲁文公九年，在郑国的国境上出现了一支陌生又熟悉的军队。

说陌生，那是因为这不是郑国的军队。说熟悉，那是因为近几十年来，这支军队频频出现在郑国境内，将郑国搅得不得安生。

这支军队是一直想到中原来练练，"欲以观中国之政"的楚军。

这支军队以前是郑国的常客，常常不请自来，或是攻城略地，或是敲诈勒索。郑国人民对其印象一向不好，但自城濮一战之后，这支狼虎之师已经从郑国消失了十四年，搞得现在郑国人用"不要哭了，楚国人来了"这招吓唬小孩都不管用了。

现在楚军卷土重来，自然唤起了郑国人一些不美好的回忆。惊惶失措之下，郑国第一个想到的是中原伯主国晋国。

有晋国大哥罩着还怕什么呢？

送出消息后，郑国人放心了。

事情证明这是一个错误的决定，这一年是郑穆公十年，也就是说郑穆公是十年前登基的，属于战后的一代国君，郑穆公年轻的时候又是在晋国度过的，对楚军的厉害并没有深刻的认识。当然，他对晋国也太信任了些，毕竟去年刚收了晋国送回的地皮，对晋军抱有相当大的期待。

事实上，晋国确实前来救援了。收到消息后，晋国按照老套路，给中原各国发去了江湖救急令，召集鲁国、宋国、卫国以及许国一起救援郑国。

按照以前的老规律，一件事情的效率跟参与方的数量成反比。人一多，效率就下降。

靠着赵盾去年送地积攒下来的人品，四国倒全部做出了回应。在晋国的主持下，五国开了一个会，认为荆楚再次挑战中原，是可忍孰不可忍，必须给予坚决的还击。会议讨论完毕，五国拉起兵马直奔郑国。

刚到郑国边境，就收到消息，郑国已经大败，楚国把郑国出战的大夫公子坚、公子龙和乐耳俘虏了。无奈之下，郑国只好跟楚国结盟，十多年后，再一次倒向了楚国。

楚国攻打郑国，显然只是一个开始。

没过两天，楚军又把进攻目标对准了陈国，发兵攻克陈国的壶丘邑。让人惊讶的是，在接下来的战斗中，陈国竟然击败了强大的楚国，还把楚国的主将叫公子茂的给俘虏了。

这大概是因为楚军刚击败郑军，有些骄傲轻敌，而陈国早就提高了警惕。

当然，两国实力太过悬殊，这样的胜利是无法长久的。陈国也明白这一点。现在打了胜仗，手里又有了楚国的人，等于有了谈判的本钱，正好可以跟楚国讲和。

于是，没等楚国发起报复行动，陈国主动联系楚国，送回楚俘，就签订和平协议达成了初步意向。

仅仅半年不到的工夫，楚国就拿下了郑陈两国，这样的变故让晋国

《第四章》 楚旗复现

难以应付。而在展开军事行动的同时，楚军改变思路，同时展开了外交攻势。

自从城濮之战后，楚国收缩战场，基本断绝了与中原各国的外交联系，这一次相当于破冰之旅。思索再三，楚国将第一次访问对象定为鲁国。

鲁国离楚国很远，与楚国也没有历史包袱，比较容易沟通，而且楚国对鲁国完整传承的周礼十分感兴趣。

"冬，楚子使椒来聘。"（《春秋·文公九年》）

这一年的冬天，楚国大夫斗椒来到鲁国。这位斗椒是楚国最有权势的若敖氏的成员，楚国名臣斗子文的侄子。楚国派他来鲁国访问，可见还是很重视这一次外事访问的。

孔子老师对这次外事活动也给予了高度评价，特别写出了来访问的人的名字：椒。要知道，孔老师的《春秋》一共才一万多字，却写了二百四十多年的历史，下笔是惜墨如金，又极其讲究，一般人他是不写名字的，除非是大夫之类的人物。而楚国因为是小国，爵位才达到子一级，国内并没有周天子亲自命爵的大夫。楚国自己搞的那一套不受中原认可，自然不算。而这一次，孔子老师按照大夫聘问的规格写出他的名字，是为了表扬他开始懂礼了，知道来我国进行外事访问。

而这位获此殊荣的斗椒实在经不起夸啊。到鲁国访问，也按规定带了聘问之礼，可在与鲁国接待人员见面时，却一脸傲慢之色，颇有些瞧不起鲁国的意思。

论实力，当然是楚国强，但论历史，论爵位，论文化水平，那还是鲁国强许多。而你斗椒又是一个来访的使者，做出一副傲慢之色是什么意思呢？又据记载，聘问这种活动是高规格的外事活动，出访方出发前，需要到祖庙备案，报告我将要去哪里访问。而受访国的受聘地点也是选在祖庙。接过聘礼，要祭告祖先，把这个外交关系在祖先那里汇报一下，所以聘问这种外事活动不但是活人的事，也是祖先与祖先的对话。斗椒在此时表现出了极不成熟、极不礼貌的傲慢，等于是辱及双方的祖先。

鲁国大夫叔仲惠伯听说这件事情后，十分气愤，果断发挥鲁国咒谁谁倒霉的特长，对这位斗椒进行了一番预言：

"这个人一定会灭亡若敖氏的宗族，对先君如此傲慢，神灵是不会降福给他的。"

相比之下，另一国的使者就懂礼多了。

同一年，秦国的使者也到鲁国进行聘问。楚国人算是鲁国的稀客了，那秦国就更是稀客中的稀客，在我的印象里，好像还是第一次。

秦国派使者千山万水跑到鲁国来聘问，自然也是因为这些年老是受晋国欺负，开始进行一些外交活动，是希望拉拢一些国际友人。

秦国不但带了聘礼，还给鲁文公死去的父亲鲁僖公以及母亲成风赠送了丧衣。这个事情，说是有礼，也可说是无礼，因为来得太迟了嘛。鲁僖公死了快十年了，成风老夫人也已经仙逝五年，这时候送丧衣，没地方寄啊。

但这次鲁国史官不但没有批评，反而称赞秦国有礼。

要充分理解这里的学问，我们需要观察另一件事情。

五年前，成风老夫人去世两个月时，周王室派了大夫荣叔前来参加追悼会，这位荣叔不但带了助葬用的物品如丧衣等，还送来了口含之物。所谓的口含之物，也称含殓之器。就是在死者的嘴里放一些东西，至于放什

《第四章》 楚旗复现

么东西则根据死者的身份而定。天子放玉珠，诸侯放玉，大夫放碧石，士大夫放贝壳，如果是普通的人则放一些米饭。这也是为什么盗墓者没事喜欢撬开死者的嘴往里瞧的原因，而现在很多地方依然保留入殓时给死者喂米饭的习俗。

又送助葬物又送含殓之器，专业点讲，算够意思了。可是，周王室的这个举动却被鲁国大批特批，认为太不讲礼了。

这两样东西怎么可以同时送呢，一个是出殡时用的，一个是下葬时用的，应该按照用的时辰及时送来啊。而且周王室的使者来得太不是时候了。他如果送含殓之器，应该早点来，成风死了两个月，已经出殡了。而送助葬物就太早了。而且这两件事，应该分别交给两个人来办，怎么可以图方便一个人就兼了这么重要的工作呢？

正确的做法是什么呢？因为两国有朝觐之好，所以当成风有大病时，就会派人通知周王室，周王室的使者这时就该出发了，不能等到成风升天才出发。到了鲁国之后，如果正好成风去世，就送上口含之物；确认死亡之后，估算着葬期，再派人来送助葬物。

考虑到春秋时期的交通通信如此不发达，还要做如此高规则的要求，说明礼实在是一个繁复的东西。

两个月后，成风下葬，周王又派了使者来，使者先进了鲁国国都曲阜。这个举动又招来了批评，认为使者应该直接从边境上到墓地去嘛，干吗跑到国都来。

如此细节，真是为难这些外交专家了。

周王室只是稍没注意，就被批得体无完肤。可为什么秦国这么大的纰漏，却还受表扬呢？

原因要从两国关系上说起。

鲁国跟周王室既是亲戚国，更有着十分悠久的友谊。两国的外交关系属于血盟级别的。这样，两国之间的交往就要求十分严格。而秦鲁两国并不是盟友国，所以两国没有互相吊问的制度，所以鲁僖公死的时候，秦国不来参加葬礼，秦穆公死的时候，鲁国也没有派人送葬。现在秦国主动来送，虽然迟了，但这是意外之举，所以是有礼的举止。

打个比方，如果你结婚，一个关系很疏远的朋友突然来参加你的婚礼，送上两百块的红包，估计你都会很感动。但如果你的发小、死党、闺蜜也送两百块的红包，估计你心里就有些嘀咕。

而且秦国选择送鲁僖公以及成风丧衣也是有说法的，按秦国的说法是，他们这次来，一是进行聘问，二是追思翟泉之盟。

十三年前，秦国的大夫曾经参加了晋国主导的翟泉会盟，在那次会盟上，还有鲁国的鲁僖公。这也是秦鲁两国一次正式的会盟。

这么多年过去了，秦国一直忙于跟晋国纠结，最近大概想明白了，要与晋国斗，靠自己单打独斗是不行的，还是应该走出去。况且，中原的文化如此丰富，秦国也极需要吸收中原的先进文化来发展壮大自己。

当然，因为以前对中原的外交工作不太重视，在中原一个朋友都没有。想来想去，就只有鲁国好开展。于是，就借了这个追思翟泉之盟的由头跑到鲁国来访问。

因为考虑得极为周到，秦国的使者也十分谦虚谨慎，这次访问无疑比楚国的来访要成功得多。

这两个国家，怎么差距这么大呢？

《第四章》 楚旗复现

秦楚两国使者在鲁国截然不同的表现，晋国是不知道的。晋国收到的消息不过是秦楚两国都到鲁国去聘问了。

晋国这才慌了，这两年专注于国内斗争，一个疏忽，两大强敌都开始挖自己的墙脚了。

必须做出回应了。想了一下，晋国决定拿秦国开刀。毕竟晋国打秦国有信心，只要认真，基本一打一个准，而且失败了也没关系，有来有往，常打常有。不像跟楚国开战，要么数十年不战，要么一战管十多年。

鲁文公十年的春天，晋国进攻秦国，攻取了少梁。秦国也毫不示弱，夏天就组织还击，攻取了晋地北征。

这样的较量，在晋秦之间经常发生，两国就像过家家一样，拉出点兵马打一打，谁也不会下死力。这样的较量，对国力的破坏不大，在国际社会上的影响自然也很少。

在晋秦两国你打我一拳，我踢你一脚时，楚国趁机挺进到中原。

这一年的秋天，楚国召集刚收服的两个小弟——郑国与陈国开了一个会。这次会议由楚国国君楚穆王亲自主持。

在中国的历史上，有不少弑亲抢夺君位的事情，春秋时期自然也不例外。但说起弑亲还是有区别的，这其中，兄弟相残的最多，父子相斗的却不常见，其中的原因是兄弟天生就有竞争的关系，而父子则多是传承的关系。而楚穆王算是中国历史上第一个弑父夺君位的国君。

这种行为属于大逆不道，向来为各国所唾弃，但楚穆王顶着巨大的道德压力，还是坐稳了楚国国君的位置。

这其中最主要的原因是，楚穆王是一个谨慎的人。

这么多年，楚穆王一心经营他的一亩三分田，鲜有到中原来惹事，而是专心在南方收复一些反楚势力，比如江国。

经过八年的蛰伏，终于等到了属于他的机会。

此时，晋襄公已死，晋国内乱不已。中原霸主，轮也该轮到楚穆王了。

意气风发的楚穆王抵达中原，却没有直接去挑战霸主国晋国，而是先召集了郑陈二国，开了一个通气会，给这两国打了招呼，表示这一年我们楚国还要开一次大的会议，希望到时两国能够给予支持。

到了这一年冬天的时候，楚穆王宣布将在厥貉召开大会。这个地方在今天的河南项城境内，已经处在核心地界。邀请的与会国就更多了，除了郑陈，还有蔡国、麇国等。

这个会议只有一个主题：攻打宋国。

郑国、宋国，是整个春秋争霸史的轴心，所有想争霸的国家，必先征服的国家就是宋国、郑国。这里面有地理、文化以及国家实力多方面的原因。

论地理，这两个国家位于中原核心，南来北往，东进西出，都必须经过这两个国家。

论实力，这两国国力没有强到成为对手，又不至于弱到可以忽略，不强不弱天生一副得力小弟的胚子，收复了还可以助一臂之力。

论文化渊源，郑国是周王室近亲，宋国是前朝遗民。得到这两国可以威慑周王。

现在，郑国已经被楚国征服，接下来重点关注的对象自然就是宋国了。

会议还没有召开，大会要批斗的对象自己找上门来了。宋国大夫亲自前来迎接楚穆王，要求参会。

第四章　楚旗复现

主动参与批斗自己？楚穆王困惑了。可等宋国的使者说完，楚穆王笑起来了。原来宋国要求与会，是借此机会向楚国臣服！

在收到楚国将召开反宋大会的消息之后，宋国国君宋昭公马上将国内的卿士召集起来，分析当前的困境，宋国大夫宋华御语出惊人："楚国这是要对付我们了，故意开这个会来威逼我们，既然这样，我们干脆就臣服楚国好了。我们确实没有能力对付楚国，就不必强撑让民众受苦了。"

你不是要打我吗，不用你打，我直接给你写个"服"字好了。

打不赢，干脆趁对方出兵之前先投降，这也不失为一个弱国的生存之道。

这种情形对于宋国来说，却是一次罕见的表态。在春秋诸国中，最强大的不是宋国，但最强悍的非宋国莫属。这个国家向来是闻事则喜，行事风格横冲直撞。两年不开战，整个国家都觉得缺了点东西。以宋殇公为例，即位十年打了十一战，主要战斗对象是郑国，战斗成绩败多胜少，但屡败屡战毫不退缩。可谓是春秋的战斗国家。

一向谁都不服的宋国，竟然没挨教训就向楚国低头了，这实在不是宋国的风格，但考察一下宋国的近况，这又确实是一个无奈之举。

这些年，宋国也不太平。

五年前，宋国的宋成公去世，宋昭公继位，这位宋昭公突然心血来潮，想向晋国学习，把公族子弟全部驱逐出去。结果还没动手，消息却走漏了出去，宋国的公族子弟集体作乱，杀进宫里，搞了一回破坏，杀死了一些支持宋昭公的人。最后，宋国六卿出面，又让出一个职位，才帮宋昭公跟公族讲和。

惊人一鸣

虽然大家就此揭过，但心里还是有嫌隙的。而宋昭公又是一个冒失鬼，莫名其妙竟然得罪宋襄公夫人这位相当于他奶奶的骨灰级人物。这位祖奶奶脾气可不好，竟然又伙同了一些宋国的大夫将宋昭公身边的党羽杀掉一批。

据《春秋》记载，在宋昭公继位的三年前，宋国国内发生了一件奇怪的事情：那一年的秋天，宋国境内的蝗虫像雨一样掉到地上死去。这样的景象在当时的人看来，不是什么生物活动现象，而是一种预兆。这预示着宋国的群臣将争强相残，纷死而坠。

虽然不科学，但宋国疲弱却是事实。宋昭公在国内又没有多少支持者，再彪悍也没有底气。这才一反常态，主动向楚国臣服。

于是，宋昭公向楚穆王发出请求，要求参会。对于这个送上门来的膝盖，楚穆王惊喜异常，马上批准宋昭公的参会请求。宋昭公果然按时到达会场，还带来了大批的物资慰问楚军，并表示随时听候楚穆王调遣。

这个会议一开始就显得特别成功，但一个成功的开始不代表着能够圆满结束。就我在春秋历史中所见，开会是个难度很高的社会活动。像当年齐桓公搞衣裳之会，算是开会开得好的，也不免招人指责。这说明，开一个成功的大会比夺得一场战役的胜利要难多了。

由于楚国主持大会的经验不足，这个会议就发生了一些不太好看的事情。

会议快开完时，也不知道是楚穆王一时兴起，还是哪个家伙提的建议，说大家开完会，就一起去打个猎吧。

此时正是冬天，是冬狩的好时候。冬狩也是当时上层社会流行的活动。

《第四章》 楚旗复现

于是，这一群国君呼啦啦跑到一个叫孟诸的地方。这是我在春秋史中第一次看到诸国国君一起打猎。事实上，诸国国君都是好猎之人，但基本不一起玩，都是一个人玩。因为打猎如同行军作战，行军作战就要牵扯到主次的问题。谁是主帅，谁是辅助，这不好安排。

这一次，这个问题似乎不大，楚穆王当仁不让成为中军主将，宋昭公做了猎阵的右翼，郑穆公做猎阵的左翼。楚国大夫文之无畏担任左司马，维护狩猎纪律。

大家约定，先准备好取火的工具，第二天清早出发。

第二天出发的时候，这位文之无畏四处转悠了一下，发现了一个情况：宋昭公的右阵没有准备好取火工具。

为什么不准备，想一下就明白了。这个狩猎明为娱乐消遣活动，实为排座位认大哥的活动。楚穆王安排他守右翼，等于把他当成车右一般，宋昭公心里当然有火。论爵位，他是最高的"公"爵，楚穆王不过一个"子"爵。现在，他竟然要给楚穆王当保镖。郁闷之下，就有些抵触情绪，准备工作就搞得马马虎虎。

我们说过，狩猎如作战，不遵守狩猎规定，等同于违反军纪，是要受到严厉处罚的。但这一次，违反纪律的是宋国的国君。楚国的大夫能管到宋国的国君头上吗？

这位文之无畏的名字没取错，果然无畏得很，当下就决定要处理宋昭公，当然，宋昭公他是不方便打的，就把宋昭公的仆从抓了出来。

一看文之无畏要真动格的，有人劝他不要太强横了，没必要侮辱他国的国君，文之无畏振振有词："我按我的职责办事，有什么强横的。我就是一死，也得维护我的职责。"

惊人一鸣

说完，就把这个仆人鞭打了一顿，然后拉到全军示众。

这就有点打狗欺主人了。

这个事情办得对不对呢？这段事只记载于《左传》，《左传》是讲究记事不点评的。但从表面上看，应该还是持赞许意见的。毕竟是尽忠职守，不畏强权嘛。

但仔细思考一下，这样做还是太欠考虑了。

毕竟处罚的是他国的国君，这件事情不是单纯的军纪，而是一个复杂的外交事件。处理得不好，就会影响国与国之间的关系。而且文之无畏表达自己观点时，引用了《诗经》里的一句："毋纵诡随，以谨罔极。"翻译过来就是，不放纵狡诈的人，让这些人老实点。果然是文之无畏，引用文章无畏到了极点，这里的狡诈之人就是指宋昭公嘛。

文之无畏用国内的治军经验处理国际事务，未免太唐突了一些，他也终究为他的坚持付出了代价。

宋昭公的脸色极不好看，但他又没有爷爷宋襄公的胆气，只好将这口气硬咽了下去。

有一个人看不下去了。这个人是糜国的国君糜子。

糜国是个小国家，国君也只是子爵。这次开会不过是来凑个热闹，共襄盛举。结果看到楚穆王如此傲慢，把他国国君当作仆从一样，这让糜子感到莫大的耻辱。

你们要猎就猎吧，我可丢不起这个人。

也不打声招呼，糜子直接就回国了，这个行为称之为"逃盟"。

一个小小的国家竟然敢翘楚国的会，楚穆王火冒三丈，第二年春天就兴兵进攻糜，还数路齐发，一路打到糜国的国都锡穴才罢兵。

066

《 第四章 》 楚旗复现

火是泄了，但麇子的逃归却给这次会议蒙上了一层阴影，楚穆王的无礼傲慢也在中原传播开来。这让原本想投靠楚国的人不得不掂量一下，自己是不是也能放下架子，给楚穆王当仆从。

在楚国进攻麇国时，鲁国的大夫叔仲惠伯跟晋国的大夫郤缺举办了一次国防部长级别的见面会，两国大夫就最近楚国的动态交换了看法，商议怎么对付那些跟从楚国的诸侯。

去年楚国在厥貉开大会，可是把鲁国也吓了一跳。毕竟这个地方离鲁国不远了，再联想到楚国使者来聘问时的傲慢，说不定要针对鲁国也不一定。虽然后来得知，这是一次降宋大会，但鲁国觉得还是不能掉以轻心。宋国要是降了楚国，借着宋国的道，楚国也是能攻到鲁国的。

于是，有事找大哥，鲁国又找上了晋国。

不知道这次会议有没有达成什么共识，但就后面的事情来看，达成具体措施的可能性不大。毕竟这种大事，如果不是两国执政出面，根本没办法拿出什么真正的解决方案。而且商谈这么大的事，哪只是晋鲁两国谈谈就能解决的事情？

就我的猜测，大家也就随便聊了聊。这其中，鲁国主要要求晋国出面，毕竟晋国是伯主国嘛。可晋国最近忙于内斗，抽不出时间，就打打马虎眼，然后提出，让鲁国再去打听一下，看看郑宋这些国家到底是怎么想的，是不是真的想跟着楚国干了。

于是，在晋鲁会谈结束没多久，鲁国的执政大夫公子遂到宋国聘问。当然，说是聘问，实质是打听一下情况。可宋国对这件事情讳莫如深。毕竟这件事情对宋国来说，可是奇耻大辱，谁没事撕开自己的伤疤给别人过眼瘾。

套了半天，公子遂也没打听到什么实质性的消息，就打着哈哈，说了一句极不地道的话："哈哈，去年楚军侵略贵国，贵国却没受到什么伤害，实在是可喜可贺啊。"

宋昭公沉默了。伤害？你哪里知道我心里的痛。

这次访问无功而返，但晋鲁两国倒没有太担心。因为据南方来的消息，楚国最近也挺忙，先是楚国的令尹死了，一些原本臣服楚国的南方小国纷纷趁机背叛。后院起火，楚国只怕一时抽不出功夫到中原来打猎了。

晋国松了一口气，这两年秦楚的反晋势头的确太猛，现在楚国的进攻无疾而终，剩下的秦国就好办了。

《第五章》

赵盾的短板

《第五章》 赵盾的短板

鲁文公十二年（前615）的秋天，秦国大夫西乞术来到鲁国访问。西乞术是秦国大夫蹇叔的儿子，自秦穆公时代就在秦国战斗，现在过了这么多年，还活跃在一线，实在让人钦佩。

经过上一次借重温翟泉之礼的机会给鲁国送过东西后，秦国跟鲁国算是正式建立了外交关系，这一次也是国与国之间正式的聘问。是聘问，就得拿聘礼。秦国人倒不小气，一下就拿出了大尺寸圭璋这样的高档货。

聘问送的礼物是很有讲究的。聘问对象是国君的话就送圭，对象是国君夫人就送璋。这两种东西都是用玉做的，规格很高，是玉中极品。而圭璋还有尺寸之分，一般送给天子的是九寸，诸侯则按爵位递减。公爵用八寸，子男只要用四寸就可以了。

秦国送的这个圭璋到底是多少尺寸的，史书没有明记，但见多识广的鲁国人也惊讶了，可见极可能是超规格的八寸大圭璋。

但送礼这件事，有人敢送，未必有人敢接。

负责接待西乞术的公子遂把手缩着，不肯去接这块玉，嘴上打起了太极拳，只说秦国不忘旧好，光临鲁国，鲁国荣幸之极，至于这样的大玉器，我们国君可不敢接受。

鲁国在国际上一向是讲实惠的，有错过没放过。这一次突然这么客气，实在是这礼不好接。

西乞术这一次，直截了当地转达了秦国国君秦康公的计划：秦国将攻打晋国。还不是一般的小打小闹，而是大举进攻。西乞术言下之意，就是希望鲁国在这边配合一下。就算不配合，也希望鲁国能够发挥礼仪大国的优势，在国际舆论上给一些支持。

两国不过建交两年时间，马上就要鲁国表态站队，鲁国自然不敢接这份重礼。

听到公子遂谢绝，西乞术连忙摇摇头。

"哎，这不过是一点小意思罢了，不值得推辞吧。"

公子遂坚决不收，西乞术一看这东西要是送不出去，回去可不好向秦康公交代，情急之下，就搬出了列祖列宗，表示这是我们国君为了祈求贵国祖先周公鲁公保佑贵国国君，所以才送了这么一些小礼物。主要是为了让两国以后增进友谊、加强合作的。

我们说过，聘问其实是活人代表先人交往，秦国此说，深得聘问之礼的精髓。公子遂只好收下，但为了不拿人手短，在举行完聘问之礼后，鲁国又把这个大圭璋还搭了一些东西回赠给了秦国。

拿了这两块玉，就要跟晋国为敌，鲁国就算糊涂，也不会干这样的事。

没有得到鲁国的明确支持，这也在秦国的意料之中，甚至也不影响秦国的决定。因为就在这一年的冬天，秦国就发起了对晋国的攻击。

《第五章》 赵盾的短板

秦国打的旗号是报复令狐战役，这件事情已经过去数年，可秦国依旧念念不忘，说明那件事情伤秦国太深。

本来是你们晋国来我们秦国要人，我们二话没说，把人给你送到了，结果半路上，你们偷偷摸摸进攻我们。这不是把人当猴耍吗？

这次，秦国的秦康公亲自带队。介绍一下这位仁兄，这位仁兄是秦穆公跟晋国公主穆姬生的儿子，论辈分是晋文公的外甥。当年送晋文公回国的人里就有他，特地还作了一首"我送舅氏，日到渭阳"的诗。所以后人也将渭阳比喻为甥舅关系。说起来，跟晋国也是亲戚，关系应该很好的。可这位仁兄登位那一年，就碰上了令狐之战，让他很没面子。所以这几年咬着牙，一定要报令狐之恨。

既然是报复，那就不是你死我活的竞争了，所以秦国这些年屡次进攻，都是为了争一口气，就像当年崤山之败一样。如果今天在晋国执政的还是冬日之阳赵衰的话，说不定也像当年那样故意放个水，让秦国赢一场就算了，偏偏现在执政的是夏天的太阳赵盾。赵盾可没这么好说话，秦国赢一场，晋国一定要连本带息地赢回来，搞得秦康公一直下不了台，只好越战火气越大。

秦国憋着这口恶气，一定要找回这个场子，来势颇为凶猛，一来就攻下了晋国的羁马。

这对赵盾来说，是考验他军事才能的时候，更是考验他用人策略的时候。

自从赵盾执政以来，晋国的大夫阶层因为他的原因，或死或逃，损失了一大批精英，如果赵盾不能迅速选拔出一批优秀的人才填补这些空缺，只怕赵盾在晋国的声望就会直线下降。

惊人一鸣

收到秦军进犯的消息后,赵盾作为中军主将亲自迎敌,而跟随他的几乎全是生面孔。生面孔一般都不好管理下属,大军抵达前线河曲之后,就发生了一件骚乱事件。

扎下营房后,部队开始列阵,突然就杀出一辆战车来,在军阵里横冲直撞。晋兵避之不及,一时之间,阵营大乱。新上任主抓军队纪律的司马韩厥一听,连忙跑了过来,当场把乱闯的人拿下。

乱闯的人被抓后,不慌不忙,反而摆出一副"你谁啊,敢抓老子"的神情。旁边有人凑上来,小声地告诉韩厥,这个人可惹不起,他是赵盾家的人。

事实上,韩厥也知道这是赵盾家的人,因为说起来,他原本也是赵盾家的人。

韩厥的祖先原本是晋国的公族,因为封在韩原,才由姬姓改为韩姓。一直也是晋国的大族,只是因为在晋国内乱时,跟错了对象,追随了晋惠公。自晋文公继位后,家族一蹶不振。到了韩厥这一代时,家族已经支撑不下去。韩厥的父亲又死得早,韩厥自幼就被赵盾收养,长大后就成了赵盾的家臣。

现在赵盾成了晋国的执政者,举贤不避亲,把韩厥提拔为司马。

一上任就碰到这么一件棘手的事,而这位闯阵的老兄也极不配合,被抓了也不认罪,双手被绑了,还挺着腰,鼻孔朝天。可很快,他的脸色就变得极为苍白,瞪着韩厥,又是惊恐又是不敢相信的样子。

韩厥下令,将这个扰乱军阵的人拉出去砍了。

"我是赵夫子的人!"赵家的司机喊了两声,就直接被拖出去砍了。

众人面面相觑,明白过来后,纷纷小声议论:"韩厥这小子完了,他家

《第五章》 赵盾的短板

主子早上刚提拔他,他晚上就把人家驾车的给杀了,谁能受得了这个气。"

果然,不过一会儿的工夫,赵盾就叫人来召韩厥。韩厥面无表情,大摇大摆地去见赵盾了。

赵盾见到韩厥,先是恭敬地行了一个礼,然后大大表扬了一下韩厥,表示这件事情你干得对,你没有让私情影响你的工作。"本来,我向国君推荐你,还担心你不能胜任。要是你不能胜任,我就变成结党营私了,那我以后还怎么执掌国政?所以,刚才是我故意考察你。你做得很对!"

韩厥先是一头雾水,继而恍然大悟,同时也冒了一身冷汗。幸亏自己刚才果断,不然,这会儿自己只怕马上就要下岗。韩厥连忙谦虚了两句。

赵盾看小伙子还知礼,更加高兴了,连忙鼓励他以后好好干,更大胆预言晋国以后执掌国政的人就是你了。

这个预言是很准确的,但赵盾的道行浅,只预言了几十年的事情,却无法预言两百年后,与他赵家一起瓜分晋国的就是这韩厥的后人。

表扬完韩厥后,赵盾特地领着他去见晋国的众大夫,表示你们现在可以祝贺我了,我推举韩厥是做对了,我没有犯荐人以私的罪过。

解释就是掩饰,可见赵盾提拔韩厥在晋国还是引起了不少的非议。与其说是考验韩厥,不如说是赵盾演了一场戏给晋国的大夫看。只是不知道韩厥本人在参演前有没有看过赵盾编剧写的剧本。但有一点可以肯定的是,那位闯军阵的车仆应该是本色演出,只是演完后,盒饭都没吃,就直接被砍了,实在有些倒霉。

韩厥不是赵盾提拔的唯一一个家臣,另一个家臣,赵盾提拔起来更直接,直接升为上军军佐,位列晋国六卿之一。

这位是曾经奉赵盾之命给贾季护送过老婆、孩子的臾骈。

惊人一鸣

因为臾骈在那件事情中表现出极高的道德水平，所以特别被提拔为上军军佐，算是晋国政坛的一匹黑马。

晋军抵达河曲，迎上了来犯的秦军。臾骈提了一个建议："秦军远犯而来，必定不能久留，我们可以深垒堡垒以逸待劳。"

思考了一下，赵盾听从了这个建议。毕竟，这战场役对他来说，意义重大。秦康公输得起，他输不起。

于是，晋军在河曲停下来，开始修建军营，垒起防御工事。

这个事情呢，说起来是不讲究的，因为我们古代的军礼是不支持打持久战的，多打一天仗，就要多消耗一份民力。以前鲁隐公出去打了三天仗，都被史官记录下来批评。但晋国显然不受这些古板的条条框框的限制。从晋献公到晋惠公，再到晋文公，以及晋文公起用的先轸都是以在战场上玩阴招而出名。

当晋军摆出打持久战的架势后，秦康公果然慌了。毕竟这是晋国的主场，拖下去自然对秦军十分不利。

想了一会儿，秦康公下令：去把士会大夫请过来吧。

士会，晋国人，士蒍的孙子，士縠的侄子。当初跟先蔑作为使者到秦国迎接公子雍。当然，这件事情我们已经搞清楚了，完全是赵盾玩的诡计，他派往秦国接人的使者都不是自己的亲信，而是像士会、先蔑这样对立阵营的人。

在意识到自己被骗后，先蔑气愤之下，干脆跑到了秦国，他一跑，搞得士会也不得不跟着逃到秦国。这两人出了同一趟差，又流亡到同一个国家，一般来说，算是共患难的战友了。可奇怪的是，士会跑到秦国之后，

《第五章》 赵盾的短板

从来不主动联系先蔑，就是在朝中或是路上碰到了对方，也像避瘟神一样远远避开。

随从很奇怪，你们都一起逃到这里了，应该多多联系，不说别的，就是听听乡音也好啊。

士会回答："我跟他罪过是一样的，但我并不认同他的行为，既然观念不一样，又有什么必要见面呢？"

在士会的眼中，他出逃是形势所逼，而先蔑是主动叛国，两者差别很大，所谓道不同而不相为谋。

当然，这是表面上的解释。事实上，士会的行为可能并不能这么简单地去解释。

秦康公将士会请来，请教他有没有办法可以让晋军马上出战。

不用多想，士会就告诉秦康公："赵氏新提拔了一个叫臾骈的人，这个人有勇有谋，这个主意肯定是他提的，打算拖垮我军。但赵氏的军营里还有一个人，这个人是他的旁支子弟，叫赵穿，此人是晋国国君的女婿，多宠又年少，不懂军事，为人却狂妄逞勇。此人对臾骈担任上军军佐一直忌恨在心。如果派人去骚扰他，说不定可以引晋军出战。"

抛开这个建议的可行性不说，光是士会的分析就让人吃惊，他一个流亡在秦国的人，对赵盾新提拔的这些人竟然了如指掌，晋国国内的人可能都没他了解得这么透彻。这说明了一个情况，士会一直在密切关注晋国的动态，他如此关注，自然是想有机会能够重回晋国。

而要重回晋国，自然就不能跟先蔑这样的叛国者靠得太近。

秦康公决定采用士会的方法。他将一块玉璧投在黄河里，向河神祈求胜利。

十二月初，秦国开始袭击晋国的上军，赵穿就在上军里，看到秦军前来挑战，立马出营应战，结果秦军掉头就跑，而且跑得飞快。赵穿紧追猛赶，都没有追上。大概也就赵穿比较积极，其他兵马都遵照上级指令，没有动，自然就让秦军轻松跑掉了。

赵穿憋了一肚子气，回来后就在军营里发火："我们大家带着粮食，披着甲胄，到了这里，就是跟敌人决一死战来了。结果敌人送上门都不攻击，也不知道在等什么？"

一名军吏出来打圆场："这是上面在等待时机。"

"等，等，等，要等到什么时候？！我可不懂那臾骈出的什么计谋，他们不出兵，我领我的部下跟秦军较量一下。"

这赵穿也是胆大包天，竟然真的领着军队出战了。春秋时，大夫都有私兵，军纪也比较松散，大夫经常私自行动，这种事情多半是不会追究的。

消息传到中军，赵盾第一个想到的竟然是面子问题。

"要是赵穿被秦国俘虏了，那等于他们已经抓住了我们的一个卿，这样，秦国马上就会以胜利者的身份撤军。我们回去就没办法跟国君交代了。"

仔细观察一下秦晋百年交战史，就会发现，除了个别的大战，秦晋之间的交战还真是为了面子。常常是某场战役一方吃了大亏，比如崤山之战、令狐之战，吃亏的一方就会在接下来数年里不依不饶地进攻，直到占到便宜为止。再想想战国时的长平之战。唉，这样的秦晋关系果然不愧"秦晋之好"四个字啊。

"怎么打没关系，就是不能让秦国占了便宜。"赵盾一拍桌子，"全

《第五章》 赵盾的短板

军出战！"

秦康公终于逼得晋军全军出动，但两军交战了一下，秦康公就发现，前些天往黄河里扔的那块玉算是白瞎了，河神根本就没有保佑秦国。两军交战了一下，秦康公发现晋军实力很强，连忙收兵了。既然秦军没占到便宜，赵盾也放心了，鸣金收兵。

到了夜晚的时候，晋营里来了一个秦军的使者。

这位使者口气很强硬，表示今天白天我们两军打得不过瘾，大家都没有什么损失，也没分出胜负，明天我们再打一场！

这是我翻译过来的，事实上，春秋时的使者有个称呼叫行人。据记载，这个行当还是世袭的。要胜任这份差事，最重要的要求当然要能说会道，而且要会念诗，这样才能达到一个行人的执业标准，用最文雅的方式说出最粗鲁的话。

这位秦国行人的原话是："明日请相见也。"

要是不联系上下文，还以为是约会呢。

转达完，行人就告辞了。而臾骈望着行人的背影若有所思，等行人走远之后，臾骈马上对赵盾说道："赶快发兵出战，秦国的这个行人口气很强硬，但眼珠子晃个不停，说明他的内心十分不安，极为害怕我们的样子。我估计秦国要准备逃跑了，我们趁机攻击他们，把他们逼到黄河边上，一定能取得大胜。"

臾骈召集上军，准备出营追击，可刚跑到营门口，就看到几个人大义凛然地堵在了营门口，正在喝令所有人都退回去："白天死伤的人还没有安置好，丢弃他们又去战斗，这是不惠；明明谈好明天再战的，却把人家逼到绝境，这是无勇也。"

站在门口的正是那位赵穿。赵穿终于穿帮了，他不是对战术真有什么见解，纯粹就为了反对而反对。

你一个臾骈，不过押了趟镖，就爬到我的头上来了，你算老几。你说打持久战，我偏要出击，你说进袭，我偏要防守。

这位仁兄白天丢了面子，晚上还嫌不够丢人，又跑出来丢人现眼。但臾骈叹了口气，停止了追击。因为在门口的还有一个人，这个人叫胥甲，是下军的军佐，还乡团二代成员之一。

论背景，臾骈是没办法跟这两个人比的。他们挡在路口，总不能从他们身上碾过去吧。

第二天天亮的时候，赵穿们全副武装，按约定的时间前去应战，臾骈没有动。他知道已经没有这个必要了。

昨天夜里的时候，自知无法取胜的秦康公已经连夜将队伍撤走了。

得知错失一次大败秦军的机会后，赵盾却不急不躁，反而暗喜着将部队撤走，回去就宣布，自己成功击退了秦军。这个路子，跟当年阳处父是一样的。而出现这样的情况，自然要从赵盾身上来分析。

赵盾并不是一个志向远大的人。

就他本人而言，能够稳定晋国的局势就满足了，至于开疆拓土、称霸中原，那不是他的理想，如果能得到，那就笑纳，如果不行，也不勉强，其执政思想总结起来叫维稳，稳定压倒一切。

这个态度，倒不能说是错误的，甚至还可以说是守礼的。

《大学》里有一句话十分有名，叫"正心、修身、齐家、治国、平天下"，这通常被引用来作为一个人的五个修行阶段，心正才能修身，修好身才能齐家，齐好家才能治国，将国家打理妥当才好平天下。但这可能是一个误会。就春秋而言，这句话不是指一个人的五个修行阶段，而是指五个阶级的修行目标。

正心是对天下所有人提出的要求，每个人都要端正自己的理想。而修身则是对士提出来的要求，士是春秋贵族的最后一级，他们没有车，没有多少田产，没有职位，可谓是贵族中的无产阶级。所以，他们没有家族，没有私兵，就是想齐家，也无家可齐。

士的上面是大夫，大夫已经是有职位的人，通常还是一个家族的族长，下面以他为核心，有一个庞大的网络，所以对他的要求就是管理好这个家族。

再往上，是卿跟国君。卿是国君的左右手，其作用就是辅助国君管理好这个国家。再上则是天子，只有天子才有资格去平天下，如果一个士大夫说要平天下，大家多半当笑话来听。当然，这样的人，也不是没有，比如管仲先生，一个摆地摊的士，天天琢磨的就是平天下这样的大事。

后面社会进步，才出现了"天下兴亡，匹夫有责"的新思想。至于春秋，大家还是各守本分，管好自己的一亩三分地，天下让天子去治，国家让国君去管，家族让大夫去理，普通老百姓修个身就行了。正所谓："肉食者谋之，又何间焉。"

而像齐桓公、晋文公这些人，称霸中原，会盟诸侯，实际上是替天子行政，算是越俎代庖。从道义上来说，是非礼的行为。所以，齐国辛辛苦苦替卫国复国，还招来了春秋史家的批判。

就赵盾来说，他不过是一个卿，把国家治理好，就是他的本分了。至于争霸平天下，他实在没有这么远大的志向。

能治理好国家，这是赵盾能够被称为政治家的原因，而没有平天下的理想，这也是他不能像管仲一样被称为思想家的原因之一。

回到绛都之后，赵盾松了一口气，这次大考总算没出什么纰漏，无过就是功吧。可赵盾没有轻松两天又接到消息，秦国又进攻了。

看来，秦国这次很认真，不占点便宜、挽回点面子就不罢休。如果是赵盾老子在，挥挥手让一让秦国就算了，可赵盾显然不是随和的人。

你要赢，偏不让你赢！

赵盾不想着退一步海阔天空，反而琢磨起秦国来。让他一琢磨，还真琢磨出一些关键了。

秦国之所以胆子又大了，应该跟最近的一些事情有关，再调查一下秦国，就发现秦国这些年趁着晋国不注意，偷偷跑到鲁国搞外交攻势去了。

在秦穆公时期，秦穆公曾经跟楚国的楚成王建立了攻守同盟，而等楚穆王上来，楚国就灭掉了跟秦国结过盟的江国，秦国感觉很没面子，就断绝了跟楚国的关系。所以秦楚虽然有晋国这一个共同的敌人，却没有站到一起。而秦国一失去楚国，在外交上几乎就是空白了。

在这种背景下，秦国才不远千里跑到鲁国搞外交。

搞清楚这个，那就简单了。因为秦国想跟楚国来往，晋国管不着，但想跟鲁国勾搭，那就得问晋国同意不同意。

秦国要去鲁国，就得通过晋国掌控的桃林之塞。这个地方十分关键，是秦国东进的必经之路，晋国正是因为掌握了这个要道，才让秦国终春秋一世，都没在东方搞出名堂来。

《第五章》 赵盾的短板

以前晋国对桃林之塞的管理有些松懈，才让秦国人钻了空子。晋子马上派了一个大夫前往桃林，专门管理这条要道。这也算是亡羊补牢吧。自此，秦国果然没办法再往鲁国跑了。

办完这件事情，赵盾又专门召集晋国六卿跑到诸浮开了一个会，这是一个人事会议。重要议题是怎么解决当前晋国人才短缺的困境。

这个问题确是晋国目前碰到的大问题，虽然提拔了一些人，但大多不堪重用，韩厥还太年轻，赵穿就是一冒失鬼，臾骈虽有才能，但因为背景太浅，难以服众。

可能大家觉得，用人唯贤就可以了，怎么还讲背景呢？

不讲背景地用人，那是理想社会，现实社会是人的群体，人的群体自然就有关系、背景这些东西存在。像管仲这样的大才，在施展自己的才能时，也考虑到自己的起点太低、根基太浅、无法服众，才多次要求国君加爵加工资加尊称才敢放手去干。

现在晋国人才出现这么大的缺口，要培养也需要一个过程，见效最快的办法自然就是从外面引进了。其实，赵盾开这个会，早就有两个人选。

"士会在秦国，贾季在狄国，祸患指日将至，这如何是好？"

这是两个很好的人选，如果能将这两个人中的一个召回来，一是加强自己，二是削弱对手，那么可以起到一举两得的作用。

听到赵盾的发言，与会者很兴奋，这两位毕竟是晋国的老牌大夫，在座的一些人跟他们的关系本来就很近。现在能召回来，自然再好不过。可是到底召谁回来，这不但是一个技术活，还是一个政治活。

晋国大夫荀林父率先发言："请把贾季召回来吧，这个人擅长处理外交事务，父亲狐偃又是文公的功臣。"

荀林父跟逃亡在秦国的先蔑关系很好。先蔑逃亡之后，他冒着私通叛国罪人的风险，私自将先蔑的老婆、孩子送到了秦国。要不是赵盾对贾季干过类似的事情，只怕赵盾早就趁这个理由打压他了。此时，他的职位是中军佐。也就是说，他相当于赵盾的助手。

另一位大夫郤缺却提出了完全不同的看法。

"贾季作乱，罪行重大，不如召回士会。士会这些年在秦国，虽然混得不好，但总算知道羞耻。这个人看上去柔弱却坚持原则，而且也有智谋，本身也没有什么大罪。"

郤缺曾经给赵盾提过归还卫郑土地的外交方案，深受赵盾重视。

人事会议常常是权力争夺的焦点，提拔谁、不提拔谁都有很大的讲究。从这一点看，荀林父并没有猜到领导赵盾的心思。

赵盾虽然抛出了这两个人选，但很明显，他不可能召回曾经与自己势均力敌的政治对手贾季。而士会就好多了，不是还乡团成员，其家族势力也不强。召他回来，赵盾可以用他，也可以控制他。

很快，晋国人才计划出炉了：召回士会。

鲁文公十三年（前614）的春天，秦国来了一个狼狈不堪的人，此人是晋国的大夫魏寿余。

来到秦国后，这位魏寿余告诉秦康公，自己在晋国叛变失败，老婆、孩子都被抓了，只有自己只身逃了出来，希望秦康公能够收留自己。

晋国内乱，秦康公是很欢迎这位晋国来的投靠者的，但他也不笨，马上就对魏寿余做了背景调查。很快也查清楚了，魏寿余是晋国一个中等家族的人，封地在魏地。大哥魏犨曾经是晋文公还乡团的成员，以武力著称，但因为在城濮之战中犯了错误，烧了晋文公在曹国的恩人僖负羁的家，结果这一家子一直没发展起来。

这样说来，对晋国有怨气，继而叛乱，也是情理之中的。而在晋国的线人也证实了，魏寿余确实在晋国被抓了，不久前才从晋国逃跑。

晋国的敌人就是秦国的朋友，秦康公颇为慷慨地将魏寿余留下，并对他表示，在这里随便住，晋国再牛，也不敢到这里要人。而魏寿余更是知恩图报，表示愿意将魏地归入秦国。

这显然是一个打击晋国的好机会，秦康公连忙召集国内的大夫商议此事。秦康公捡到便宜正洋洋得意，也就没注意到魏寿余不知不觉走到了士会的后面，还轻轻踩了士会一脚。

秦国大会商议完毕，都觉得这是一个好机会。毕竟令狐之战的亏一直没有补回来，现在晋国的土地送上门来，不要白不要。

秦康公亲自率领大军，前往收编魏地。来到黄河，魏地的官员就在河对面。魏寿余请求秦康公派一个人跟他一起去劝说那些魏地官员，以表明秦国的诚意，而这个人，最好是魏地官员比较熟悉又认可的人。

秦康公想了一下，这个人选非士会莫属了，于是，把士会召了过来，问他的意见。

不过一会儿，士会上来了。在魏寿余踩自己时，士会就猜到了一点。等魏寿余的要求一提出来，他就明白了，这是想召自己回去。

可士会犹豫了，自己当然想回晋国，但自己的老婆、孩子还有一大家族的人都在秦国呢，自己要跑了，他们怎么办？可这件事情又不能说出来。

想了一下，士会回答道："晋国人是虎狼之士，要是我去了，他们不同意，就会杀死我。我一死，只怕留在秦国的妻子也会被杀戮。这样的事情，对国君你没有好处，到时后悔都来不及。"

显然，士会已经暗示秦康公了，这一次只怕收不到地，还要吃晋国人的亏。可秦康公还沉醉在白得晋国一块地的美好憧憬当中，完全没有领会士会的暗示，反而大手一挥，"如果晋国人背信，我就把你的妻子送还晋国，我可以让河神做证！"

听完秦康公的保证，士会终于跟魏寿余出发了。上船之前，一位叫绕朝的秦国大夫特地上前赠送了士会一根马鞭。

士会愣了一下，马上明白过来，这是对方让他快马加鞭好还乡。

绕朝微笑了一下，压低着声音说道："你不要说我秦国无人啊。只是我的计谋不为国君采用罢了。"

原来，绕朝早就猜到魏寿余不是来献地的，而是来拐人的。可能他在秦国一直不得志，提了很多建议不被秦康公采纳，这次干脆就不说。

等士会一过河，那些魏人果然开始大吵大闹，表示不愿意归附秦国，然后就簇拥着士会回去了。只留下秦康公一个人在黄河对面，于风中凌乱。

让人佩服的是，明明知道自己又被晋国人耍了，但秦康公还是信守承诺，将士会的家人送了回去。又据记载，秦康公后来知道了绕朝赠鞭的事情，勃然大怒，怪绕朝不举报而将他处死了。被拐跑了一个大夫，现在又处死一个，这次被晋国坑得不浅。

经过这件事，秦康公彻底明白了，自己是斗不过晋国人的，自此息掉了要报令狐之耻的心，接下来十多年，秦国都没有对晋国发起过大的军事行动。

晋国很快迎来了赵盾执政以来最好的一段时期。

第六章
中原的剧变

第六章 中原的剧变

鲁文公十三年,也就是士会回归这一年的冬天,鲁国的国君鲁文公再一次来到晋国聘问。

史书上说,晋鲁两国元首举行了亲切的会谈,重温了过去的友好关系,是一场对两国来说都受益匪浅的重大外交活动。

当然,这是官方的外交书面语。而这些外交语后面常常隐藏着一些玄机,比如这次,里面就藏了一些不好拿到台面上直接说的东西。

会谈重点重温了两国过去的友好关系。这说明,鲁晋两国以前的关系还是不错的。楚穆王在厥貉开大会挑战晋国权威的时候,鲁国站稳了立场,没有参与,晋国表示赞赏。但目前来说,鲁晋关系还是出现了一些新的问题。比如楚国为什么到鲁国聘问呢,而秦国就更是奇怪了,三年之内,去了鲁国两次,听说还送了很重的礼。希望鲁侯能够对形势有清楚的判断,不要做伤害两国人民感情、破坏两国关系的事……

显然,这一次鲁文公就是为秦楚聘问来说明情况的。

当然,鲁文公这么有诚意,晋国也没有怎么为难他,与之进行了友好的会谈,还留人家在晋国过了一个年。第二年冬天的时候,鲁文公才启程回国。

　　走到半路，鲁文公就碰见了一个意外的人。

　　卫国的国君卫成公在沓地等待鲁文公多时。见到鲁文公后，卫成公东拉西扯了一大堆，最后还是有些不好意思地提出了一个请求："请鲁侯帮忙让晋国跟我们卫国讲和。"

　　对于晋国的霸业，卫国在感情上总是有些接受不了。这也难怪，晋文公的霸业就是踩着卫国上来的。因为在卫国受到不礼，晋文公打起卫国来特别狠，还把卫国的土地分了出去，搞得卫国对晋国这位霸主意见很大。要知道，上一任霸主齐桓公可不是这样的，对卫国是照顾有加送地送城送鸡送鸭的。于是，卫国对晋国的态度一直不那么恭敬，跟晋国的外交关系也断了好多年。

　　现在国际形势不同了，晋国已经摆平了秦国，而另一个有争霸之心的楚国也偃旗息鼓，两三年没动静。而且这一年，楚穆王还去世了。

　　楚国的王位竞争在春秋中是最为激烈的，每一次王位更迭差不多都伴随着流血事件。这也意味着，新的楚王短时间内将困于内斗，根本没有时间到中原搅和。

　　算来算去，晋国只怕又要雄起。再不搞好关系，只怕晋国又会拿卫国当反面典型，树霸主威风。

　　于是，卫侯这才放下架子，专门半路蹲守鲁文公，希望他从中斡旋，毕竟鲁国是中原为数不多跟晋国还保持着友好关系的国家。

　　听到这个请求后，鲁文公一下来了精神。我们知道鲁文公这个人的声誉一直不太佳，在诸侯中不太受欢迎，上一次诸侯大会，因为迟到，诸侯

《第六章》 中原的剧变

们都不愿意跟他结盟，搞得鲁文公只好草草跟晋国的大夫赵盾喝了血酒了事。现在卫国的国君竟然求他办事，这显然是对他很重视啊。

鲁文公跟打了鸡血一样，家也不回了，当场调头朝晋国进发，要为晋卫复盟搭桥牵线。

结果走到郑国国都新郑东边一个叫棐的地方，又碰到了郑国的国君郑穆公。这当然不是偶遇。事实上，郑穆公也想求鲁文公帮忙跟晋国恢复邦交。

原因跟卫国一样，就不复述了，但郑国有郑国的情况。卫国这些年，只是冷处理了卫晋关系，复交的困难不大。但晋郑就不同了。前两年，郑国还跟楚国结了盟，郑穆公跟着楚穆王打了猎，算是投敌了。这要跟晋国再恢复友好邦交，难度有点大。

意识到这个难度后，郑穆公专门设宴招待鲁文公，在宴会上，郑国大夫郑子家赋了《鸿雁》这首诗。

这首诗取自《诗经》，是一首比较忧伤的歌，用鸿雁来比喻人的困苦，人就像鸿雁一样在外面奔波，辛苦劳作，哀鸣声声。

郑子家赋这首诗，自然就是在诉苦，表示郑国这些年过得实在很辛苦，在大国争霸的夹缝中求生存。

跟随鲁文公出访的鲁国大夫季孙行父连忙起身，表示你们郑国国君苦，我们鲁国国君又何尝不是呢？

吐完苦水，季孙行父也念了一首诗，这首诗叫《四月》，基本上，这也是一首牢骚诗、苦情诗。

两个小国顿时在此刻产生了共鸣。这些年，这些小国为大国所逼，不停地东奔西走，求爷爷告奶奶，不就跟一只哀雁差不多。

当然，两国相会，牢骚是要发的，但事情也是要办的。郑子家又赋了一首《载驰》，这是当年许穆夫人为自己的娘家卫国所写的，当年卫国为狄人所灭，许穆夫人写了这首诗，表达自己的悲痛，并呼吁各国帮忙重建卫国。显然，这是一首求助诗。而在这首诗里，郑国把鲁国当成了齐国，把鲁文公当成了齐桓公一样的求助对象，暗示着希望鲁文公也帮帮忙，到晋国说一声，让晋国跟我们郑国重归于好。

季孙行父微笑着念了一首《采薇》，这首诗，前面同样是吐苦水的，表示采薇时节，自己却在外面征战，实在是劳累。但后面调子一变，变成再坚持一下，怎么样也要取得胜利再回家。

这也就是说鲁文公已经答应了郑穆公的请求。

于是，郑穆公听到后，马上向鲁文公行礼拜谢，而鲁文公亦回礼答拜。

一场不好意思说出口的事情，通过念两首诗就办完了，春秋就是这个范儿，不服都不行。

在鲁文公积极努力的外交斡旋下，晋国与卫郑两国达成了谅解。第二年，在宋国的新城，晋国再次主持召开诸侯大会，会议依然由赵盾主持。宋公、鲁文公、陈侯、卫侯、郑伯、许男、曹伯俱有参加，中原的大国中，就只有齐国没来。齐国没来倒是有客观原因的。上个月，齐国国君齐昭公刚刚去世。

是会议必然有会议主题，这一次的主题主要有两个。

一个是拨乱反正，以前归附于楚国的陈、郑、宋三国将弃暗投明，重新回到中原的怀抱，听从中原大哥晋国的指挥。这是一个务虚的主题，大家表表态，发个誓喝血酒就能完成。

《第六章》 中原的剧变

　　另一个主题就比较务实了。在这次会议上，大家商议怎么护送邾国的公子捷菑回国继承君位。

　　邾国是一个小国。大概处于今天的山东省邹城市，在政治上一向依附于鲁国。而在去年的早些时候，邾国的国君邾文公去世了。

　　这位国君还是一个颇有才德的国君。据说邾国准备迁都到绎地，搬之前叫史官算了一个卦，史官报告迁都的话对民众有利，对国君不利。邾文公大度表示，自己活着就是为了安抚百姓，只要对百姓有利，就是对我不利，那也搬吧。

　　迁都之后，邾文公没过多久就死了。鲁国的君子称赞这位邾文公知道天命。

　　可惜的是，邾文公本人道德水平高，可家庭教育抓得不怎么样。他一死，两个儿子就开始争夺起君位了。一个儿子是齐国女人生的叫公子貜且，一个是晋国女人生的叫公子捷菑。

　　因为公子貜且年长，母亲又是元妃，也就是排行第一的小老婆，邾国人集体拥护公子貜且继承了国君。公子捷菑一看没希望，就跑到了外公家晋国搬救兵。

　　晋国外孙竟然输给了齐国外孙，这面子往哪里放？正好最近晋国国内比较太平，赵盾就有些蠢蠢欲动，借着这个大会就要攻打邾国。

　　列会的诸侯中，鲁文公对晋国的这一举措是十分欢迎的。因为鲁国刚跟邾国打了一仗。其原因是邾文公去世时，鲁国去参加葬礼，有些不礼的举动。邾国一生气，就兴兵攻打了鲁国的地盘，鲁国也丝毫不示弱，马上进行了还击。

　　现在晋国肯牵头打邾国，鲁文公自然举双手赞成。可其他的诸侯谈到此事时，无不闪烁其词，有些欲言又止的样子。

赵盾没有在意这个。事实上，他也根本不在乎。诸侯大会，求同存异，大家有意见没关系，尽管保留，只要行动听指挥。

开完会，赵盾就率领着诸侯的军队浩浩荡荡杀向了邾国，据统计一共有战车八百辆。春秋时，一辆战车配三名甲士和步卒七十二人，八百辆就有步兵将近六万人。这可是一个相当惊人的数量。晋国跟楚国这样的头等强敌交战，也不过出动这么多的兵马，现在为了一个芝麻大的邾国，竟然纠集了"八国联军"。可见，赵盾对这一次军事行动是很重视的。毕竟这是晋国安定之后的第一次重大对外行动，开一个好头十分重要。

赵盾是信心满满，相信自己的八百辆战车一到，邾国人就得打开城门，把晋国外孙公子捷菑接回去。

大军很快抵达邾国，邾国人也早就收到了消息，派出了使者前来迎接八国军队。让赵盾奇怪的是，面对连绵数里的大军，邾国的使者竟然没有丝毫的惧色，反而问晋国为什么兴兵问罪。

赵盾眼珠子一转，语气就软了下来，表示自己没别的意思，就是把你们的公子捷菑送回来即位。

邾国使者向赵盾行了一礼，表示公子貜且跟公子捷菑都不是嫡子，没有谁是最正当的。可现在晋国以大国的气势来压服我们，而万一齐国也兴兵来问罪，就不知道到时候是晋国的外孙得到君位呢，还是齐国的外孙得到呢？我们是小国，大国不敢得罪，只好根据公子貜且年长一些来立了他。

赵盾沉默了，他兴冲冲而来，只想着这么多兵马征服一个邾国还不容易，哪里还想到这里面还牵涉着齐国的问题。齐国可不是普通的小国。虽

《第六章》 中原的剧变

然这些年因为国内相斗,实力差了许多,但瘦死的骆驼比马大,相比郑宋这些国家,实力还是要强一些的。要是把东边的齐国得罪了,加上西边的秦国、南方的楚国,晋国可谓四面楚歌了。

想清楚后,赵盾出了一身冷汗,连忙说道:"你这样说是合情合理的,我如果再不听从,就不吉利了。"说完,赵盾就老老实实领着公子捷雷回国了。

这一次,可谓雷声大雨点小。一出国门,赵盾就碰了个满头包。可见国际形势更为复杂,远非国内斗争可以比拟的。

在邾国的挫折让赵盾终于冷静了一些。接下来的一件事,终于让赵盾找到了一些处理国际事务的感觉。

从邾国回来后,周国的人就找上了门来。这是周国的人来请晋国评理的。

在这一年的春天,周天子周顷王去世了。

说起这位周顷王还是挺让人同情的。他的父亲就是周襄王,周襄王在位置上倒是干了三十三年,可执政水平实在太低,别说平天下了,就连家也没有齐好,兄弟之间经常闹矛盾,搞得本来就走下坡路的周国更是雪上加霜。周襄王去世的时候,竟然没有钱发葬。继任者周顷王最后只有厚着脸皮派大夫到鲁国索要金子,当然被鲁国史官趁机批判了一顿。

在一穷二白的周国,周顷王只干了六年就死了。可国内公族争权的传统却保持了下来。最后周国国内谁也压不倒谁。一合计,竟然跑到晋国请晋国评理。

堂堂天子,竟然要诸侯来评理。这实在是江河日下,往事不堪回首月明中了。

惊人一鸣

接到这个请求后,赵盾打起精神,居中调和,调解了王室的纠纷,帮助各方达成了和解协议,曾经被解职的大夫恢复了职位。周王室暂时恢复了平静。

这算是赵盾外交上不多的成功案例,但仅仅这一件事情,是无法维持晋国霸业的。接下来,中原将陷入一场前所未有的混乱当中。这才是真正考验晋国考验赵盾的时候。

在赵盾率领八百乘兵马前往郑国的时候,如果他有晚上散步的习惯,可能就会发现一个奇怪的天文现象。

一颗闪耀的星星拖着长长的尾巴,划过天际,然后消失在北斗七星的位置。

这颗星星就是著名的哈雷彗星,这是有史以来最早的关于哈雷彗星的确切记载。但在当时的人看来,这不是什么天文大发现,而是天现异象,预示着将要发生一些不寻常的事情。

北斗,天之中枢。彗星,邪乱之气。彗星窜入北斗七星,自然是邪气侵入中枢,将引发大乱。

在周国,负责观察天象的周国内史全程观察了这颗彗星的行动轨迹。然后,他面色变得凝重起来。在思索良久后,他做出了一个预言:"不出七年,宋、齐、晋的国君将死于叛乱。"

作为春秋著名祸害预言家的周国人,其预言准确率只在鲁国之上。在周国人做出这个预言的前一年,齐国就乱了起来。

在齐国国君齐昭公的葬礼上,齐国的公子商人将原本要继承君位的太子舍杀死了。

《第六章》 中原的剧变

公子商人是齐桓公的儿子，齐桓公已经死了三十年，他的儿子们现在还活跃在斗争第一线，这种精神，要是齐桓公知道了不知做何感想。

公子商人策划这一天很久了。在齐桓公死后，他的六个公子相互争斗，轮番上位，在齐昭公时，总算稳定了一些。齐昭公在国君的位子上一干就是二十年，让一直没机会的公子商人颇为无奈。但公子商人不气馁，经常在国内施舍财物，还蓄养了很多门客，最后把家产都用光了。公子商人毫不在意，家里没钱，就向掌管国库的官员借贷来施舍。

做慈善是值得表扬的，但如果一个人借钱来做慈善，那说明，他不在乎钱。不在乎钱，这个世界上就只有权力可以满足他了。

当齐昭公去世后，商人觉得是收回投资的时候了。此时，有一个对他十分有利的情况：本来要继承国位的太子舍在国内没有威望。而没有威望的原因是齐昭公不喜欢他的母亲子叔姬。

子叔姬是鲁僖公的女儿、鲁文公的姐姐。这应该是一门政治婚姻，齐昭公不喜欢也情有可原。母亲不受宠爱，儿子自然不受国人重视。

于是，公子商人就大着胆子在葬礼上把太子舍给刺死了。

办完这件事，公子商人做了一个奇怪的举动，他跑到自己的哥哥公子元面前，十分诚恳地说了一句话："太子舍不受国人喜爱，无法担任国君，我已经把他干掉了，这国君的位子就请您来坐吧。"

说起来也是蛮搞笑，这位公子商人在国内一直以急公好义、救难扶弱的形象出现，也靠着这个博得了许多国人的支持，现在突然杀了太子。怎么说都是一件不道义的事情。因此他有些不敢登位。

另外，在国内也不是他一家独大，比如这位公子元，就颇有实力。所以，公子商人干脆上门来捅破这层纸，试探一下对方。

惊人一鸣

公子元望着这位兄弟，如同看外星人一样。让我做国君？兄弟，不要开大哥的玩笑了，你杀太子舍的刀都还没擦干净，我要是上去，只怕下一个死的就是我。

于是，公子元拒绝了公子商人。而对这个伪君子，公子元丝毫没有客气："你谋划这个位子很久了吧，我哪里敢跟你争？要是我能够给你打打下手，让你对我少点怨恨，你能不杀死我，我就谢天谢地了。这国君还是你去当吧。"

公子商人望着哥哥，喜出望外，得到肯定的回答后，喜不自禁地回去了。没多久，公子商人就登上了国君之位，是为齐懿公。

虽然齐懿公是通过杀侄子登上的国君之位，但这种事情在春秋也不是稀罕事，过了两三年，大家也就淡忘了。要是齐懿公再参加参加诸侯大会，造成国际社会认同的事实，就更没什么说的了。可这齐懿公却是一个惹事的主，紧接着干了一件不太地道的事，让事情又变得复杂起来了。

他把太子舍的母亲子叔姬给扣了起来。

一般来说，丈夫死了，儿子被杀了，子叔姬也没有了在齐国待下去的理由，最好的归宿也就是回娘家了。而子叔姬的娘家就是鲁国。她是鲁僖公的女儿，现任国君鲁文公的姐姐。

大概是担心子叔姬回去，煽动鲁国前来找事，所以齐懿公干脆把子叔姬扣了起来，不让她回鲁国。抓在手里，还可以当一个对付鲁国的筹码。

这个事情就不太地道了。把人家儿子都杀了，还扣着母亲不放。这算怎么回事？

对于这个情况，鲁国也是束手无策。本来公子商人杀的是鲁国的外甥，鲁国应该出头的，但鲁国的实力不如齐国，鲁文公也不是一个强硬的

第六章　中原的剧变

国君。齐懿公正式当上国君后，还大摇大摆地派人到鲁国通报情况。

对于齐懿公的嚣张气焰，鲁国人无可奈何，只好在笔头上挣点便宜。比如齐懿公因为忙着稳定国内形势，当上国君三个月之后才来通知鲁国，鲁国就干脆以他通知的时间登记其即位时间，无缘无故让齐懿公少了三个月的工龄。

笔头可以让精神上取得胜利，却无法解决实际问题。眼下，死了的人可以不管，但活着的人可不能不理。毕竟这个事情说出去，实在有损鲁国的声誉，可跟齐国要人，鲁国又怕对方不给。想了一下，鲁文公派人去周国，请周国帮忙。

虽然天子权威不大，但毕竟招牌在那里，请周国帮忙要个寡妇，应该不成问题吧。

收到鲁国的请求，周国也十分仗义，派了大夫单伯到齐国说情。

这位单伯一到齐国，就被齐国扣了起来。很快，一个耸人听闻的消息传了出来，单伯到了齐国后，十分关心未亡人子叔姬的生活，一关心就越界了。

又据记载，当年子叔姬出嫁，要求一个同姓国派大夫相送。当时，担当这个任务的就是这位单伯。那会儿，单伯就跟子叔姬发生了一些不正当的关系，现在只不过是旧情复燃罢了。

对于这件事，周王室跟鲁国都感到莫名的耻辱。而齐国则是义愤填膺，面上无光，马上兴兵冲到鲁国境内打砸了一通，算出了口气。

但就我看来，鲁国大可不必过于内疚，而齐国也不必过于气愤。想春秋以来，齐国女人给鲁国人送了多少顶帽子。现在好不容易出来个鲁国妹子给齐国送了一旧绿帽子，也算是有来有往嘛。

而齐国也太冲动了，竟然连周天子的使者都给关了起来。要知道，作为天子的使者，单伯享有外交豁免权。不管他有没有犯罪，任何个人及组织都不能扣押他，扣押了就是造反（执之则为不臣）。

第二年的春天，鲁国的大夫季孙行父再一次前往晋国。这个事情闹到这么大，只有请伯主国晋国出面才能解决。

听到鲁国找上了晋国，齐懿公才慌了。要知道霸主国的主要行动纲领就是打击弑君篡位事件。齐懿公杀掉的太子舍虽然还没有正式成为国君，但太子舍毕竟是齐昭公的嫡子，所以《春秋》在记载此事时仍然用了"弑其君"三个字，坐实了齐懿公的弑君之罪。

这个罪行是诸侯大会重点打击的对象。齐国不怕鲁国，却不能不怕晋国。

于是，齐懿公连忙释放了单伯，并口头表示将在合适的时机送子叔姬回鲁国，至于什么时候合适，齐国没有给出具体的时间。

事情到此似乎可以结束了，但不知道是不是齐懿公觉得很没面子，在释放了单伯之后，又发兵攻打了鲁国的西鄙。这就像小孩发脾气了。你不是找家长嘛，我对付不了你的家长，但没事时我就揍你两下。

对于齐国这一野蛮行径，鲁国采取了老方法来对付："小子，有本事你别走，我告诉我大哥晋国去！"

季孙行父这一年第二次跑到了晋国，汇报了齐国的所作所为。

看来，不打还是不行啊。

这一年的冬天，姬夷皋亲自在扈地召开大会，姬夷皋即晋灵公，当年十二岁，小学毕业生的年纪，难得出来见见世面。这次会议与上次新城盟会差不多，都是八国诸侯，区别是少了鲁国，多了蔡国。

第六章　中原的剧变

鲁国是因为鲁文公正在国内组织抵抗齐国的进攻，无暇前来参会。而蔡国是晋国用大棒赶着来的。

因为新地盟会时，服楚的陈、郑、宋三国都来了，偏偏蔡国没来。于是，这一年的六月，晋国特地率领两军进攻了蔡国。打出来的旗号就是不要欺负我们国君年少（君弱，不可以忽）。晋国一直攻到了蔡国的国都，逼近蔡国签订了城下之盟才回去。

这些小城，夹在大国之间，也着实让人唏嘘。

借着攻打蔡国，晋国向中原各国发出了强烈的信号：晋国要强势回归，重持大国霸权，掌控国际秩序。

当然，攻打蔡国这样的小国，无法树立多大的权威。要真正让中原各国重视起来，齐国才是一个合适的对象。

在这次会议上，大家重温了新地之盟的会议精神，晋国大夫做了中原施政报告，讲解了公子捷菑归邾不遂一事，并热烈欢迎蔡国重回中原联盟。之后，便是这次会议的重点，攻打齐国。

晋国想打齐国不是一天两天了。这些年，趁着晋国内乱，齐国又有些蠢蠢欲动，基本特征是没事就欺负一下鲁国，借此来挑衅诸侯大会。而且齐国开会也不来，完全没把晋国放在眼里。联想到去年邾国的事情也让晋国很不爽。小小的邾国竟然也知道齐国是中原可以跟晋国叫板的国家。

而这次，齐国行事霸道，挑衅诸侯联盟，破坏中原和平稳定的大好局面，造成了极坏的国际影响。再不教训一下，只怕大家对晋国的能力要产生怀疑了。

这边一开会，效果就出来了，齐国马上送回了子叔姬。齐国对外宣称

惊人一鸣

是给周天子面子（王故也）。这个，大家都懂的。

一看齐国还知道害怕，晋国也就放弃了攻打齐国的计划，宣布扈地会议取得了预期的效果，大家就散会吧。

于是，像新地会议一样，一场大战又消弭于无形。上次是晋国人自己理亏，事没办成，反被邾国人教育了一下，搞得有些灰头土脸。这一次，更是糟糕。因为晋国之所以放弃了攻打齐国，竟然是因为收了齐国的贿赂。

晋国一开会，齐国就派了人私下接触了晋国，送上了厚礼。

考虑到跟齐国开战的胜算也不大，现在齐国既然服了软，又送回了子叔姬，也算对诸侯有了一个交代，那就到此为止吧。

在赵盾的引路下，晋灵公喜滋滋地回家了，自认为晋国又成功地组织了一次诸侯大会。

可晋国这边刚散会，前面又传来消息，齐国又发兵攻打了鲁国。

齐懿公已经看出来了，晋国上下并没有什么大志，开会也就做个样子。这样的伯主还怕他干什么。于是，齐国再次发兵攻打鲁国。回来的时候，更做出了一个十分嚣张的举动。

齐国顺手把曹国揍了一顿，其原因竟然是曹国这两年跟鲁国走得比较近，这一年的早些时候曹伯刚到鲁国进行了聘问。

我不但要打你，而且谁跟你走得近，我也要打！

嚣张，实在是嚣张，这简直就是街头小霸王的作风。

鲁国的大夫，也就是这两年常往晋国跑的季孙行父摇了摇头，表示曹国到鲁国聘问是守礼的行为，齐懿公自己不守礼，却要攻打守礼的人，只怕是不会有好下场了。

第六章　中原的剧变

齐国刚被周国咒过，现在又被另一预言大师鲁国诅咒，齐懿公想不死都不行了。

当然，就这个预言来说，还是周国的大夫比较准确，因为周国大夫一下预言了三个，而且排好了倒霉座次。齐懿公幸运地没有排在第一位。

排第一位的是宋国的宋昭公。

鲁文公十六年（前611）的十一月，宋国人弑杀了国君宋昭公。

宋昭公的死早就有预兆，这位兄弟刚登上国君之位，位子都没有坐热，就想着把公族连根拔掉。行事如此激进，不坏事才怪。

但坏事来得这么快，不是宋昭公太弱，而是对手太强。

宋昭公的对手叫公子鲍，是宋昭公的庶弟，此人堪称是宋国版的齐懿公，极善于拉拢人心，较之齐懿公其手段更是有过之而无不及。平时在国都，碰到人都是一副彬彬有礼的样子。宋国发生了饥荒，他把自己家里的粮食拿出来施舍。国都只要是有七十岁以上的老人，他自掏腰包发养老补贴，按时令送大米和猪肉。

除广泛争取人民群众的支持外，对于宋国上层社会的精英，公子鲍尤其加以注意，频频接触各大家族，一天之内要多次到六卿的家里串门，对其中有才能的大夫，更自降身份，亲自侍奉。与宋昭公更不同的是，他对宋国的公族格外照顾。

除善于拉拢人心之外，这位公子鲍还有一个独特的竞争优势——他是一个帅哥。史书记载："公子鲍美而艳。"

"美而艳"在《左传》中已经出现过一次，上一次恰好也是用在宋国人身上，不过是用在了孔子的祖先孔父嘉的夫人身上。一个女子用"美而艳"形容，已经让人浮想翩翩。公子鲍拥有这三个字，估计进入春秋四大美男之列也不是问题了。

长得帅，在政治上可以吸引女性选民，尤其可以吸引一些有权势的贵妇的支持。公子鲍同样吸引了一位极有权势之人的支持。可听说这个人要支持他时，公子鲍脸上不禁露出了苦色。

这位贵妇人是宋襄夫人。宋襄夫人主动向公子鲍示好，表示要跟他"沟通一下"（襄夫人欲通之）。

论辈分，宋襄夫人是他的奶奶，论年纪，宋襄夫人嫁到宋国来时，公子鲍都还没出生，而且还有伦理大防在里面。所以，尽管这位宋襄夫人在宋国政权中如同铁娘子一般的存在，公子鲍依旧拒绝了宋襄夫人的示好。

也许宋襄夫人只是追求一种柏拉图式的恋情，被拒绝之后，毫不生气，反而尽力帮助公子鲍，赞助了公子鲍不少慈善活动，更亲自策划了变天行动。

在这一年的冬天，宋襄夫人准备趁宋昭公到孟诸打猎的时候刺杀他，再将公子鲍扶上君位。

也不知道这两位忘年知己是怎么商议的，是走漏了消息，还是故意放出的风声，竟然让宋昭公听到了这个消息。盘算了一下，宋昭公无奈地发现，在国内，支持公子鲍的人数远远大于支持他这个国君的。

搞清楚状况后，宋昭公反而不慌张了，而是收拾起东西来，把自己的财宝全都打包，并决定按原计划到孟诸打猎。这个举动引起了荡意诸的注意。

这位荡意诸是宋昭公的铁杆支持者，在六年前支持过宋昭公去公族，最后却当了"荡跑跑"，在计划失败后逃到了鲁国。最后还是鲁国大夫公

第六章　中原的剧变

子遂出面调和，他才重新回到了宋国。

荡意诸的官职是司城，这是宋国的执政官，而这个官其实是他的父亲公子寿让给他的。

他的爷爷，前任司城去世后，原本是公子寿顶他的岗位，可公子寿却把这个职位让给了儿子，并说出一番让人无言以对的话来："现在国君无道，我的官位又离君主近，只怕祸害要降到我的头上。可如果不做这个官，家族就没人庇护，还是让我儿子去做吧。儿子是我的替身，姑且由他代我顶了这一难。这样，即使儿子死了，但总算可以保住我们这个家族。"

这个世界坑爹的事常见，坑儿子的倒是少有，这大概算是非典型的弃子保父吧。

听说宋昭公明知山有母老虎，偏向虎山行时，荡意诸建议宋昭公不如逃到外国去。流亡，荡意诸有经验，他就在鲁国流亡过。但他一个大夫可以流亡，国君是不能流亡的。

宋昭公摇摇头说道："我不能跟我的大夫以及祖母甚至国人们搞好关系，哪个诸侯肯收留我。而且我本来是国君，现在跑到国外当人的臣子，还不如死了算了。"

于是，宋昭公将自己的财宝分散给左右侍从，让他们离开，各寻生路。

荡意诸决定留下来，他已经逃过一次，那一次，他逃得十分仓皇，但也是将符节交给官府的人才走的。这一次，他无法再逃走。国君都决定留下来，做臣子的怎么可以逃生？

宋昭公身边的人越来越少，从这一点来看，孟诸刺君计划应该就是故意放出风声，好吓跑宋昭公仅剩的一些身边人，而荡意诸这个曾经的"荡跑跑"竟然不跑了，倒出乎宋襄夫人的意料。

这个人毕竟是司城，官高职重，他不走，倒有些不好下手。于是，宋襄夫人专程给荡意诸送了信，警告他不要立于危墙之下，赶紧离开宋昭公。

荡意诸拒绝了，他说："作为一个逃避国君祸难的臣子，这样的人，以后的国君怎么敢用？"

十一月的二十三日，按计划，宋昭公前往孟诸，走向早已料到的死亡之旅。

尽管宋昭公不是一个贤明的国君，但这份从容着实让人钦佩。在春秋历史中，我们很少看到有人畏死逃难，就算平时品行不端的人，在面对死亡时，也是出奇地冷静。这也许就是春秋的精气神吧。

宋昭公没有抵达猎场，半路上就被宋襄夫人派出的人刺杀了。与他一同赴死的还有那位不肯离去的司城荡意诸。

公子鲍登上了国君的位置，是为宋文公。

《春秋》在记载这件事时，用了"宋人弑其君杵臼"。一般来说，发生弑君事件，如果点出弑君的人名，那就是臣的罪，而如果点出国君的名字，那就是国君的错。显然，孔老师认为宋昭公不能安定宋国，无法取得宋国人的支持，这是他被弑的主要原因。

当然，虽然宋昭公治国无方，但他毕竟是国君。公子鲍虽然有国人支持，奶奶疼爱，但毕竟是犯了弑君的大罪，这是为国际社会所不齿，为诸侯联盟共讨伐的事情。

而晋国也没有放弃这个可以树立伯主权威的机会。

《第七章》

悲催的鲁国

〈第六章〉

英國的社會

《第七章》 悲催的鲁国

鲁文公十七年（前610）的春天，晋国的上军军佐荀林父率领一军会同卫国、陈国以及郑国一起攻打宋国。发兵的旗帜倒是很鲜明，就是质询宋国人为什么杀死自己的国君。

这一次的参与国有点少。前两次都是八国军队一起出动，这一次只有四个国家。这不是一个好的现象，仔细观察一下，许曹蔡这些小国没有参加。这可能是因为他们国家小，经济一般，无法跟着晋国年年发兵。但有两个国家的缺席是值得注意的：

首先，齐国依然不参加。自赵盾执政以来，齐国从来都不参加晋国召开的诸侯大会。而且自前年晋国气势汹汹率领八国大军前来，结果被一点小钱就打发掉后，齐国更是看清楚了，所谓的霸主国不过是一个纸老虎，没必要害怕它。

其次，这些年，跟晋国走动最频繁，一向鞍前马后的鲁国也没有来。这应该是鲁国伤心了。本来指着晋国作为大哥大，维护国际秩序，保护弱小国家，可晋国的表现太让人失望。这让鲁国人明白了，晋国靠得住，母猪能上树。于是，鲁国马上调整了外交策略，从一开始的全力依靠晋国，转而乞求同齐国交好，避免被齐国进犯。

这对赵盾以及晋国来说，是一个危险的信号。赵盾本应该引起警惕，认真完成这一次讨宋事件，从而重新树立伯主权威，使已经产生离心的中原诸国重新回到晋国的怀抱。

据《国语》记载，为了这次出兵，赵盾做了大量的战前动员，先在太庙发布命令，召集各军将领传达精神。奇怪的是，除相关的军事人员之外，赵盾还把一些乐官叫了来。赵盾告诉这些乐官，一定要把三军的钟鼓准备妥当。

晋国的大夫大惑不解。行军打仗靠士兵手中的兵器，乐官的钟鼓能消灭敌人吗？

赵盾解释道："宋国犯了弑君的大罪，我们现在是去讨伐宋国，而不是仗着我们是大国去欺压它。如果是以大欺小，就属于偷袭。偷袭需要小心翼翼，尽量隐蔽。而讨伐就必须备齐钟鼓，先用正义的声音让大家知道宋国的罪状。"

这大概就是孔子老师所说的"鸣鼓而攻之"了。

做足国内动员，晋国还大派惩恶扬善使遍告天下诸侯，最后领着联军，敲着锣打着鼓，军乐声喧、声势震天地朝宋国进发。

可事情的进展再次让人失望了。晋国率领大军，敲锣打鼓、威风凛凛地来到宋国，结果没过多久，就偃旗息鼓回来了。宋国的国君依然是宋文公。

晋国对外的解释是宋文公已经取得了国人的支持。而实际的原因，大家都懂的：晋国收了钱。

这不是晋国第一次干收人钱财、替人消灾的事情了。频频出现这样的

《第七章》 悲催的鲁国

情况，大概跟晋国的政局有关。现在的晋国是大夫执政。而纵观中国历史，只要是权臣执政，腐败的情况就会特别严重。这大抵是因为，天子亲政时，会将天下都视为自己的，捞钱不过是从右口袋换到左口袋。而权臣则不同了，他不过是替天子管家，捞钱是从天子家往自己家里搬，自然积极性很高。

这一次讨伐事件无功而返，甚至比坐视不理的影响还要差。因为这一去，什么都不干，与其说是去讨伐，不如说是去观宋国的新君继位仪式，等于认同了宋文公的合法地位。

对于这样的情况，鲁文公早就料到了，他也特别庆幸自己没有跟着去演这场国际闹剧。他不关心晋国的霸业受不受影响，宋国谁当国君，他更关心的是，齐国那个天天找他麻烦的齐懿公什么时候能够按预言所说的那样，早点死去。

因为鲁国这两年差点被齐懿公玩残了。

在鲁齐的交往史上，一向是齐国欺负鲁国，可谁都没有这位齐懿公欺负得过分。

在那次赵盾率兵马攻打齐国，结果收钱就退军之后的第二年春天，鲁国派出了大夫季孙行父前往齐国，准备跟齐国谈一谈。

老大哥晋国已经不主持中原正义了，只有自力更生，另想办法。大不了给齐国服个软，送点礼，大家坐下来好好谈谈也行啊。

到了会场，见到齐懿公，季孙行父提了提条件，请求跟齐懿公签订两国友好协议（会盟），齐懿公断然拒绝了，而且还很生气。

原来，这一次齐鲁会谈本来是国君级别的，但鲁文公突然生病了，就

惊人一鸣

临时派了季孙行父代表自己参加。

说好的国君见面会，结果你派一个大夫来，而且还不是鲁国的执政大夫，这算什么意思？

"要签协议可以，让你们国君来谈。"说完这句，齐懿公甩袖就走，留下脸色苍白的季孙行父尴尬地站在原地，不知所措。

齐懿公怀疑鲁文公故意放他鸽子，这确实是冤枉鲁文公了。

这一年的春天，鲁文公就生病了，病得还不轻，连续四个月没有上班。到了六月的时候，鲁文公一直无法上班的消息传到齐国，齐懿公这才相信鲁侯是真的病了。

鲁文公特地给齐懿公送了礼，将这位大爷请了出来，又派了国内的执政大夫公子遂前往，这才与齐国达成了一个和平协议。

这个和平协议的保质期是一年。

第二年，也就是晋国攻打宋国的那一年，齐侯又开始进攻鲁国。大概是嫌上次跟鲁国大夫盟约有损身份。

没有办法，鲁文公这一次只好亲自出面，前往谷地跟这位难侍候的齐懿公见了一面，搞了一次盟誓。这一次，大概是出了什么事，因为鲁文公是六月去的，到了秋天的时候，才从谷地回来，而孔子老师又特地记载了鲁文公回来的时间。按惯例，这应该是暗示鲁文公在这次会议上遇到了一些麻烦。

搞得这么惊险，会盟的效果自然不佳。于是，当年的冬天，鲁国公子遂又跑了一趟齐国，想巩固一下谷地会盟的成果。但公子遂带回来一个不好的消息，以及一个好消息。

《第七章》 悲催的鲁国

不好的消息是，齐国人果然还想进攻鲁国，并宣传明年要吃鲁国的麦子。

好消息是，据公子遂观察，齐国的这个远大理想可能没办法实现了。因为齐侯这个人说话跟跑马车一样，毫无远虑。这样的人马上就会大祸临头，一命呜呼，哪有闲工夫来吃我们鲁国的麦子。

从周国的大夫，到季孙行父，再到公子遂，已经有三个人预言齐懿公的悲惨下场了。

鲁文公听了大为高兴。齐懿公这个王八蛋要是死了，值得大开宴席庆祝啊。

第二年的春天，公子遂的判断似乎要一一兑现了。一开春，齐懿公就宣布要进攻鲁国，还发布了进攻的日子。而没过多久，齐懿公生病了。据给齐懿公医治的医生说，齐懿公只怕活不过秋天了。鲁文公大喜过望，连忙请人来占卜，诚心祷告，希望齐懿公加把油，提前一点，赶在发兵的日期之前就死掉。

占卜的结果出来了。鲁文公却有点黯然神伤，不知道是该喜还是该悲。

卜象显示，齐侯的确等不到发兵的日期就要死了。可惜的是，鲁国的国君听不到齐侯的死讯了。因为龟甲显示，鲁国马上就有灾祸发生。

果不其然，这一年的二月二十三日，鲁文公去世。

据史料记载，鲁文公的死亡是一个意外。他从高台上掉下来摔死了。鲁国史官说，这是不合乎礼的，合礼的死法是死在正寝。这就奇怪了，鲁文公倒霉，一不小心从高台下掉下来死掉，这有什么办法？难道说，鲁文公掉下来后，请他千万要坚持一下，等人将他抬到正寝，再咽气啊？

惊人一鸣

死了都被批斗，在春秋，当一个人好累，当国君更累，而最累的大概就是当鲁国的国君吧。

可以说鲁文公是在一片批判声中走完一生的。

在鲁国的历史上，他可能是被批得最频繁的一位国君了。不是说他有多坏，多不尽责，而是他的风格有些另类，走位有些飘忽，经常犯一些不算致命但又不礼的错误。比如在丧葬期娶老婆、把父亲的牌位偷偷往上排。又比如有一年，鲁国很久没下雨，结果鲁文公一点也不担心。史官一看，好嘛，你不关心，那好，不下雨的时候我不记，一等鲁国下雨了，我就记成鲁国至今未下雨，来暗示鲁文公没有忧民之心。又比如，鲁国的宫庙坏了，史官连忙提着笔实地考察一下，慎重记录下来，表示这个宫庙之所以坏，就是鲁文公平时没有及时修缮。又比如，上次请病假不参加与齐懿公的盟会后，他似乎尝到了旷工的乐趣。就是病好了，也经常不上班，而把国内的政事全部委托给公子遂。

而就在摔死的前一年，鲁文公更是干了一件被史官痛批的事情。说起来，也是跟一座高台——郎台有关系。

鲁文公把郎台给拆了。其原因是郎台后面的泉宫里突然有蛇爬出来，很多，一共有十七条。这十七条蛇组成一队，径直进入国都。这个数字很吓人，因为跟鲁国死去的国君数量是一样的。而且没过多久，鲁文公父亲鲁僖公的老婆声姜就死了。

鲁文公搞不清楚这到底暗示着什么，反正就感觉不是什么吉祥的东西。于是，他干脆下令将这个郎台拆除。

这就不对了，这个郎台是他爷爷鲁庄公修建的。虽然这个郎台修建的时候选址选时都不合礼，已经被批判过了，但无论怎么说，这也是他爷爷

《第七章》 悲催的鲁国

留下来的，而且当年他爷爷还在这上面望见了党氏小姐，私订过终身，也算是一个有故事的高台，怎么说也是鲁国的一处非物质文化遗产了。好好的你拆了干吗？留着自己住不好吗？

总而言之，鲁文公我行我素惯了，不是一个招人喜欢的国君，国内的人嘲笑他，国外的诸侯鄙视他。但他死了，也混了一个"文"的谥号。

考虑到他曾经替晋卫郑三国斡旋过外交关系，也算是为国际社会的和平与稳定做出过积极的贡献，这个谥号也算一个小小的奖励吧。

现在，小错不断、大错不犯的鲁文公都去世了，大恶人齐懿公也该交待了。

鲁文公去世的三个月后，齐懿公前往申池游玩。从这一点上看，齐懿公的病已经好得差不多了，至少不像医生说的那样可能活不过秋天。

齐懿公没有想到，这是一次死亡之旅。

来到申池，天气很热。齐懿公的两个部下司机邴歜跟保镖阎职跑到池子里泡澡。泡到一半，邴歜突然拿起马鞭抽了阎职一下。阎职勃然大怒，站起来就要还击，邴歜却嘻嘻哈哈，颇有深意地望着对方，说道："别人抢了你的老婆你都不生气，打你一下又有什么关系，你气什么气！"

介绍一下，齐懿公看上了阎职的老婆，然后就把她抢到宫里。奇怪的是，齐懿公可能心理有点变态，夺了人家的老婆，不但没有半点不好意思，反而安排阎职当他的保镖，让阎职天天戴着绿帽子给他站岗放哨。

阎职的脸一下充血般通红，但过了一会儿，他发出一阵冷笑，"这算什么，有的人老子的腿都被人家砍了，还不是一样忍气吞声？"

邴歜哑口无言，羞愤地低下了头。

惊人一鸣

邴歜跟齐懿公也有一些故事。在齐懿公还是公子的时候，曾经跟邴歜的父亲争过田地，结果没争赢，当时就憋了一口气。齐懿公当上国君之后，开始打击报复，但邴歜的父亲不给他这个机会，竟然去世了。这让一心想报复的齐懿公大为光火，冲动之下，就把邴歜父亲从坟里挖出来，砍去双脚。

羞辱了邴歜父亲的尸体，齐懿公意犹未尽，专门安排邴歜当自己的司机。

这个世界上有两种仇恨是不共戴天的，一种是夺妻之恨，一种是杀父之仇。

"父之雠，弗与共戴天。兄弟之雠，不反兵。交游之雠，不同国。"春秋礼法在这点儿上也是支持受害人私自报复的。

当然，我们现在是法治社会，大家有什么应当走法律途径解决。

很多身居要位的人都十分重视两个职权不高却至关重要的岗位，一个是司机，一个就是保镖。因为他们一个掌握行踪，一个掌握安危。而齐懿公跟这两人结下如此的仇恨，还大摇大摆地将这两人安排在这两个岗位上，这要么是脑子有病，要么是心理有病。

两个人对望了一眼，心有灵犀地坐下来，开始低声商议起来。

没过多久，这两位就跑去找齐懿公，说附近有一片竹林十分幽静凉爽，值得一游。齐懿公毫无戒心，云袖一挥："走，领寡人去看看。"

一看，寡人的老婆就成了寡妇。

行至竹林，身后的邴歜与阎职面露忿气，拔出利刃，将齐懿公当场砍死，然后也不埋一下，翻了翻齐懿公的尸体，踢了两脚，确定死亡之后才

第七章　悲催的鲁国

大摇大摆地离开。

齐懿公倒在竹林里，仰面朝天，两眼圆睁，至死都不敢相信刚才发生的事情。

堂堂大国齐国的国君，敢于藐视晋国，让鲁国头疼不已，最终却倒在两个小小的大夫手上，这实在是一个讽刺。可翻遍史书，我们常常又能看到，许多叱咤风云的大人物最终都是栽在无名之辈手上。

办完这件事，邴歜与阎职出了郁积心中的怨气，感到无比地快意。两人竟然也不着急逃跑，而是回到行宫，坐下来喝着齐懿公的酒，吃着齐懿公的菜，好好庆祝大仇得报。

吃饱喝足之后，这两人才不慌不忙地离开齐国，一路上，他们毫不担心会有人追他们。他们早就算准了，齐国人听到齐懿公的死讯，表面上不说，可能暗地里还要称赞他们为国除害。

原本齐国人对齐懿公的评价并不差，毕竟人家当年也是装得蛮认真的，可一旦伪装卸去，齐懿公就原形毕露。他原先的那些君子形象反成了让人厌恶的理由。国人极其鄙视他这种伪君子。他的哥哥公子元提到他时，从来都不说国君，而是带着鄙夷的表情说"那个人"。

不出这两人所料，齐国根本没有心思为那个人来追拿他们，而是庆幸般地长出一口气，然后将公子元请上了国君的位置。这是齐国第二十一位国君，史称齐惠公。

现在，哈雷彗星的预言轮到了最后一个，那是有关当今霸主国晋国的预言。

从鲁文公十四年到鲁文公十六年，是上天恩赐给晋国的三年。在这三年间，晋国国内稳定，国内没有强敌，本当是晋国扩大声势的三年。结果我们也知道了，赵盾先生的长处是治国理政，在外交以及国际形势的把握上，远没有达到一个霸主国的水平，很多事情办得虎头蛇尾，让中原诸侯国大失所望。

错过这三年的黄金期，是晋国的大失误，机遇一旦失去，就很难再次寻回。

这三年，也是楚国新任国君送给晋国的三年。

第八章

一鸣惊人

《第八章》 一鸣惊人

从晋国的首都绛都往南一千多里，即是楚国都城郢都。一千余里的距离，风俗为之一变，北方高大宏伟的高堂在这里依然可见，只是在高堂之间，多了许多结构细小但建造更为精巧的楼台阁舍。这种高低错落、长短结合、群楼云叠、结构曲折的建筑相互结合，形成独特的南方气息。

而北方颜色较为单一的素色长袍到了南方，也呈现更为鲜活的特色，形式多样，颜色不拘一格，夺目的大红是流行色。南北士人俱有高冠长缨。北方的冠形式简洁单一，体现出士人严谨端庄的气质，而南方则流行一种模仿獬角形状的獬角冠，又或者是一种高得夸张以至被称为切云冠的高冠。屈原就常戴这种高冠。至于佩饰，南北一样，俱爱腰挂长剑，带附佳玉。而南方的楚国，却又流行一种用花草制成的佩饰。

活泼与庄严，夸张与收敛，这大概是南北文化的初印象。文化上的差异因为地域而产生，又常会因为地域而消失。当楚国将国都从偏远的丹阳搬到了靠近中原的郢城，楚文化与中原的周文化不可避免地要产生一场难分伯仲的碰撞。

自楚武王开始，楚国在每一届楚王的带领下，朝着中原发起了一次又一次的冲击。让楚国这个素不为中原认可的南方荆蛮渐渐进入中原视野，并逐步被认可，乃至成为一些国家心中的霸主国候选国。

这种势头，从没在以前任何一届楚王身上停止过。而这一次，似乎出现了停滞的现象。

"南方的山上有一只鸟，三年了，它没有挥动一下翅膀，也没有鸣叫一声，请教君王这是为什么呢？"

楚国高大富丽的宫殿里，刚停下的乐声似乎还在梁上萦绕。宽阔的大殿中，更是弥漫着醉人的酒香。大夫伍举坐于下首，似笑非笑地朝上面的君主发了一问。

君王穿着宽松的大袍，高冠斜戴，神情慵懒地靠在扶案上，面前的酒桌摆满了佳酿美食，两边束手立着刚停下曼妙舞姿的乐者。而君王的左手抱着郑国的美姬，右手揽着越国的美姬。

君王醉眼蒙眬，似乎在揣测着伍举此话的含义，又似在思考着怎么回答。

三年了，三年了啊，想不到这只大鸟已经潜伏了这么久，连它自己都没有意识到时间过得如此之快。

想了一会儿，君王突然大笑起来，随即爽朗地回答道："三年不挥动翅膀，大概正在长羽翼吧，三年不鸣，大概在观察周围吧。伍大夫就不必着急了，我看，此鸟不飞则已，一飞必将冲天，不鸣则已，一鸣必将惊人。"

愣了一下，伍举脸上露出喜色，连忙起身告辞而去。

"来，奏乐，起舞，饮胜！"悦耳的乐声再次响起，大殿又恢复了笙

《第八章》 一鸣惊人

歌燕舞的景象。只是在一片欢歌笑语当中，君王突然发出一声难以察觉的轻叹。

三年不飞，不是不能飞，而是围绕它的猎人太多。每一个人都拿着弓箭，准备俘获这只华丽的大鸟。

君王，楚国楚庄王。

这一年是楚庄王继任国君的第三年。这三年，是楚庄王纵情歌舞、放纵自己的三年，同样，也是如履薄冰、战战兢兢的三年。

鲁文公十三年，楚穆王去世。楚穆王通过弑杀自己的父亲上位，偏偏他的父亲楚成王还是楚国历史上很有声望的国君，所以楚穆王上台之后，楚国反对他的人很多，隔三岔五的就有人叛变。这个情况导致了楚穆王一直没办法到中原参与霸主争夺，也就晚年，趁着晋国内乱，让郑宋二国跟着他打了一回猎，后面因为楚国后院起火，就没了下文。另一个后果是楚穆王对儿子的教育问题抓得不紧，最突出的问题是给儿子选老师不太认真。

楚国的太子教育可是楚国的一大竞争优势，其名气并不亚于今天的湖北黄冈教育。楚文王的老师葆申就不说了，就是楚穆王本人的老师潘崇也是一个很有权谋的人。可楚穆王给自己儿子熊旅安排的老师就有些马虎。

熊旅的老师有两个，一个叫斗克，一个叫公子燮。这两位都有一个特点，他们是楚国的下岗大夫。

斗克，字子仪，原本是申县的县尹。申县是楚国的重要的兵源地之一，经常要出兵打仗。在一次跟秦国的交战中，斗克被秦国俘虏。八年后，秦国被晋国打败，为了交好楚国，秦国才放出子仪，派他回国议和。斗克倒是不辱使命，秦楚达成和平协议，只是楚国似乎忘了子仪的功劳，并没有因此重用他。

另一个公子燮则是要求进步不果。这位仁兄理想远大，想当楚国的执政官。他倒也不是无名之辈，曾经率楚军灭了一个叫蓼的国家。这个国家很小，但有独特的地位，是上古高阳氏八大才子之一庭坚后人的国家。公子燮把这个国家一灭，等于庭坚这位先贤以后就收不到纸钱吃不上腊肉了。

这对文化而言，实在是一件让人惋惜的事。

让一些东西消失，对楚国来说，这是扩张的需要。可公子燮凭这一件功劳就想竞争令尹这个职位有点异想天开。楚国现在的令尹叫子孔，曾经立下一次灭掉六个背叛楚国国家的大功。

楚穆王看不上这两人，一个在他国太久，政治审核难通过，一个立功尚微竟想当令尹。但不用就不用吧，楚穆王还把这两人安排为自己儿子的老师，颇有点废物利用的意思。

这个安排终于出问题了。楚穆王死后，儿子熊旅继任国君，两位就开始有想法了。

从这一点上看，这两位确实不堪重用，本身是君王的老师，以后自然有许多的机会往上爬，竟然如此急不可待。

在楚庄王登位的第一年，这两个师傅找到了一个合适的时机，就把新上任的楚庄王给坑了。令尹成嘉以及太师也就是楚穆王的师傅潘崇谋划袭击在舒地的各部落，留下子仪跟公子燮扶助国君驻守国都。等成嘉跟潘崇拉出军队，这两人马上就开始行动起来。

第一，先把郢都的城墙进行加固。从这一点看，这两人再次证明自己是个草包。造反这种事，讲究短平快，迅速控制局势，修城墙那是打持久

《第八章》 一鸣惊人

战用的。

第二，宣布郢都戒严，公告成嘉跟潘崇有罪，并趁机将这两人的财产划拉一下瓜分了。这同样是一个草包行为。革命尚未成功，就分起战利品了。

第三，派人前往前线刺杀令尹成嘉，结果失败。

事情到了这一步，败局已定。成嘉与潘崇迅速回师，围攻郢都。眼见前些日子加固的城墙也守不住，这两人灵机一动，挟持着楚庄王杀出城，准备逃到楚城商密另起炉灶，成立流亡政府。

在经过庐地的时候，庐地大夫戢梁热情邀请他们休息一下，补充一下物资。这两人头脑一热，欣然前往，结果一去，两人的脑袋就掉了下来。

在春秋时，楚国的君王更迭往往伴随着流血事件，这种斗争在楚国并不新鲜。但在这件事情当中，楚庄王实在倒了血霉，他本人对两个老师的作乱毫无所知，更没有半点参与的意思。

可这个事情已经说不清了。毕竟这两人是你的师傅，后面又跟着他们出逃，你说你不知情、没参与、不支持，谁相信啊？

成嘉派人接回了楚庄王，依旧让他当上了国君，可心中已经多了一丝猜忌。

从那一天开始，楚庄王就变成了一个酒色之徒，天天在家里开派对，什么事情也不管，政事全交给了成嘉大夫。

这个事情楚国大夫们一开始还能接受，毕竟小伙子嘛，才二十出头，刚上任又碰上这么一档子事，压压惊总是必要的。再说，以前的楚成王不也任性过嘛，最终在大夫们的集体教导下回到了正道。

惊人一鸣

可渐渐地,事情不太对了,楚庄王的派对一搞就是没有尽头的样子,都快三年了,竟然一个正儿八经的政令都没有下。

这下,楚国的大夫坐不住了。老这么下去,楚国的大业怎么办?

于是,大夫们纷纷前去劝谏,一来二往的,搞得楚庄王烦不胜烦,干脆在宫门口立了一块牌子,上面写了几个杀气腾腾的字:"有敢谏者死无赦!"

这也是欺负楚国现在没有热血大夫了,要搁到以前,碰到葆申、鬻拳这样的,只怕早就一脚踢翻这个牌子,抄着兵器就上来兵谏。

前面的伍举本来也是来劝谏的,一来就被楚庄王板着脸教训了一顿,警告他难道没看到门口的牌子吗?伍举却不慌不忙给楚庄王讲了那个大鸟的故事。

伍举得到了自己想到的答案,心满意足地回去了。他知道,虽然不知道是哪一天,但楚国这只蛰伏三年的大鸟即将一飞冲天,一鸣惊人。

当然,从目前来说,这个消息还是一个秘密,考虑到楚国复杂的局面,伍举没有将这个消息广而告之,而是藏在了心里,这导致另一位大夫心里如火燎一般。

大夫苏从直接冲进了王宫,楚庄王依旧在开他的宴会,苏从一看,扑通一声跪在地上,号啕大哭起来。

这里正喝酒唱歌跳舞,突然跑进来一个人,披头散发的,啥也不说,直接就哭,实在影响气氛。无奈之下,楚庄王叫退歌舞队,阴沉着脸问道:"苏大夫,你这是干什么?跑到寡人这里号哭。"

"臣马上就要死了,楚国也要灭亡了,臣能不哭吗?"

"你这是什么意思?"楚庄王皱着眉,狐疑地望着对方。

第八章　一鸣惊人

"臣接下来要劝告您，您肯定听不进去，这不是必死吗？您不肯接受他人的意见，天天纵情歌舞，不理朝政，楚国能不灭亡吗？"

又是一个来劝谏的。楚庄王冷笑两声，目光如刀般望向苏从："你果然是不想活了，我早就下令，谏者死。你明知故犯，岂不是太傻？"

苏从反而停下了号哭："我死了有什么关系，我死了，天下人都知道我是忠臣。可国君要是执迷不悟，国一亡，您就成了亡国之君！"

"你！"楚庄王怒极，手握在了剑柄上。

大殿的空气似乎凝固了。大家都噤声束手，生怕触发国君之怒，而苏从倔强地挺着脖子。

"好，好！"楚庄王突然大笑起来。

"来人，将这钟鼓撤下！还有这酒案！"楚庄王来回走动，激动地指挥着仆从，最后指向那群艳丽的歌姬，"还有你们，都可以下去了！"

"从今天开始，寡人不再是昨日的寡人，楚国也不再是昨日的楚国。"

楚庄王兴奋莫名，唯有苏从一时难以接受这样的转变，目瞪口呆，神情极为精彩。

是的，这是他从未见过的楚王，却是楚庄王心中隐藏的王者。

那只卧居在南方山冈的"大鸟"，他不振一翅，只待羽翼开始丰盛，他不发一鸣，是将周围所有的动静一一纳入眼帘。

今天，他如南方之鹏，怒而飞，其翼若垂天之云，水击三千里，扶摇而上九万里。

第二天，楚庄王罕见地召开了政务大会。在会议上，他拿出两份名单，一份是惩罚的人，人数达百人，与此同时，有数百人得到了提拔。

惊人一鸣

看来，楚庄王在这三年倒不是真的只是吃喝玩乐，光是列出这样的名单，就需要极大的工夫。楚庄王趁着放纵的机会，仔细观察着楚国大夫们的举动，从而轻松完成了新国君最难的人事考察。

在这次人事调动当中，伍举跟苏从因为忠贞而被提拔上来，而太师潘崇则被撤换下来。为了安抚这个在楚国依然有不少势力的太师，楚庄王做了一个聪明的举动，他将潘崇的儿子潘尪提拔了上来。一上一下，不过是儿子顶父亲的岗，这样，他总没意见了吧。

而对令尹成嘉，楚庄王则认真向他行礼，表示自己过去三年太过任性，让令尹操劳了。以后还希望成嘉大夫继续努力，帮助寡君治理好国家。

楚庄王不会忘记，对王权的最大挑战就来自面前的成嘉以及他身后那个庞然大物般的家族"若敖"。

成嘉显然已经被楚庄王的变化以及突然的人事调动搞蒙了，一时之间，手足无措，只有唯唯诺诺。

楚庄王选择在这时脱去伪装，一是蛰伏得够久，对楚国的情况已经摸得差不多，二是楚国目前的情况不允许他再这样"扮猪"。

在这一年，楚国发生大饥荒，戎人又开始进犯楚国。原本归附楚的庸国人率领群蛮背叛楚国。而麋国人率领百濮人聚集，准备进攻楚国。一时之间，倒真是四面楚歌。

面对困境，楚庄王下了一个命令，将申地、息地的北门无限期关闭。这也意味着，楚国将在比较长的一段时间内，不再接收任何来自中原的使者，楚国的使者也将不会到中原聘问。

楚国暂时放弃了到中原争霸的机遇，也避免了被中原大国趁火打劫的危险。

第八章 一鸣惊人

此时的中原，晋国的赵盾正频频召开大会，大收贿赂，风头一时无两。他大概也没有想到自己错过了削弱楚国的最佳机会。

关起国门，国内的祸乱却不会消退。面对群起而来的攻击，楚国的许多大夫建议将国都搬到阪高去。

阪高位于楚国腹地，地势险要，而郢都位于交通要道。楚国将国都定在郢都，就是采取向外扩展的攻势，而迁到阪高，是处于收缩的守势。

是放弃数百年来的扩张策略，还是迎难而上，维持攻势？

关键时刻，一个人挺身而出，大声给出了答案："不行！我们能迁到阪高，敌人自然也能攻到阪高。与其退缩，不如主动进攻，这些国家趁我国饥荒前来进攻，以为我们不敢进攻。如果我们出其不意，一定能让他们畏而后退。这些部落居住分散，一旦后退到各自的地方，谁还能重新将他们组织起来？"

建议者是楚国大夫蒍贾，此人倒不是第一次在春秋露面了。二十二年前，蒍贾年少。楚国名相子文推荐自己的弟弟子玉当令尹，子玉在一次阅兵式上，大立军威，其间鞭打了三个人，射穿了三个人的耳朵。大家都夸子玉治军严，只有蒍贾表示你们家不要忙着办庆功宴，我看这个人刚愎无礼，给他三百乘战车作战，只怕回都回不来。

结果证明了蒍贾的判断，在城濮之战中，子玉指挥不当，导致楚国大败，他本人亦在回军途中自杀谢罪。

重提往事，只是想说明，这位蒍贾不是若敖家族的人。二十二年前就表现出惊人的判断力，可这么多年在楚国默默无闻，极有可能因为当时的大言引发若敖家族的不快，所以备受打压。而楚庄王提拔他，应该是为了平衡若敖家族的势力。

惊人一鸣

楚庄王立刻采纳了这个建议，这极有可能就是楚庄王本来的打算。这位仁兄在山上趴了三年，这下刚起飞，就往老家飞，实在有点说不过去。而现在拿这些小国开刀，正是立威的好时机。

一支楚军的精锐部队出发了，直接扑向了众多叛军中最薄弱的部分：百濮。果然如芳贾所料，楚军一至，百濮人就作鸟兽散。

没过多久，楚国的大军也集结完毕，准备从庐地出发。庐地的大夫庐戢梨是曾经解救楚庄王的人。楚庄王曾经在这里被当作一个人质，从这一步，他要找回王者的尊严。

大军集结完毕，朝着前线进发，因为饥荒，大军没有带足够多的粮食，但每到了一地，就打开粮仓，将领跟士兵同食一锅饭，无特殊待遇。

先锋由庐地大夫庐戢梨率先抵达庸国的方城。庸国人趁着楚军立脚未稳，搞了一个突然袭击，将前去的楚国军将子扬窗抓了起来。

出师不利，楚军却并不着急。这里是反叛者的大本营，自然不是轻易就可以攻破的。而三天后，被俘虏的子扬窗找了一个机会逃了回来。

回来后，子扬窗报告了自己的观察，并提出了一个建议："庸国的军队虽然人数众多，但成分混杂，所有蛮族都混居一起，不如集结大军，让楚王调动直属部队一起发动攻击。"

大夫师叔否决了这个建议，认为现在全力进攻风险太大，不如先跟他们周旋，助长他们的骄气，等他们放松后，再进攻不迟。

庐戢梨决定采取师叔的方法。自此，楚军先后与以庸国为首的反楚联军交战七次，每次都一接战就败退。一开始，反楚联军还颇有兴趣追赶一番。次数一多，连追杀的兴趣都没有了，只有一些像裨、鯈、鱼人这样的

《第八章》 一鸣惊人

小部落还兴趣不减,每退必追。

七次之后,反楚联盟里充满着乐观的情绪,纷纷宣称楚军不堪一击,防备也开始松懈起来。

正当反楚联盟庆幸的时候,楚军的主力终于抵达了前线。是由楚庄王亲自率领的大军。不知道是楚庄王的专用战车因为赶路坏掉了,还是楚庄王要故意麻痹庸国人,他是坐着驿站的传达车抵达前线的。

算起来,楚国的主力已经是迟到了,而之所以这么迟,是因为楚庄王找盟友去了。

在楚军的身边,还有秦国跟巴国的军队。楚庄王关闭了北门,却大开西门,寻找到最有力的盟友。

当三军出现在庸国的方城之下,各部落终于明白了谁才是南方这片土地的领袖。他们的首领纷纷跑出方城,与楚庄王结下盟约。

失去盟友的庸国自此被灭。

这是楚庄王继位以来的第一次重大军事行动。这一战不仅平定了国内的动荡,更树立了楚庄王的权威。而当这只南方大鸟腾飞之时,他的双翼伸展,顺着季风在天空盘旋。最终,他调整身姿,将北方的沃野千里收拢在自己的巨翼之下。

楚国的北门已经关闭得太久,中原的逐鹿场上也久违楚军的大旗。北门啊,什么时候它才能再次打开?登上庸国的方城,楚庄王将目光投向了祖祖辈辈向往的土地。

那片广沃的土地正呼唤着真正的霸主,那些曾经炽热无比的沙场等待着下一雄者的回归!

第九章

晋楚代理人之战

《第九章》 晋楚代理人之战

鲁文公十七年（前610）的夏天，晋国又在郑国的扈地举行了一次诸侯大会，离上一次的扈地大会仅仅过去了半年。晋国开会如此频繁，应该是感觉到了楚国的压力。

楚国的北门重新打开，想必去年，楚庄王率军灭亡庸国的消息也传到了中原。有关楚庄王的一切，对中原来说既新鲜又神秘，但有一点可以肯定，这一定会是一位对中原产生重大影响的楚君。

在楚军重回中原之前，晋国自然要未雨绸缪，确保中原联盟的稳定。

可惜，这个会开得不太成功。首先中原强国齐国还是一如既往不理会晋国。鲁国也因为对晋国失望又忙于应付齐国的进攻而缺席。

除此之外，晋国发现，就是会议的东道主郑国也是心不在焉。

郑国其实早就有二心了。这个事情的责任不在郑国身上，而在晋国身上。晋国先是攻齐，后又攻宋，两次大张旗鼓地前去讨伐，结果收了钱甩手就走，完全没有尽到超级大国的国际责任与霸主义务。郑国判定晋国迟早要失去中原各国的支持。

郑国是中原诸国见风使舵最快的国家，一有不对劲，就会给自己安排后路。于是，在这次大会上，郑国的郑穆公就显得不太认真，使会议气氛大打折扣。

郑国的这个态度马上被晋国发现了。晋国相当不满。

晋国之所以选择在郑国的扈地开大会，主要目的就是考察郑国。郑国是楚国的传统小弟，楚国要是进军中原，十有八九会先联系郑国。现在一看，果然郑国有二心了。

生气之下，晋国国君晋灵公拒绝跟郑穆公会面。这跟当下的国际外交是极其相似的，比如，当A国认为B国侵犯了本国根本利益的时候，就会采取我很生气，我不理你这样的态度来表达不满。就是碰到开国际会议，两国元首同赴一地，A国也是绕道走，尽量避免碰见对方，从而表达一种我很生气，也不想听你解释的态度。而这时，B国往往会想一些办法，造成一些偶遇，打个招呼、握个手之类的打破僵局，从而就出现很奇特的走廊外交。

晋国很生气，后果很严重。毕竟晋国现在还是霸主国，楚国虽然有复苏的迹象，但谁知道什么时候醒来。

于是，郑国连忙派出使者前往晋国说明情况。在这次出使中，郑国使者摆出了极为卑微的姿态，讲述这么多年来，我们郑国一直唯晋国马首是瞻，我们国君前后三次到晋国朝见贵国国君，其间大夫级的聘问次数就更多了。纵观中原大国，就属郑国跟晋国最为亲近。当然，这些年，郑国也曾经臣服过楚齐这些大国，但都是迫于他们的压力，这不能说是我们郑国的错。

郑国的国君郑穆公可谓是晋霸业的全程见证者，他本人在还是公子期间就在晋国流亡，依靠晋国才当上国君。就任国君期间，正是晋文公、

第九章　晋楚代理人之战

晋襄公的全盛期，郑国也罕见的没有太多骑墙。

这一番话可谓软弱到了极点。但在外交上，一味地软弱是没有前途的，作为常年跟这些强国打交道的郑国自然明白这个道理。在十分委屈地讲完郑国的难处后，郑国使者突然口气强硬了起来：

"如果大国以德相待，那我们就会恭顺不考虑自己；如果大国以力相逼，我们就像濒死的鹿一样，死不择音地哀叫，发疯般地怒奔，就算险地也要跳进去。贵国现在对我们的命令没有止境，我们知道要灭亡了，那也只好派出全部的士兵等待贵国！"

这一番软硬兼施的话竟然起了作用。晋国的态度马上有了好转，表示愿意跟郑国保持友好合作的关系。为了体现诚意，晋国率先派出两个大夫前往郑国当人质。

其中一个大夫就是赵盾的族人赵穿，这位仁兄在过去与秦的作战中，犯了一些错误，国内有不少大夫对他不满。赵盾将这些不满压了下来，派他到郑国，一来避避风头，二来也是出国锻炼一下，磨磨性子。

而郑国见好就收，这一年的年底也派了国内的太子夷和大夫石楚前往晋国当人质。

这次外交交锋似乎是成功的，晋国得到了郑国的保证，对楚国的进军多了一些保障。但事实上，这只是掩盖了问题，而并非解决问题。历史上那些起效用的和平协议无一不是用鲜血换取的，现在这个轻易达成的协议，它的保质期自然不会太长。

接下来的一年，可谓是春秋的多事之秋。先是鲁文公摔死在高台下，接着秦国的秦康公死了。五月的时候，齐懿公遇刺身亡。年底的时候，一个小国莒国也弑杀了其国君。

惊人一鸣

　　小国的祸乱往往是大国争霸的契机。可奇怪的是，晋楚两国都保持了静默。显然，这不过是大战来临之前的寂静。南北两位高手不约而同选择了观察，等待对方出招。

　　第二年的时候，鲁国的宣公即位。《春秋》冠以鲁宣公元年，楚国率先出招了。

　　楚军扑向了最近的陈国。陈国本来一直是楚国的传统盟国，可最近却坚定地站到晋国一边。说起来，也不是什么大事，就是鲁文公十三年的时候，陈国国君陈共公去世，楚国没有去吊丧。君子解释，楚国从来就没有这种诸侯国相互吊丧的习俗。话虽这么说，但你要到中原来称霸，凡事就该按中原的规矩来办嘛。这个疏忽导致陈国对楚国十分光火，彻底倒向了晋国。

　　看来，当霸主不但需要实力，还要讲礼仪，晋国因为贪财失掉了郑国，而楚国因为没文化丢掉了陈国。

　　楚国也不是一个人在战斗，在楚军的后面，赫然就是郑国的军队。

　　自从看到晋国在齐宋两国的表现后，郑穆公得出一个"晋不足与也"的判断，转身跟楚国签订了协议。果然是中原第一"反骨仔"。

　　晋国的反应很快。赵盾亲自率领晋军与陈宋卫曹四国的军队会合，联合攻打郑国以救陈国。哪知道楚国十分狡猾，一看中原联军来了，马上放弃陈国，转而攻打宋国。

　　楚军的算盘很精。而我方是五国联军，调动自然不方便。要是被楚军牵扯着鼻子走，自然疲于奔命。赵盾马上意识到了这一点，并很快采取了应对措施。

第九章　晋楚代理人之战

你不是声东击西吗？那我来一个围魏救赵。

联军没有跟着跑到宋国，而是就近围起了郑国。

楚军果然弃宋救郑，与晋军在一个叫北林的地方相遇。这次遭遇战以军队来说，并未分出胜负，晋楚两国也没有就此大决战的意思。此战过后，两军各自回国了。

这一战的声势不大，属于晋楚双方的摸底交战，晋国还是向各同盟国交出了满意的答卷。

这次行动比较迅速，也很果断，没有让楚军有机可乘，国际社会对晋国的这次出兵是十分赞赏的。前面晋国的数次出兵，都是雷声大、雨点小，名为主持正义，实为收取贿赂，为晋国史官大为诟病。批评的鞭子虽然是朝晋国去的，但却落在了赵盾的身上。

这一次，史官特地点出是晋国的赵盾率军救的陈宋。这算是点名表扬了。这在赵盾的外交生涯中，可是不多的好事。

收兵之后，晋国终于意识到自己独霸中原的历史就要结束了。晋国的霸权将受到来自楚国强有力的挑战。而这个对手，将是极为强悍的。晋国并没有多大的胜算。

要战胜这样的对手，需要做好充足的准备。赵盾思考了一下，发现了一个大的隐患：晋秦关系还处在冰冻期。

因为晋灵公继位那件事，秦晋已经断交了十四年。前些年，秦国一直不依不饶。这些年虽然老实了一些，但对晋国的恨意一直不息，一直想找机会报复一下晋国。前些年，跑去跟楚国攻打庸国，估计也是想拉拢楚国一起对付晋国。

晋国对付楚国已经感到吃力，要再加上老秦，那就是上下夹击了。赵盾想了一下，跟楚国是生死搏斗，没有调和的余地，但秦晋毕竟是欢喜冤家嘛，打打和和常有的事，倒不是不能重归于好。而且，秦康公也去世了，这些恩怨就属于过去的事情了。

可是，怎么与秦国讲和呢？秦国已经断绝了晋国的外交关系，关闭了任何沟通的渠道。

这时，一个家伙提了一个建议，这个家伙不是别人，就是赵穿。赵穿本来是去郑国当人质的，也不知道什么时候就回来了。要是被撕票了，对晋国来说也未必不是一件好事。

这个赵穿，怎么说呢，属于那种胆贼大、心眼小、嗓门粗、能力弱的一类人。这种人常在历史上搅和事，起到上下衔接、推波助澜的作用。在提出这个建议前，这个小子跑去攻打了周国。

这就有点嚣张了，虽然周国现在国力不济，是个阿猫阿狗都能欺负的主，但毕竟那是天子国，政治地位在那儿摆着，又没惹你，你去打人家干吗？

这样的哥们儿能出什么主意呢？

赵穿出的主意可谓一朵奇葩："我侵崇，秦急崇，必救之。吾以求成焉。"

意思是，我们先进攻崇国，崇国是秦国的附属国，秦国一定来救，我们就趁机跟秦国讲和。

这简直就是黑社会行径嘛，想跟对方讲和，就先把对方的小弟揍一顿，等对方拿着棒子过来，再摆出笑脸要求讲和。这不还是执行晋国一贯把秦国当傻子玩的套路吗？

《第九章》 晋楚代理人之战

对于这个馊主意，赵盾竟然大为赞赏，并马上付诸行动。结果可想而知，秦国断然拒绝了晋国的求和要求，第二年就报复进攻晋国。本来，秦国已经好多年没有进攻晋国，这一下，等于唤起了秦国那些不美好的回忆。

原来，咱们家还有晋国这个死对头呢，好多年不打，差点忘了。看来，恶邻斗争不能忘，必须坚持到底。

这个事情再次表明，赵盾同志在外交事务上，努力了十多年，长进还是不大，还是只能搞这种小动作。

这种伎俩怎么撑起晋国的霸业呢？

在秦国那里没捞到好处，晋国只好又把目光放到中原，还是抓主要矛盾，攻打郑国。

前年的时候，郑国说得那么好听，结果一转眼就背叛了。这不等于把晋国当小孩玩吗？这年头，只有晋国玩人家的，哪有人家玩晋国的。

生气之下，晋国再次发兵进攻郑国。

进攻的同时，晋国打起了精神，做好了楚军援郑的打算。郑国是楚国的助手，但同时也是可以疲楚的工具。

楚国太远，晋国打不着，但郑国近啊。没事时，打打郑国，楚国不来救，就会失去郑国；来救，晋国就回缩。等楚国一回去，我再打你的小弟，多搞这么几回，拖都拖死你。

楚庄王马上猜到了晋国的意图，他并没有急着救援郑国，可是对郑国下了一个指令：你去攻打宋国。

晋国不是打我的小弟吗，那就把你的小弟也拖进来。

在春秋中，晋楚争霸是中期的主旋律，而郑宋是晋楚争霸的车轴。这

惊人一鸣

两国中，郑国偏向于楚国，而宋国偏向于晋国。郑国转向很快，常常朝晋暮楚，宋国则认死理得多，认定一个老大，不混得满面是血，不会轻易换码头。

楚国对这一局势十分了然，所以才派郑国先去攻打宋国。一来打了宋国，可以给中原联军一个下马威。二来可以让郑国彻底跟中原联盟决裂。

郑宋两国也是老冤家了，从春秋头打到春秋尾。开起火来，也是轻车熟路。两国就此拉开架势打了一场。此战不关乎晋楚大局，但发生了一个很有趣的小插曲。这个小插曲完美诠释了郑国人跟宋国人的区别。

交战当中，宋国的大夫狂狡追击一个郑国人，这个郑国人慌不择路，陷进了一片沼泽里出不来。狂狡一看，对手陷住了，于是站在旁边思考，是趁机消灭对方，还是保持一个大夫的风度呢？很快，他做出了决定，伸出了自己的戟，把戟柄朝向对方，让对方抓着自己的戟柄，把他拉了出来。

这简直是宋襄公再世！

这个举动太高尚也太危险，戟柄授人，戟尖朝己，这是严格按照周礼的规定：递刀时，授人以柄。

郑国人从沼泽出来了，脸上露出奇怪的笑容，顺手就拿着狂狡的戟把狂狡俘虏了。

郑国人毫不为耻，反以为荣，只是不知道狂狡心里怎么想的，但这肯定对他心中坚持的大夫风度是一次重大的打击，如果有下次，很难说，他还会坚持自己的行为准则。也许他的名字并不叫狂狡，而是做出了这件事，大家认为他的行为狂妄而称之为狂狡。道德评论员君子也认为狂狡的这一行为是错误的，他上场作战，就是一名战士，责任就是杀死对方。他为了自己的所谓礼而放弃了自己的职责，被擒那是活该。

《第九章》 晋楚代理人之战

从这件事情上，我们可以看出，宋国人普遍是固执的、坚持的，而郑国人则变通得多、实际得多。

在狂狡被俘虏时，宋国的主将大夫华元也被抓住了。

开战之后，华元的车就像脱缰的野马一样，径直冲向了郑军。郑军对这个送上门来的大夫，当然不会放过，当场下令围了上去。

据记载，华元在宋国颇得人心，看到华元被困，三军将士纷纷前来救援，无奈华元冲入敌军太深，没等到救援到达，就被郑军俘虏了。

出现这样的情况，缘于战前牙祭。开战前，华元特地杀了羊犒劳士兵，也不知道怎么回事，竟然没给自己的司机羊斟吃。

交战后，这位羊斟突然冷笑着自言自语："前天分羊，是你说了算，今天的战斗，那就是我做主了。"于是，羊斟就径直驾着战车，带着华元冲到了敌阵里，最终导致了华元被俘。

君子对这样的行为尤其厌恶，认为这个羊斟简直不能称之为人，因为一些个人的私仇，就使国家战败、百姓受苦，没有比这个更大的罪了。

想来，这个羊斟本来不叫羊斟的，但既然他已经不能称之为人，又这么爱吃羊，干脆叫他羊斟好了。

主帅被俘，宋国当然大败。而华元也是宋国的重要大夫，不能放任着不管。于是，宋国主动跟郑国接触，愿意花点钱赎回华元。

郑国也不客气，一开口就要一百辆马车跟四百匹骏马。这个价码实在有点高。

但不赎也不是办法，毕竟华元是宋国六卿之一，宋国人又好面子，只好认了栽。这个数量实在太大，一时之间又筹不齐，搞了半天，才凑到了一半，将就着先送到郑国，至少别让郑国人虐待华元大夫了。

幸亏凑不齐，没多久，华元大夫自己逃回来了。这算是为宋国省了一笔外交赔款。

带着满满的疲惫，华元回到了国都，因为被关了许久，衣裳不整，面容憔悴，胡子又老长老长的。守都门的人竟然没认出这位执政大夫来，等华元大夫通报上姓名，守门人才认出他将他放行。

进了城之后，华元大夫第一个跑去见的是羊斟。

羊斟因为身份太低，郑国觉得留着也是浪费粮食，就把他放回来了。回来后，羊斟很忐忑，怎么说这次大败，他要负不少责任。幸亏华元被抓了，一时还没人揭发检举他。只是宋国现在已经答应了交赎金，只怕华元的回归是迟早的事。最近他就在想着是不是趁早逃跑。可没想到，华元这么快就出现在他的眼前。

这是来问罪的吧，羊斟想道。

可华元一开口，让他愣住了："你的马是不听使唤才闯进敌阵的吧？"

竟然是为他开脱的话，把责任推到了马上。

替羊斟开脱，是华元回家后做的第一件事。这让羊斟极为羞愧。他老老实实回答："不是因为马，是因为我，这都是我的错。"

说完这一句，羊斟倒也爽快，自知无脸留在宋国，撒腿就逃奔到鲁国去了。

可见，这位华元还是一个很厚道的人，接下来的这件事情更证实了这一点。

大败于郑国，让宋国认识到危险。于是，宋国决定将城墙再加固一下，这个工程的总负责人就是华元。

没事时，华元就领着一些手下巡视工地，检查进度跟施工质量。可一去，就遭到了嘲笑。那些施工的一看，华元包工头来了，这不是被郑国人俘虏的那位吗？

于是，这群人就开口唱了起来："眼睛瞪得像铜铃，挺着老牛般的肚子，丢盔弃甲地回来，胡须长满脸腮，丢盔弃甲地回来。"

哦，这原来是唱我啊。华元一听，马上命令手下，给我唱回来。

"有牛就有皮，咱家的犀牛多又多，丢些盔甲有什么关系？"

不要心疼，咱宋国有钱。

这边大夫队声音刚落，搬砖队又唱了起来："你确实是有皮，但从哪里找丹漆？"

意思是，你们的脸皮确实厚啊，但你们的颜面又怎么补色呢？

华元彻底没脾气了，唱山歌还是唱不过劳动者啊，于是，他连忙挥袖说道："快走，他们人多口多，我们唱不过他们！"

于是，在搬砖队的哄笑声中，华元大夫夹着尾巴逃跑了。

这个故事非常有意思，也有启发性。先不论谁对谁错，华元没有利用手中的权力替自己出气，而是采取了刘三姐对山歌的形式。这对我们调解社会矛盾，构建和谐社会未必不是一种有益的启发。而华元的这种不与人争，凡事讲和平共处的性格也让他在以后一场足以改变春秋大势的运动中起到至为关键的作用。

中原联盟的成员国宋国被郑国打败，中原盟主不能坐视不理。这一年的夏天，赵盾召集诸侯大军进攻郑国。郑国也毫不犹豫，马上将这一情况

惊人一鸣

汇报给了楚国。

楚国的反应也很快,大军马上就进入到郑国,而且还驻扎了下来,专门等晋军到来。

这是一个不同寻常的举动,晋楚作为两方的盟主,过去一直都是派小弟出场,攻击对象也都放在对方的成员国上。两国都在避免正面冲突。因为两国都知道,一旦交战,就必定会是大战。在没有绝对的把握之前,谁也不敢轻易下这个决定。

这有点像以前的美苏争霸,两国搞冷战搞了几十年,虽然两国面对面只叫阵不开战,但在其他地方,倒是各自操盘,暗地里较量了好多次。

这一次,楚国似乎已经下定决心,一战而定中原的霸主,而做出这个决定的,并不是楚庄王本人,而是楚国大夫斗椒。

斗椒认为,既然楚国要争霸,就不能对诸侯坐视不顾。于是,他亲率大军与晋国进行决战。从后面的事情来看,斗椒是个有政治野心的人。他一力主持决战,不仅仅是为了楚国称霸,也是为了自己竞争令尹之位积累战功。

得知斗椒的大军就在郑国专等晋军,赵盾却下达了撤军的命令。

"斗椒的若敖族在楚国强盛了这么多年,差不多要完蛋了,我们不如让他们再骄傲一次,让他们快点倒台。"

这是春秋历史上,第三次有人对斗椒的结局做出悲剧性的判断了。第二次是斗椒去鲁国访问,因为不礼貌,鲁国大夫叔仲惠伯就预言斗椒会灭亡若敖宗族。第一次,我们以后再说。

赵盾不怀好意地退兵了,只是有一个问题他本人没有搞清楚:若敖在楚国是兴盛了很久,也越来越骄横,而他们赵家在晋国又何尝不是?

第十章

暴走的晋灵公

第十章　暴走的晋灵公

如同楚庄王暗地里将若敖族当成王权的大敌，晋灵公同样对赵盾不满很久了。

据史书记载，晋灵公是史上有名的昏君。其最著名的行为，就是不知道抽谁的皮带做了一把弹弓。也不打别的东西，而是专门站到宫台上，等着上班的大夫，看谁经过，就是一发。可能因为长期实战演练，史书说其命中率很高。晋灵公看着下面的人狼狈不堪地躲避自己的弹丸，感到有趣极了。

从这个角度来看，这的确是个熊孩子，欠收拾。所以史书给了一个"晋灵公不君"的差评，认为当国君的没有一个国君的样子。

可我们知道，批判一个人是很容易的，什么帽子扣上去，不合适也得让它合适了。可要了解一个人是不容易的。

晋灵公为什么要这样干呢？真的只是因为顽劣吗？要知道，这一年，晋灵公已经十七岁了。放在现代只是高中生的年纪，在春秋，说不定儿子都可以打酱油了。

要是一个七岁的儿童玩弹弓，我们还好理解。可一个十七岁的男人，还玩这个，就不太好理解了。毕竟一个国君，掌握的资源多，足以找到更多有乐趣的事情。

而且在那个时候，他本不该站在高台上玩弹弓啊。他应该坐在宫殿里，正儿八经地听取大臣的汇报，然后做出批示。

晋灵公不在自己的岗位上待着，而跑到外面来打大夫玩。这最大的可能是，他觉得宫殿里找不到属于自己的位置，而跑到外面来借着弹射大夫发泄心中的不满。

让晋灵公找不到存在感的人自然就是赵盾了。赵盾先生太能干了。文能治国，武能安邦，将晋国治理得井井有条，也将晋国的大小事务安排得满满当当，根本没有晋灵公插手的机会。

史书上极少记载晋灵公对政事的看法，唯一的一次就是宋国内乱，晋国要出兵，晋灵公表示这不是咱家的事，干吗这么操心。而赵盾马上反驳，搬出了一大套必须讨伐的道理。

晋灵公哑口无言，才识与经验上的差距让他无法同赵盾进行沟通与交流。

每遇到晋灵公提出自己的幼稚见解，赵盾总会微笑着给晋灵公解释这样做错误的原因，然后搬出自己完美的答案。这样他的心里就会有些遗憾：

国君还是年少啊，再等两年看看吧。

再等两年？晋灵公已经十七了，不少国君在这个年纪干得风生水起，比如郑庄公十四岁就走上国君的岗位，而且还是亲自上岗操作，定下了"多行不义必自毙"的二十年大计。

晋灵公明面上是中原的伯主，可天底下都知道，晋国真正说了算的人

第十章　暴走的晋灵公

其实是那位赵盾。

迟迟不能掌握原本属于自己权力的晋灵公变得越来越急躁，手段也终于脱离了玩弹弓这样的幼稚游戏。

有一天，大夫们正在朝上讨论国事，突然看到数名宫女抬着一个筐子过来。筐子很怪，赵盾定睛一看，顿时吓了一跳。从筐子里伸出一只血糊糊的人手来。

赵盾连忙叫住宫女，问这是怎么回事。宫女的报告让赵盾倒吸了一口凉气。

原来这一天，晋灵公让厨师做熊掌，结果熊掌差了火候，没有煮烂。晋灵公一气之下就把厨师给杀了，然后分解了，让人用筐子装好抬出来。

这被认为是晋灵公残暴的证据记录在案。可事情大概没有这么简单。杀了一个厨师是暴力事件不假，可如果杀了之后，还故意抬出来，还抬到朝廷上，故意让开会的大夫们看到，这就是政治事件了。

不要以为我小，我要是发起怒来，也是可以杀人的！

大夫们完全没有猜到晋灵公的暗示，而是被这个凶残的行为气坏了，赵盾当场就要去找晋灵公说道说道。大夫士季拦住了他，表示你是上卿，要是你去劝谏，国君不采纳，那以后就没有人敢劝谏了。让我先去，要是国君不接受，你再去。

赵盾点了点头。士季小跑着来到晋灵公的宫殿。

晋灵公早就知道会有人来上课，但看到只是士季而不是赵盾时，就有些爱理不理。士季在殿外给他行礼，晋灵公也装作没看见。士季也不着急，走两步，又再行一礼，晋灵公依然假装失明。士季只好继续往前走，第三次行礼。这一次，已经站到了屋檐下。再进一步，就要走到晋灵公的跟前了。晋灵公这才抬起头，看了士季一眼，"我知道错了，正准备改正。"

晋灵公还是年轻啊，一句话就暴露了自己早已经知道会有人来劝谏了。

士季叩了一个头，十分高兴，表示君王知错能改，善莫大焉。但最后，这位士季怕劝说效果不牢固，又加了一句："君能补过，衮不废矣。"

意思是，国君要是能改过，就不用担心君位被废掉了。但这句话其实应该反过来理解：如果国君不改过，我们就废了你。

这句话充分体现了以赵盾为首的晋国大夫与晋灵公之间一个认识上的重大分歧。在大夫们看来，晋灵公是他们一手扶持上来的，没有他们的支持，晋国国君的位子根本轮不到他来坐。而晋灵公则认为，这个国君之位首先是他父亲传给他的，其次是他的母亲哭来的。而他的母亲本不需要哭的，正是赵盾背信弃义，才让他母亲放下尊严四处哭诉。

以晋襄公的遗传基因，晋灵公不可能听不出士季话里有话，但他本人年轻气盛，又没在社会上吃过亏，完全不把士季的警告放在心里。

据史书记载，看到晋灵公不听劝之后，赵盾本人亲自出马，屡次劝谏，可一直没有效果。而出现这样的情况，正是两方认识上的差异。

赵盾认为晋灵公一个国君没有国君的样子。而晋灵公则认为，就是你不让我当一个真正的国君。

最后，不但没有让这位国君改邪归正，反而让晋灵公心生愤恨，做出了更为激烈的行为——晋灵公派出一个杀手前去刺杀赵盾。

刺客叫鉏麑，据说这位兄弟武艺高强，属于十步杀一人、千里不留行

《第十章》 暴走的晋灵公

的江湖人士，受晋灵公之托前来刺杀赵盾。

在出发之前，钽麂认为这不过是一项普通的刺杀活动。

趁夜钽麂摸进了赵盾的院子后，钽麂发现赵盾的卧室门已经打开了。此时，虽然已是下半夜，但并没有到起床的时候。

难不成赵盾有所察觉，所以干脆大开寝门，引自己入瓮？

怀着一丝忐忑，钽麂靠近卧室，向里望去，发现赵盾已经穿戴整齐，一副要去上朝的样子。但时间又太早，宫门也没有开，于是还有些疲惫的赵盾就坐在那里打瞌睡。

此时，正是晋楚交锋最为激烈的时候，国内的政务又是千头万绪，上面还有一个不省心的小领导，难免赵盾有些心力交瘁。

只需向前十步，拔剑出鞘，就可斩下赵盾的头颅。钽麂停了下来，过了一会儿，调头就走。回到院子里，钽麂低头叹息道："这个人是百姓之主，杀了他，就是不忠。不杀，又是对国君不忠。我竟然陷入这样的地步，不如就此死了吧。"说罢，钽麂一头撞死在了槐树边。

轻死重义，这就是春秋的士。

当然，史书这里的记录颇有些意思。钽麂既然自杀了，可当时又没有录音机，他的这一番内心剖白是如何得以记录并流传下来的呢？

对于这种现象，钱锺书先生有一种解释，认为这段话并不是记录钽麂的话，而是代钽麂说这样的话。就像小说或者剧本中的对白一样，左丘明先生设身处地，根据人物的性格，假借他的喉舌，想当然地认为该有一番话。

也就是说，一个史官，面对一个倒在院子里的尸体，通过盘问和考察现场，得出自杀的结论，而根据其身份，再联系他死之前发生的事情，就推断出，钽麑是处两难之境，干脆舍身而死。

看来，当一个史官，脑补现场和台词是必不可少的技能，这个技能被司马迁学去了，《史记》也有许多这样的精彩推论。

家里突然出现一个死人，赵盾大概是要大吃一惊的，自然也要派人去调查清楚，当然最后结果也瞒不了这位晋国执政。在得知是晋灵公派的人后，赵盾唯一的选择是沉默。

碰到这种事，可不能大声张扬，因为张扬的结果就是彻底摊牌，而赵盾并没有摊牌的野心，也没有这样的决心。于是，他只有装作不知道这件事情，还是像往常一样上班，甚至还一样陪晋灵公喝酒。

这一年的九月，晋灵公叫他去喝酒。陪酒对赵盾来说，也是重要的工作内容。于是，赵盾就去了。

正喝着，突然下面有一个人大喝了一声：

"臣子陪君宴，不能超过三杯。过了就是非礼！"

按照周礼，如果不是正式的宴请，一般来说，臣子陪国君喝酒不能超过三杯。当年管仲陪齐桓公喝酒，常常是：国君，我先干为敬。哗哗哗，三杯干下去，拔脚就走，毫不含糊，搞得好酒的齐桓公每次都意犹未尽，苦恼不已。

赵盾听了这话，却是出了一身冷汗，因为说这个话的人是他的车右提弥明。据推测，此时，赵盾也根本没有喝满三杯。又据说，这个时候，晋灵公冷不丁说道："赵夫子，听说你的剑不错，请拿过来给寡君看一下。"赵盾不知是头脑短路，还是一直没把晋灵公放在眼里，真的要取剑给晋灵公看。

《第十章》 暴走的晋灵公

在这个时候，一个保镖突然大声喝叫，直让人毛骨悚然，赵盾一个激灵，马上意识到：要出事了！

确实要出事，今天晋灵公给赵盾摆的是一个鸿门宴。晋灵公埋伏好了兵甲，就等一个合适的机会伏杀赵盾。现在被喝破了，那就动手吧。

也不知道晋灵公有没有安排摔碗砸杯子的信号，反正伏兵四出，杀到最前面的，不是什么披甲锐士，而是一个黑乎乎的身影。赵盾定睛一看，七魂已经去了三魂。杀出来的是一只巨犬。

据史书记载，晋灵公这个人平时就喜欢养狗，安排狗住专门的高级公寓，穿绣花的衣服，还把大夫的补贴猪肉拿给狗吃，这种行径跟养鹤的卫懿公有的一拼。在晋国，还有一位大夫投其所好，大力支持其养犬事业，那就是在传奇故事《赵氏孤儿》中出演大反派的屠岸贾。

晋灵公的犬平时享受大夫待遇，正所谓养犬千日，用犬一时。当下，这狗就朝赵盾猛扑了过去。危难关头，赵盾的保镖，就是出言示警的提弥明冲出来，挡下了此狗。这位提弥明勇猛无比，竟然将晋灵公精挑细选出来的恶犬拦下，只一脚就把大狗的下巴给踢断了。

看了此幕，赵盾竟然不走了，叉着腰对着晋灵公就说道："你看你吧，有人不用，反而用狗，狗再凶猛，又有什么用呢？"

瞧这意思，还想现场教学呢。可是，赵盾先生，都到了这份上了，教育还管用吗？

而且，提弥明虽然战胜了狗，但晋灵公的伏兵也冲了上来。众刃齐下，很快就将提弥明砍死在教学现场。

赵盾这才慌了神，拔腿就跑，而甲兵紧追不放，这其中，有一个士兵追得最猛，很快就超过了其他的人，冲到了赵盾的面前。此时，奇怪的一

惊人一鸣

幕出现了。

这位甲兵突然丢下兵器，猛地抱起赵盾，就像大汉抱新娘一样，撒腿就跑。一转眼的工夫，就将赵盾送回了车上。

竟然是救自己的。绝望中的赵盾顿时喜出望外，连忙问了一声："义士，你是？"

这位义士头也不回，只是说了一句："赵夫子还记得翳桑那个饥汉子吗？"

翳桑的饥汉子？赵盾愣了一下，很快他想了起来。

赵盾曾经外出打猎，住宿在一个叫翳桑的地方。在那里，他看到一个人倒在地上，面容憔悴。赵盾没有视而不见，反而上前关切地问了一句："你这是生了什么病？"

此人缓缓抬起头，有气无力地回答："饿病，三天没吃饭了。"

赵盾点点头，饿病好医，他叫仆从端来了食物。此人也不客气，端起食盆就吃，吃到一半，突然停了下来，开始打起包来。

赵盾十分奇怪，就问了一句："这些食物并不太多，你怎么不吃完呢？"

汉子的神情黯淡起来："我在外面游荡了三年，也不知道家里的老母亲还在不在世。现在，我离家已经很近了，就请允许我把这些食物带给她老人家吧。"

赵盾被此人的孝道感动了，叫他不要担心，尽管吃，吃完后，他再让人准备一份给饿汉带回去。

赵盾又给此人打包了一篮饭跟肉，让他带回去孝敬母亲。多年以后，此人竟然进了国都，还进了宫，成了晋灵公的侍卫。

《第十章》 暴走的晋灵公

赵盾早已经忘了此人，可大汉却记得当日的一饭之赐。他一见今天的暗杀对象竟然就是当日的恩人，就奋不顾身冲上来，护住了赵盾。

搞清楚后，赵盾还是很讲究的，没有马上就跑，反而在后面问此人的姓名跟地址，以便以后报答之用。大汉没有理会，只是催促他快走。

无奈之下，赵盾只好先走一步。而这位大汉着实了得，看到赵盾走后，竟然也杀出重围，逃了出去。

突围后，此人没有去寻找赵盾。也许在他看来，他已经报答了赵盾的恩情，自然没有必要再去投靠赵盾。

有恩必报，报毕则走。这就是春秋士人的精神。

赵盾没有问出对方的名字，史书却记下了他的名字。

此人，翳桑人灵辄。

赵盾逃出来后，也没有回家，而是直接向国外跑去。得罪了国君，自然只有流亡他国了。

一开始赵盾的逃跑速度还是很惊人的。但慢慢地，发现没有追兵后，赵盾就开始放慢了脚步，结果跑了许久，都没有跑出国境。最后跑到一半，赵盾停下来调头往回走。因为他收到了最新消息，晋灵公已经被他的族弟赵穿给杀了。

这位赵穿这些年在晋国事情办一件砸一件，赵盾却一直护着他，现在来看，果然没白疼啊。

晋灵公一死，自然不必逃了。不但不必逃，最好还是马上回去主持大局，毕竟在晋国，有权力的家族可不只有赵家。想到这里，赵盾就有些庆幸。

惊人一鸣

幸亏没有逃太远啊，不然，回来费时费力不说，对掌控局势也不利啊。当然，要是赵盾知道后面发生的事情，就会恨不得扇自己一耳光，后悔自己为什么不多跑两步，至少也要越过国境线嘛。

回到晋都，赵盾欣喜地发现，晋都还是很平静的，晋国大夫们早稳定了局势，晋国的国民对国君被弑一事，也纷纷表示情绪稳定。看来这些年自己的苦心经营还是有成果的。赵盾的心放了下来。

赵盾连忙派人去周国接晋文公的另一个儿子。这位晋国公子的母亲是周国人。据说他的母亲生他的时候，梦到神在自己儿子的屁股上盖了一个黑印，并表示这个人以后一定会当晋国的国君。于是他母亲就给他取名为黑臀。

这，怎么有点像菜市场的免疫证明啊。

现在，这个梦总算是兑现了。

有了新的接班人，接下来的事情就好办了。埋葬死人，欢迎新人，晋国还是以前的晋国，赵家人还是以前的赵家人。

布置完毕，赵盾自觉没什么不妥，就召开朝政会议，准备让晋国的政治生活正常化。

大夫们纷沓而至。此时，一个人出现在大家的视野里，此人是晋国的史官董狐，专门负责记载国内的大小事务。此人抬头挺胸，手握竹简，走到堂上，让各位大夫来看自己最新的记录。

大夫们纷纷围了上去，不少人一看，就有些瞠目结舌，顿时议论纷纷。

这是记了什么？赵盾走过去，伸长脖子看了一眼，顿时脑子像被雷击一样，脸也羞得通红。竹简上的字如同针一样刺向了赵盾的心脏。

《第十章》 暴走的晋灵公

"赵盾弑其君。"

良久,赵盾才缓过一丝气,弑君可是最重的罪。史书上如此记载,等同于把赵盾钉在了历史的耻辱柱上。赵盾脸如死灰,嘴唇嚅动,讪讪地说道:"搞错了吧,搞错了吧,我没弑君啊,弑君的不是我啊。"

董狐瞄了赵盾一眼,不急不慢地说道:"你是正卿,劝诫国君不成功,逃亡了却不逃出国境,回来了也不讨贼。不是你弑君,是谁?"

赵盾有一种晕眩不支的感觉,强作镇定后,仰天长叹了一句:"呜呼!'我之怀矣,自诒伊戚',说的就是我吧。"

所谓"我之怀矣,自诒伊戚",出自《诗经》,大意是"我是担心国家,才这样啊,现在我是自作自受了"。

董狐毫不理会,更没有半点要更改记录的意思。

这里大家可能疑惑,赵盾既然是晋国最有权势的人,为什么不以权压迫这位董狐呢?

这其中的原因,除董狐本人骨头硬外,还有一个客观的原因,就是董狐的史官是世袭的。就是爷爷是史官,爷爷死了,老子接着做,老子退下来了,儿子接着干。也就是说,董狐的人事任命权不在赵盾手上,所以赵盾也管不着他。

数十年后,齐国也发生了类似的事件。齐国的权臣杀死了齐国国君齐庄公。齐国太史公如实记载:"崔杼弑其君。"而崔杼就没赵盾这么好涵养了,当下大怒,将太史伯杀死。接着,太史公的两个弟弟太史仲跟太史叔依然秉笔直书。崔杼一口气又连杀两个。结果,刀还没放下,太史伯最小的弟弟太史季又来了,表示我还要接着这么写下去,史官是我们家世袭的,杀了我们兄弟,我们还有下一代。

惊人一鸣

无奈之下，崔杼才接受了弑君这项记录。

现在我们能够看到这些靠谱的历史书，的确要感谢当年那些用生命记录历史的人。

崔杼确实是弑了君，但赵盾感觉自己比窦娥还要冤。不但赵盾觉得冤，孔子也为他抱不平，据《左传》作者左丘明说，孔子先生特别评论这件事，表示董狐是古之良史，书法不隐，而赵盾，也是古之良大夫，因为史官的法度而蒙受了恶名，实在是一件遗憾的事情。要是赵盾当初多跑两步，走出国境，不就什么事都没有了？

"赵盾弑其君"成为历史上著名的案例，常被用来分析《春秋》笔法，很多人认为，在这件事上，后来的史官还是替赵盾粉饰了的。前面的钼麑无法考证的遗言，以及孔子的点评，无一不在突出赵盾的伟大形象。钼麑的遗言自不必说，那肯定是左丘明的猜测，就是这个孔子点评，只怕也不一定是真的，多半是孔子被名言了。

至少孔子的这个点评就有些不全面嘛，董狐认定赵盾弑君可是有三大罪证，最重要的一条可不是没多走两步，而是没有讨贼。

对啊，别光顾着批判赵盾，还是先把弑君者赵穿抓起来再说，先拷打他一下，看他到底有没有跟赵盾勾结。

对于这个，晋国大夫们集体失言了。

可是，不好意思，赵穿先生当时不在国内，他到周国出差去了，出差事宜是接公子黑臀去了。至于人家回国之后，要不要抓起来，那就不好说了，毕竟新任国君都是他接回来的，把他抓起来，是不是对新任国君有什么意见呢？

赵盾先生一个小小的安排，就解决了一个看似无法解决的难题。很

第十章　暴走的晋灵公

快，公子黑臀从周国回来了，成了晋国新的国君，史称晋成公。

事情似乎就此结束了，但董狐的突然发难也让赵盾认识到，晋国并不是他可以一手遮天的，还有许多大夫敢于对他发起挑战。

对于这些挑战，赵盾只相信一种解药：权力。

只有掌握了更多的权力，才能摆平更多的质疑。也只有分享权力，才能堵住他人的嘴。

晋成公继位后，赵盾提了一个议案，要求重新在晋国设立公族。

所谓公族，就是国君的同族，通常由国君的非嫡系族人组成。这些人世袭大夫的职位，享有国家的高干津贴，还有专门的如公族大夫、馀子、公行等官职，方便公族直接参与国家的重大决策。

借着这些便利，公族往往成为一个国家的权力大族，有时候甚至凌驾于国君之上。比如楚国的若敖族、鲁国的三桓、郑国的七穆、宋国的武族。

晋国没有公族。现在的晋国国君一脉原本就是晋国的公族，在曲沃发展壮大，最后反攻晋都，才成了宗家。成功之后，当然不会允许后来者走自己的路，让自己无路可走。晋献公时就开始驱逐晋国的公族。到了骊姬之乱时，更定下一个不成文的规定：国内从不收留公子。

除了继承君位的太子，其他的全部送出国。眼下的晋成公就曾被送到周国打零工。

赵盾突然抛出这个设立公族的议案倒不是为了国君的公子公孙们打算。这其实是旧瓶装新酒。

赵盾的意思是晋国没有了公族，那些公族的职位也空了下来，但这些

惊人一鸣

职位还是有其职能的，长期空着也不好。当然，祖宗立下的"不畜公子"的国策也应该坚持五百年不动摇。他认为，不如将卿的家族立为公族，然后再在大夫中选一些品德优良的人担任公族大夫等职务。

赵家刚消灭了一个国君，晋成公当然不希望成为第二个，明知道这是个吃亏的事情，也只好硬着头皮批了。

于是，晋国郑重宣布将晋国的卿族列为公族。赵盾的家族当然也升级为公族。而赵盾为了表示自己的大度，将公族大夫让给了同父异母的弟弟赵括，自己则担任了公行。

这个公行主要的职务就是掌管国君的车子，这一族就称为旄车之族。听上去像是车队队长的小职务，但以后晋成公想去哪里，第一个要打招呼的就是赵盾了。

这是一个影响深远的变动。

历史上很多事件，看似惊天动地，其影响可能仅仅是一时，而一些制度静悄无声，却能产生深远的影响。

这个公族复立就是影响深远的一项变动。成为晋国的公族，卿就可以名正言顺地发展自己的家族力量，而国君的权力则变得越来越薄弱。

得知这个消息后，原来对赵盾不满的大夫终于集体噤声了，赵盾慷国家的慨，送了他们这么一个大红包，当下纷纷表示赞同晋中央的领导与决定。

赵盾度过了政治上的危机，而晋国的权力从这一刻不可逆转地朝异姓卿族转移，两百年后，实力最为雄厚的三大家族瓜分晋国。

在赵盾忙着巩固自己的权力时，楚国的兵锋再次指向中原。

《第十一章》

九鼎的重量

《第十一章》 九鼎的重量

在晋灵公被弑杀的第二年，楚庄王率领大军挺进中原，进攻了居住在陆浑的戎人。

看上去，是在执行攘夷政策的中原副本，可仔细一查，就发现问题了。这个陆浑之戎，不是普通的戎人，而是被收编的戎人。在晋惠公时，晋国就收编了这支戎人部落。从此这个陆浑之戎成了晋国的附属国，经常跟随晋国东征西战。让楚国吃了大亏的城濮之战中，就有陆浑之戎的身影。

这就是打晋国的小弟了。可作为宗主国的晋国毫不紧张。南蛮打戎人，还能打出什么花来？可是，本不相关的周国却有些心神不宁。

陆浑戎的居住地离周国太近了。

当初秦晋共同进攻陆浑戎，拿下后，秦国要地，晋国要人。晋国将陆浑戎迁到了今天的河南嵩县附近。这里离洛阳不过一百多里的路，开着战车两三天也就到了。

也不知道晋国人什么心理，明明知道平王东迁之后，周王室有恐戎症，一提到戎人，就浑身不舒服，还把陆浑戎安排在周国附近。

楚庄王在天子的脚下大打大杀，让周王室感到了一丝恐慌。虽然打的

惊人一鸣

是戎人，而且当年周王室也给楚国发过一张征讨许可证，允许楚国征服南方的蛮族。但这戎人是北方的，楚庄王显然是超地域经营。

接下来的消息让周国心惊肉跳。打着打着陆浑戎，楚庄王就把兵马拉到了洛水边，这已经进入到周国的国境了。楚庄王毫不在意，还搞了一次阅兵。这就是所谓的耀武扬威了。

此时的周王是刚上任的周定王。一上任就碰到横冲直撞的楚国人跑到城外示威，实在是倒霉。想了一下，周王派了一个使者前往楚营，以慰劳楚王的名义打探一下，这个南方的伪王到底在打什么主意。

果然，这个楚王没安什么好心。

使者带着食物，请楚王吃饭，望着羊在大鼎里煮着，楚庄王突然微微一笑，问了一句十分诡异的话："不知道九鼎有多大多重呢？"

这个九鼎可是超级古董了。当年夏朝征服天下，九州的人进贡青铜。夏王用这些九州的青铜铸造了九座大鼎，并在鼎上铸上了世间万物的形象，相当于远古版本的百科全书。据说百姓通过观看这个鼎，就可以了解世间存在的一切事物，甚至包括鬼神妖怪。了解之后，再进入山林川泽，就会趋利避害，不会发生不幸的事情。

随着朝代的更迭，现在这个鼎，当然在周王室的手里。

这是一个不怀好意甚至暴露野心的问题。所谓九鼎早已经不是普通的青铜版百科全书，而代表着天下。谁拥有这些鼎，谁就是天下之主。楚庄王问这些鼎，当然是想打天下的主意。

要是鼎好拿，我这次就顺便带回去了。

周国使者的脸色很不好看。但很快，这位使者恢复了平静。

这位使者不是第一次在《春秋》中出场了，此人是周国公族王孙满。

《第十一章》 九鼎的重量

当年秦国偷袭郑国，大军从洛邑经过。那时，王孙满还是个小孩，在城墙上看到秦国大军过洛邑不恭敬，他就断言秦军必大败。

事实也证明了王孙满的判断。

年少的时候，王孙满就展现了过人的才能。这么多年过去了，王孙满更成熟了。

面对楚庄王的咄咄逼人，王孙满思考一下，回答道："在德不在鼎。"

天下的归属不在于鼎在谁的手上，而在有德行的人身上。你想要问鼎的重量，不如问问自己的德行够不够。言下之意，你也不称称自己的斤两，就敢来问这个！

楚庄王很受伤，同道："我们楚国矛上的矛尖拔下来，就足以铸造出九鼎来！"

这就是霸蛮了，因为按照礼制"天子九鼎，诸侯七鼎，卿大夫五鼎，元士三鼎"，你一个楚子顶多也就拿七个大鼎煮肉吃，现在要自己开炉炼九鼎，这明显要另立中央。

当年，楚国要求提升爵位未果后，自己提干到王的级别。现在周国不给鼎，楚庄王就琢磨自己开炉炼，果然是"筚路蓝缕"。而且楚庄王这个话很有挑衅意味。楚国是春秋最重要的金属产出国，楚国送礼都是送铜之类的战略物资，但楚庄王不说咱们铜多铁多，偏说我们用枪尖来做，明明变着法儿显摆自己的兵强马壮。

可是，九鼎真的是有铜有兵就可以造出来的吗？

王孙满认真告诉眼前这个雄心勃勃的楚子，你们造出来也没用，因为九鼎的意义不在于外观，而在于一国的国政。如果一个国家施行国政，鼎

惊人一鸣

再小,也是重如泰山的;如果奸邪昏乱,鼎再大,也是很轻的。至于我们周王室嘛,当初我们占卜过了,这九鼎要在我们周人的手里传三十代,共七百年。这是上天的旨意,虽然我们现在周王室不如从前了,但天意未变。这个九鼎的轻重,就不是他人轻易能问的。

你可以山寨我们的爵位,但我们的精神、我们的德行、我们的历史,你山寨得过来吗?

楚庄王哑口无言,这是他在周王室这里受到的第一次教育。要想成为一个真正的霸主,他还需要了解更多的东西。

大概是在周王室这里受了一点小小的气,楚庄王心里未能平复。就在这一年的夏天,楚庄王派兵进攻了郑国。

这一年的春天,晋国曾经攻打郑国,晋国的兵马一到,郑国就跟晋国讲和了。听说郑国又投靠了晋国,楚庄王很光火,马上派兵进攻。

以楚庄王的看法,郑国一向欺软怕硬,只要大军一到,郑国自然就会归顺。可这一次,情况似乎有了变化,郑国进行了抵抗,一点没有投降的意思。

楚庄王一打听,原来是郑国国君郑穆公病了。在春秋,所有的外交活动都是由国君发起。现在郑穆公病了,自然就无法进行外交谈判。

那打下去,也是没结果了,等你们国君病好了再打。楚国也不纠缠,就此退兵。

楚庄王是等不到跟郑穆公进行谈判了。这一年的冬天,郑穆公去世。

说起来,郑穆公的一生还是幸运的。他的父亲郑文公最大的爱好就是对付儿子。郑穆公的兄弟一个个被郑文公干掉,只有郑穆公依靠晋国活了

《第十一章》 九鼎的重量

下来，最后还成了国君。

就任郑国国君这些年，虽然常受大国进攻，但郑穆公凭着丰富的社会经验，见机行事，倒没有出过什么大的问题。现在郑穆公去世了，郑国要想保持稳定只怕并不是一件容易的事情。

第二年，郑国就出了一件大事。新继任的郑国国君灵公当上国君不足半年，就被国内的大夫给杀了。

这个事情说起来，让人有些哭笑不得。

有一天，郑国的两位大夫公子宋跟公子归生上班。进宫后，公子宋的第二个手指头突然动了一下。古人将手指分为巨指、食指、将指、无名指、小指。巨指就是大拇指，将指就是现在的中指。因为最长，所以可以称之为手指中的将军。而第二个手指，因为常常用来伸到汤里尝咸淡，所以称之为食指。

公子宋连忙把手伸出来给公子归生看，说："以前我食指动的时候，就一定能吃到奇特的美味！"

这就是食指大动的由来。公子归生还不相信，公子宋则神秘地说，走着瞧。

进了宫，结果发现宫里的大厨正在切一只大鳖。说起来，这只大鳖还是楚庄王送过来的。大概是送给郑灵公，祝贺他继任国君的。也算是楚庄王别出心裁，开展了一次王八外交吧。只是不知道郑灵公为什么不把这只代表着楚郑两国深厚友谊的吉祥物养起来，而是杀了吃肉。

两位郑国大夫相视一笑，果然有肉吃啊。这一幕被经过的郑灵公看到了，大为奇怪，问他们为什么笑。

惊人一鸣

于是，公子归生就一五一十地将进宫时发生的事情告诉了他。郑灵公没说什么，只是大有深意地朝公子宋看了一眼就离开了。

到了吃午饭的时候，果然加菜了，大家一起吃鳖肉。郑灵公召集大家，却突然下了一个命令："今天谁都可以吃鳖，就是公子宋不能吃。"

你不是食指大动，必尝美食吗？我偏不让你吃！

这其中的原因牵扯一个很深的心理学问题。在郑灵公看来，这肉虽然是给你们吃的，但在没给之前，还是属于我的，你们不能打它的主意。不然，我就偏不给你吃！

于是，公子宋眼睁睁看着大家分肉吃，自己咽着口水，喉头上下滚动，过了一会儿，公子宋突然站了起来，径直朝煮肉的大鼎锅走了过去。这应该是吃火锅，肉不是从厨房端出来的，而是直接摆在大家的面前。

公子宋做出了一个让大家张口结舌的事来。他把那根会预言的食指伸到鼎锅里蘸了一下，然后放回嘴里吮吸了一口。

嗯，就是这个味！

尝了味道之后，在郑灵公怒目之下，公子宋大摇大摆地走了回去。

不让我吃，我偏要吃！

这个史事就是"染指"这个词的由来。

话不能乱说，东西也是不能乱染指的。很快，公子宋就收到了一个消息：郑灵公对他当日吃鳖肉的事情很是愤怒，准备找机会杀死他。

不过是一块鳖肉，就要打打杀杀。国君没有国君的气度，臣子没有臣子的风度。郑国竟然沦落到这样的地步。

公子宋也不含糊，准备先下手为强，为此，还找到了当初一起进宫的

《第十一章》 九鼎的重量

公子归生。公子归生也算这件事情的见证人,而且他还是郑国的执政,颇有些才能,前面率郑军打败宋国的华生大夫的就是他。

听了公子宋的计划,公子归生沉默了一会儿,叹道:"畜生老了,人还不忍心杀死,何况是国君?"

"你不干?"公子宋瞪着公子归生。得到肯定的回答之后,公子宋转身就走。

过了一段时间,公子归生就发现,公子宋竟然在郑灵公面前诬陷他。

看来,不与小人为伍是不行了。公子归生只好找到公子宋,表示就听你的吧。

这一年的夏天,两人合伙把郑灵公给杀了。

史书以"郑公子归生弑其君夷"记录了此事。

这个记录在"春秋笔法"里有两个值得注意的地方。

第一是,孔子同时记录了公子归生与郑灵公的名字。在弑君事件中,如果只是国君的罪,就写出国君的名字,而凶手则隐去,替代为国或者人。比如宋昭公被杀,就记录成"宋人弑其君杵臼",齐懿公被杀记录为"齐人弑其君商人"。如果只是臣的罪,就写出臣的名字。这种情况并不多。最多的当然就是君不君、臣不臣的例子。这样的情况下,国君跟臣的名字都会写上,以警诫后人。

当然,记录也有例外的时候。比如赵盾弑晋灵公事件里写的"赵盾弑其君",本来应该把晋灵公也写上的,但为了突出表彰董狐的秉笔直书,孔子就没有改动董狐的记录,直接摘录了过来。

第二个值得注意的地方是,孔子只写了公子归生的名字。论起来,这件弑君事件的主谋应该是公子宋,但公子归生作为郑国执政大夫,明知道公子宋有逆谋，却不举报，还参与其中，就被孔子老师作为首要批判对象。

现在我们知道，这个世界上最可恶的人并不单是作恶的人，还有面对恶保持沉默或者同流合污的人。

郑灵公死后，郑国大夫准备立郑穆公的一个庶子子良为国君。

子良婉言谢绝了国君之位，他表示，论贤能，自己还有很多不足，论长幼顺序，我的哥哥公子坚又比我年长。

于是，郑国立了郑穆公的庶长子公子坚，即为历史上的郑襄公。郑襄公一上台，准备干的第一件大事，就是将兄弟们全部赶走。

郑襄公的君位是子良让出来的，位置不太牢固。而他的父亲郑穆公在生产上没什么作为，但生育上还是有成绩的，一共生了十三个儿子。

这么多兄弟在郑国待着，实在有些不放心。于是，郑襄公决定请这些兄弟各谋出路，只留下让位于他的子良。

听到这个消息后，子良连忙找到郑襄公，表示如果国君真的要驱逐兄弟，那我也走。

郑襄公只好收回了这个打算，让这些兄弟都当了大夫。这些大夫的七支后人在郑国发展壮大，各有族人位列郑国七卿，执掌郑国国政，合称七穆。其地位大概等同于全真七子在全真教。

郑穆公后代繁多，在他的后代中，最具传奇色彩的却不是他的儿子，而是他的女儿，一个嫁给陈国大夫夏御叔的女子，这位大姐在历史上有"杀三夫一君一子，亡一国两卿"的辉煌纪录。

当然，那还是后话。目前来说，郑国的局势终于稳定下来。而郑国除

《第十一章》 九鼎的重量

了公子归生、公子宋之类的人物,还有子良这样的贤良大夫。这对郑国来说尤为重要。

春秋以来,郑国如同一只小船,夹在左右大国掀起的争霸巨浪里上下颠簸。而接下来的巨浪,将更加凶险,稍有不慎,这条小船可能就有颠覆的危险。

《第十二章》

楚国内乱

第二十章

店内园艺

《第十二章》 楚国内乱

在郑国动荡的同时,楚国也发生了一件内乱。只是这件内乱是楚庄王意料之中的事。在我看来,这甚至可能是他亲自推动的。

楚国的第一家族若敖族叛乱了。

若敖家族对楚国的强盛做出过许多贡献,但当若敖家族成为楚国的最大既得利益集团时,它就成了楚国继续前进的障碍。

因为长期担任楚国执政令尹,若敖家族把这个重要岗位当成了自己的传家宝。也不管自己家的人能否胜任,反正这一届任期满了,家族里开个会推出另一个人选就是了。这导致了若敖家族既为楚国贡献了斗伯比、子文这样的贤者,也出了子玉这样刚愎自用的人。

楚庄王继位的前四年,令尹就是若敖家族的成嘉。楚庄王不会忘记在自己放纵的三年里,这位令尹从来都没有规劝过自己,反而利用这个机会独揽大权。楚庄王一鸣惊人的第二年,就将这个成嘉撤了下来。为了不引起若敖家族的抵制,楚庄王提拔了若敖家族的另一位成员担任令尹,此人是楚国名相子文的儿子子般。这位斗子般混得也就一般般,没干两年,就被检举揭发处死了。楚庄王再次提拔了一位若敖成员上来。这个成员,就

惊人一鸣

是先后被鲁郑两国诅咒过的，楚国大夫斗子文的侄子斗椒。

事实上，在斗椒刚出生时，他就被认为是一个不祥之人。

出生那会儿，他的伯父斗子文前来探望这个若敖氏的新成员。斗子文伸长脖子望了孩子两眼后，就提了一个危言耸听的建议："赶快将这个孩子弄死，这个人外表像熊虎，声音像豺狼。不杀他，以后一定会灭亡若敖氏。"

据记载，斗子文还搬出了一个谚语，说这个婴儿将是一个有狼子野心的人，不可抚养。

这就有些玄乎了，我们知道历史是个很有用的东西。熟读历史，可以帮助人开阔眼界，学习一些经验，掌握一些规律。大的方面可以从一个国家的气象来推断它的兴亡，小的方面，可以通过一个人的行为举止推断他以后的结局。但光看一眼新生儿，就断定此人不祥，会招来灭族之祸，这个就太不科学了，毕竟"人之初，性本善"。

而且斗子文先生这么厉害，怎么自己十分看好的弟弟斗子玉却大败于城濮而自杀呢？

对于这个不靠谱的建议，斗椒的父亲完全没有采纳。斗子文为此还常常唉声叹气。临死之前，还把族人聚集而来，留下一句遗言："如果斗椒掌握了楚国的政权，你们就赶紧逃吧，不要跟着倒霉了。"最后，斗子文还哭了起来。

"如果鬼也要进食的话，那我们若敖氏的鬼神，以后就要挨饿了。"

在我看来，斗子文先生虽然是楚国难得的贤臣，但他的这一番行为，却是不正确的。他无缘无故给一个新生儿下了不负责的断语，日后又不断重复加强这一点，这对斗椒的成长是十分不利的。

第十二章　楚国内乱

你们不是认为我会祸害宗族吗？不是认为我不能执政吗？我偏要当当看，看看我到底会不会让若敖族灭亡。

通过不懈的努力，斗椒果然当上了楚国的令尹，可他接着，却做了一件不太聪明的事情——他把楚国的司马芬贾给杀了。

说起来，这位芬贾跟斗椒不久前还是政治盟友。那时，子般是令尹，斗椒是司马，而芬贾不过是个工正。这个工正掌管车服，是司马的属官。也就是说芬贾是斗椒的下属。据史书所说，芬贾为了讨好领导，故意陷害子般，帮助斗椒登上了令尹之位，而芬贾也代替老首长成了司马。

而接下来的变化就有些让人吃惊了，刚成功合作的两位拍档突然感情破裂，成了死敌。斗椒率领若敖氏族人把芬贾囚禁了起来，没过多久，就将芬贾给杀了。杀完芬贾后，斗椒就把族军拉到了一个叫熏野的地方，准备进攻楚庄王。而楚庄王的第一反应不是平叛，而是要送文王、成王、穆王的子孙给斗椒当人质来讲和。这个提议被斗椒断然拒绝。

这是一段极为奇怪的记录，里面有许多不合常理的因素。之所以出现这样的情况，应该跟史官讲究为先人讳有关系，把很多不好放到台面上的东西给隐掉了。而寻找这些隐秘的东西，大概是我们读史之余一个有趣的尝试吧。

要搞清楚这件事情的真相，我们先要把这里面的疑问列出来。

为什么芬贾要帮助斗椒？

为什么芬贾帮助斗椒达成所愿后，斗椒跟芬贾反目成仇了，而且是斗椒先翻的脸？

为什么斗椒将芬贾抓起来后，不是第一时间杀了解气，而是关起来一段时间后才杀掉？这期间发生了什么？或者说斗椒是不是得到了想从芬贾嘴里知道的信息，从而芮贾变得没有了价值而被杀？

为什么斗椒杀掉芮贾后，马上率领族人进攻楚庄王？

为什么若敖家族一致站到了斗椒的身后？要知道斗椒可不是若敖族的宗家，而不久前，斗椒还伙同芮贾陷害了若敖族的能人、楚国的上一任令尹子般。

为什么得知斗椒杀掉芮贾并且造反时，楚庄王不是第一时间平叛，而是送出三王的子孙当人质？所谓人质，就是抵押品，让对方相信自己的承诺。那楚庄王为什么要向斗椒承诺一些东西？他又承诺了什么东西？

种种迹象表明，造反的斗椒似乎理直气壮，而被挑战的楚庄王却有一些心虚理亏的意思。

要搞清楚这所有的问题，我们还是得紧抓一个关键人物：芮贾。

有一句话，叫"屁股决定脑袋"，文明一点儿的说法叫"位置决定想法"。只有搞清楚芮贾的立场，我们才能解开这个谜团。首先，这位芮贾是老牌的反若敖成员了，当年还是小孩的时候，就已经敢公然诅咒斗子玉会完蛋。而他所在的家族芮氏一直被若敖压制，可谓是楚庄王削弱若敖氏势力的最佳盟友。

而芮贾也一直是楚庄王的心腹，那年庸国背叛，众大夫都想着迁都，只有芮贾提议出兵反击，并马上被楚庄王采纳。

搞清楚这个，一切疑问都可以有合理的解释了。

这位芮贾表面上是斗椒的盟友，实质上却是楚庄王派到斗椒身边的卧底。芮贾抓住斗椒想当令尹这一点，从中挑拨斗椒跟堂兄子般的关系，并成功将子般入罪杀死。

《第十二章》 楚国内乱

也不知道什么原因，斗椒知道了芳贾的真面目，发现自己不过是对方的一枚棋子，当然大为愤怒，于是就将芳贾抓了起来。

抓住芳贾后，斗椒审问了芳贾，查出幕后的指使者就是那位装大鸟的楚庄王，也得知楚庄王的目标就是要连根拔起若敖氏。知道真相后，斗椒杀死了芳贾，并用这个消息说服了族人起兵造反。

而自知理亏的楚庄王只好向斗椒承诺以后不向若敖氏动手。为了取信斗椒，还提出送出一批近亲作为人质。

斗椒也不是吃素的，自然不相信楚庄王是个善男子。现在都已经这样了，是自己灭族还是让楚国变天，就由上天来决定吧。

率领着若敖族人，斗椒向楚庄王发起了攻击。

在这一年的七月，楚庄王率领大军迎战，与若敖氏展开大战。斗椒深知擒贼先擒王的道理，一上来就冲向了楚庄王，也不废话，直接搭箭就射。第一箭从楚庄王的车辕飞过，穿过鼓架，射中了铜钲，发出了震耳欲聋的声音。楚庄王的耳朵还在嗡嗡作响，第二箭又来了。这一次，依然差些火候，射透了车盖上的木毂。

虽然没有射中楚庄王，但气势还是很吓人的，楚庄王的部队开始后撤。这是一个极为危险的信号，兵败如山倒，许多的大败就是从莫名的后撤开始的。

这大概是楚庄王继位以来最为凶险的时候。这时候，退一步是万劫不复。进一步，谁与王同行？

关键时刻，楚庄王灵机一动，安排出使者在军中巡视，并告诉士兵一个极好的消息："当年我国先君楚文王攻克息国，得到了息国的三支利箭，斗椒偷去了两支，现在已经射完了。"

难怪斗椒的箭术这么高明，原来是偷了神箭，好在偷的神箭已经用完了。楚国人好鬼神，听了这段话，楚国的士兵情绪很快就稳定下来。

据说，为了鼓舞士气，楚庄王派出了自己的近侍、神箭手养由基前去挑战斗椒。此人可谓是春秋第一神射手，外号"养一箭"。言下之意，一支箭消灭一个敌人，绝不浪费。从《左传》的记录来看，养由基多次奉命定点清除对方将领，一箭一个，箭无虚发。

养由基跟斗椒隔岸对射，据一些演义小说发挥，养由基让斗椒先射三箭。斗椒三箭皆失，最后一箭还被养由基用牙齿咬住了。养由基取下斗椒射来的箭，搭弓一射，只此一箭，就让斗椒命丧当场。

这些应该有一些夸张的成分在里面。唯一可以确定的是，斗椒战败身死，楚庄王取得了这场王权与臣权相斗的胜利。

从战场上回来，楚庄王就开始了对若敖族的清除，虽然是一个祖宗，但现在既然闹翻，也只好六亲不认了。

一时之间，斗子文当初的预言即将成真，若敖氏的列祖列宗以后只怕要饿肚子。可最后，楚庄王还是留下了一个给若敖先人烧纸钱的人。

这个人是子文的孙子克黄。若敖族叛乱的时候，他正出使齐国。听到斗椒叛乱被杀的消息，随从马上做出一个判断："不能再回楚国了。"

对若敖氏人来说，现在的楚国，不亚于龙潭虎穴。

想了一下，克黄还是决定回国，"我还有国君的使命在身，抛下使命逃跑，谁会收留我们？国君，臣之天也。再怎么逃能逃脱天吗？"

虽然有些封建思想，但这种忠于职守的坚持还是值得敬佩的。

克黄从容回到了楚国，汇报完出使的情况，然后主动投案。

《第十二章》 楚国内乱

这个消息传到楚庄王的耳里，楚庄王沉默了，过了许久，他叹了一口气："如果连子文这样的贤臣都没有了后人，我们怎么劝他人为善呢？"

楚庄王下令将克黄释放，官复原职，并将他的名字改为"生"，大概是新的生命，重新开始的意思。

学会谅解，能够宽恕。这才是真正的强大。

楚国与晋国各自解决了国内的内乱。接下来，两国终于有机会放开手脚，在中原的争霸擂台上，一决高下。

在史书的记载中，经常提到晋国在这些年老是问题频出，其原因就是晋灵公不君，赵盾无法施展手脚。

死人当然是背黑锅的最佳人选，但死人背黑锅只能用一次。现在晋国国君不再是那位荒诞不经的晋灵公，赵盾也就再没有借口。

而楚庄王本人是很着急的，虽然他还年轻，但浪费的时间也不少。光在楚国的土山上就趴了三年，这些年也一直主抓国内阶级斗争，一直没机会全力逐鹿中原。现在楚国的主要矛盾已经转移，虽然从长期来看，君权与臣权的斗争还在一定范围内长期存在，但由于国内因素和国际的影响，楚国的主要矛盾已经变为楚国日益增长的国力与落后的国际声望之间的矛盾。

解决这个矛盾自然要大干快干。三年一小台阶，五年一大进步，争取早日称霸。

于是，在平定若敖内乱的同一年的冬天，楚庄王就迫不及待地进攻了郑国。因为用兵仓促，并没有取得良好的效果。第二年，楚庄王再次挥军北上攻打郑国。这一次总算有所收获，虽然没有彻底收服郑国，但让旁边的陈国看得心惊肉跳，主动联系楚国愿意归附。这让楚庄王士气大振，同年又再次进攻郑国，最终打得郑国求和，才心满意足地回国。

看来，不展现点实力，他们是不会臣服的啊。楚庄王得出这个结论，并颇为得意。

可并没有高兴多久。第二年，他就收到了一个消息：晋国在这一年的冬天，又成功召开了一次诸侯大会。这次大会发生了一个小小的插曲。

前来参会的鲁宣公被晋国扣押了，原因是晋成公即位的时候，鲁宣公没有前去朝见，后面也没有派大夫去访问，所以晋国一生气就把鲁宣公关了起来。

在春秋的历史上，鲁国总是慢社会一拍，总是踩不到点子上。既不像郑国那样见机得快，又没有齐国那样的实力支撑，所以总是被揍得满头是包才能认清现实。最后还不敢发脾气，又好面子，连史书都不敢记上，成为春秋最吃哑巴亏的国家。

听说国君被扣押了，鲁国也不敢声张，更别提兴兵要人，连忙给晋国送了一笔厚礼才把鲁宣公赎了回来。

收钱就放人，这应该是赵盾的行事风格。

这也是赵盾最后一次敲诈勒索诸位诸侯了。

第二年，鲁宣公八年，公元前601年，执掌晋国国政二十余年的夏日之阳赵盾去世。

在历史上，赵盾是一个毁誉参半的人。一方面，他工作积极肯干，忠于晋国，长于治国，为晋国的繁荣稳定做出了积极的贡献。另一方面，他在外交以及军事上的短板，又使晋国的霸业日渐衰败，更因为晋灵公被弑一案被永远定格为弑君者。

《第十二章》 楚国内乱

不论怎样，他使这二十年的晋国打上了鲜明的赵盾标志。而这之后，晋国将进入后赵盾的时代。

因为出现了囚禁诸侯的情况，晋国主持召开这个会议就显得不是那么和谐，但多少也算是一次比较成功的会议，因为与会国很多，宋卫曹鲁都有参加。除此之外，刚刚臣服楚国的郑国竟然也赫然在列。

楚庄王火了！去年刚给我保证，不跟晋国来往，以后就听从楚国号令，怎么晋国一开会，你郑襄公就跑去呢？

没过多久，楚庄王更是气得火冒三丈。大概是晋国成功组织了这次诸侯大会，让陈国感到了压力，又跑去与晋国交好。

前些年武装攻势取得的一些小成果全部泡汤。气愤之下，楚庄王再次进攻陈国，再一次取得陈国的求和才退兵。

晋国拿出了老办法，你敢用兵，我就开会！

晋国马上于次年召开诸侯大会，地点专门选在郑国。参会国是宋卫郑曹，少了一个鲁国。看来上次开会，鲁宣公是被晋国搞怕了，干脆不来参会了。其实鲁宣公要是来了，只怕也能一出上次被囚禁的怨气。

在这次会议上，各国把苗头对准了刚投靠楚国的陈国，晋国率领大家去讨伐陈国。结果进军到一半，晋成公去世了。

晋成公逝世后，他的儿子姬据即位，史称晋景公。

看到有机可乘，楚庄王连忙派兵进攻郑国。大概是太性急的原因，楚庄王竟然在郑国吃了一个不大不小的亏。

郑国对楚军的进犯给予了坚决的还击。当然，以郑国的实力是无法与楚军抗衡的。郑国也就是意思一下，然后等着老大哥来救。哪知道竟然走了大运，郑襄公亲率兵马，打败了楚军。

想不到我们郑国也有雄起的一天。消息传回新郑，可谓举国欢庆。唯有曾经让位于郑襄公的大夫子良愁眉苦脸，"这次胜利大概是国家的灾难，我只怕离死不远了。"

胜利了，为什么却是国家的灾难呢？在郑国人欢庆眼前的胜利时，子良看到了更深远的东西。

一场军事上的胜利无法扭转楚郑两国的实力对比，却已经影响到了两国的心态。原本小心翼翼的郑国将因此战变得骄傲轻敌，而楚国将更为谨慎努力。

这实在不是郑国之福，而是郑国之祸的开始。

在子良忐忑不安的时候，楚庄王心里也在犯嘀咕。这些年，他不可谓不努力，几乎年年发兵，也年年取胜，可就是没办法让郑陈这些国家真正臣服。而且他们越来越滑头，他的大军一到，这些国家就马上服软，大军一撤，这些国家又马上背叛他。

为什么自己强大的武力不能让他们臣服呢？难道，所谓的霸业不是靠武力堆积起来的吗？

南方的荆蛮碰到了中原的老油条，一时之间，楚庄王也找不到答案。

正当他百思不得其解的时候，一个让他再次接受教育的机会摆在了眼前。

鲁宣公十年，楚国来了两位陈国的大夫，这两位大夫向楚庄王报告了一个情况：在这一年的五月，陈国的大夫夏征舒将陈国国君陈灵公射死在自己的家里。

《第十二章》 楚国内乱

陈灵公的死在两年前就有人预见到了。

两年前，周国的大夫单襄公到楚国访问，路上要经过陈国。进入陈国，单襄公一看，发现情况特别糟糕：陈国的道路上长满了杂草；本该到国境线上来迎接他的咨客（候人）也不在边境上；主管路政的司空也不出来巡视道路；塘堰上不修堤坝，河流上没有桥梁，田野里粮食露天堆放，庄稼也没收割入仓，路边没有指示牌；田地里乱七八糟，不知道是草还是麦子。

到了国都，本该尽地主之谊的陈国也没有做好接待工作，连肉都没得吃，更别说陈灵公前来接见他了。

单襄公一打听，原来陈灵公很忙，三天两头地往陈国大夫夏御叔家跑。

据他本人远远瞄了一眼，发现陈灵公竟然不按正确的诸侯着装标准戴周冠，而戴着楚国时兴的帽子。

看来，这么多年，楚国不但从中原学习文化，楚文化也随着楚国强大的军队开始向中原渗透。

楚国的帽子虽然样式新潮，但毕竟不是正统的服饰，有一个词语就是形容楚人戴帽子的，叫"沐猴而冠"。

在陈国这么一走，回到国内时，单襄公就向周天子报告，认为用不了多久，陈国就算不亡国，陈国国君也不得善终。

事实上，单襄公就是一过客，对陈国的情况不过了解了九牛一毛，比如这个着装问题。只是戴楚帽就让单襄公摇头不已，要是单襄公知道了陈灵公的另一些着装爱好，只怕要大叫"非礼勿视"，然后落荒而逃般地离开陈国了。

惊人一鸣

关于这个爱好，要从一个女人说起。这个女人是郑国的女人，具体点，他是郑国郑穆公的女儿，郑襄公的妹妹。

这位姑娘本人姓姬，夫家姓夏，遂名夏姬。

《第十三章》

乱世妖姫

第十三章　乱世妖姬

春秋有不少祸国殃民级的美女，这一位的杀伤力应该是最大的。据说，这位夏姬长得十分妖艳，而且生性风流。没有出嫁之前，就跟自己的庶兄公子蛮私通。不到三年，公子蛮就一命呜呼，死因不详，但据后面楚国的大夫讲，夏姬就是导致公子蛮夭折的原因。史书用了"夭"这个字眼，这说明公子蛮当时可能还未成年。

没出嫁，就搞出了这么一件事，郑穆公也不好处理。本来，他的女儿怎么也得嫁一个小国的诸侯，现在只好将女儿嫁给了陈国的大夫夏御叔。

夏姬嫁到夏御叔家后，也不知道哪一年，夏御叔也去世了。夏姬成了寡妇，但她的精彩生活才刚刚开始。

夏姬不甘寂寞，在陈国发展了数名男朋友，分别是陈国国君陈灵公，陈国大夫孔宁、仪行父。从辈分上论，夏姬是陈灵公的堂嫂，从年龄上看，陈灵公被弑这一年，夏姬至少是奔四的人了。可如此大龄，依然魅力不减，三位陈国实权人物被迷得神魂颠倒。据《列女传》里说，夏姬的容貌举世无双（其状美好无匹），还有特别的技巧（内挟伎术），所以越老越有魅力（盖老而复壮者）。

更奇怪的是，这三个男人相互知道对方的存在。也不知道夏姬是怎么调和的，这三人毫不介意，更不吃醋，相互引为裙友，以此为荣。平时上朝时，这三个人有的穿着夏姬的上衣，有的穿着夏姬的下裙，有的甚至穿着夏姬的内衣，幸亏春秋的服装流行宽大风，要是现在，我看他们怎么穿得上。

这个就太荒唐了。私生活嘛，有些不检点已经不礼，还在朝上做出这样的举止，着实是君不君，臣不臣。

陈国的一位大夫泄冶实在看不下去，前去劝谏："公卿这样公然宣扬淫乱，百姓就会效法。而且这样，对国君您的名声也不好，您还是把内衣收起来吧。"

哦，原来恶趣味穿夏姬内衣的就是陈灵公啊。

陈灵公脸羞得通红，连忙悻悻说道："寡人有疾，寡人能改。"

泄冶一走，陈灵公就找到了两位裙友，表示现在大夫们有不满的了。这两位裙友倒不含糊，立马就出了一个主意：谁不满，杀掉就是了。

想一想风情万种的夏姬，陈灵公点头同意了这个建议。

泄冶遂死。

没人敢劝后，三人更加肆无忌惮。有一天，三人也不知道是约好了，还是心有灵犀，同时来到了夏姬的家里。

夏姬的儿子夏征舒孔武有力，射术精湛，职居陈国的司马。一看国君来了，还有两位前辈，连忙设宴招待。

喝了两杯酒之后，陈灵公突然眯着眼睛看了看夏征舒，又看了看仪行父，脸上一笑，似乎想到什么有趣的段子，"喂，仪行父。我看征舒长得

第十三章 乱世妖姬

很像你嘛！"

仪行父哈哈大笑："哪里，哪里，我看也很像您呢。"

这就是猥琐中年男人在酒桌上讲黄段子了。不少人都有这个毛病，可当着当事人的面讲就不太好了。

夏征舒对母亲的一些绯闻早有耳闻，但碍于面子，一直装不知道。现在都欺负上门了，而且这个低俗笑话，不但污辱了他的母亲，还辱及了他死去的父亲。士可杀不可辱也。

吃完饭，陈灵公去马棚里取马，夏征舒躲在马棚里，一箭射死了陈灵公。孔宁和仪行父一看不对劲，连忙跑路，逃到了楚国。

之所以不去晋国，那是因为晋国也是中原国家，持礼守旧，这两人在国内淫乱，跑到晋国，说不定被晋国当作负面典型处理了。楚国风气开放得多，多半不会追究他们的道德问题。

听了两个陈国大夫的报告，楚庄王想了一下，觉得这是一个展现楚国外交实力的机会。这么多年来，自己一向依靠军事，似乎是治标不治本，现在换一个路子，未必不是一个办法。

于是，楚庄王准备借着陈国内乱的机会也召开一次诸侯大会，毕竟讨伐逆臣这种事情一向是霸主崛起的契机，郑庄公齐桓公晋文公们都是这样过来的。

但有个问题，打仗讲的是军事能力，开会讲的是号召力。这些年，楚国一出手就是拳头，得罪的人不少，在国际上怕它的人很多，服它的人很少。根本不能像晋国这样的老牌霸主国一样，把开会当成开饭一样。

而楚庄王也有楚庄王的办法。请不来，那就打着来嘛。

于是，楚庄王再次进攻郑国。一动手，效果很好，郑国马上臣服，表

一鸣惊人

示愿意参会。

主张臣服的是郑国的子良，他早就看出来了，晋楚两国这些年频频过招，不过是用武力来争夺诸侯，根本不像当年的齐桓晋文一样致力于德行，对于这样的国家我们也不必太过认真，谁打过来我们就顺从谁，要签约就签约，要发誓就发誓，要喝血酒就喝血酒，至于这些誓约就不必遵守了吧。他们都不重诺，我们何必守信？

搞定郑国，楚庄王又瞄上了宋国，派了一支部队前去攻打宋国，自己还驻扎在附近，准备接应。但宋国可不像郑国这么好欺负，要是较起真来，他们可是比荆蛮子还要蛮上三分。

考虑了一下，楚国还是放弃了让宋国也来捧场的计划，拉着郑襄公跟陈国新任国君在陈国的辰陵搞了一个三国会谈。

据学者杨伯峻分析，这里的陈国国君不是别人，正是弑君的夏征舒。夏征舒弑君之后，陈灵公的大儿子妫午逃到了晋国，夏征舒干脆就自己当起了国君。

这个会就有些尴尬了。夏征舒是郑襄公的外甥。而一看到夏征舒，郑襄公也就想起了妹妹夏姬在陈国搞的那这些绯闻，实在是丢娘家人的脸。

楚庄王可不管这些，反正把这两国国君叫过来，谈不谈陈国的事情倒不重要，这两国朝晋暮楚的问题可要说明白了。

让楚庄王颇为满意的是，郑陈两国马上重申了服楚的立场，表示以后一定坚决站到楚国一边，断绝与晋国的一切往来。

开完会，楚庄王心满意足地回去了。过了数个月，也不知道是有高人点醒了他，还是他自个儿琢磨出来了，自己开的这个会，简直就是丢人丢到家了。

第十三章 乱世妖姬

因为他一心想确立楚国的霸主地位，竟然在大会上搞了盟会，而盟会的成员之一就是弑君者夏征舒。

根据《春秋正义》这本书介绍，春秋之世，周王室不行了，诸侯也不由中央任命了，各诸侯国都是自己看着办。要是正常传继还好说，如果有人篡弑而立，那邻国有能力的就可以去征讨。如果不去征讨，反而跟他会盟，那等于承认了其政治地位，促使其成为真正的国君。

弑君者在未参加诸侯大会前，是国之罪人，国人人人得而诛之。一旦参加了诸侯会议，国内的大夫再去杀他，等同于犯了弑君之罪。

所以一般的篡弑者，在登上国君之位后，第一件事情就是想方设法与他国进行盟会，要是能参加多国盟会就更好了。为了达成这目的，不惜贿赂他国诸侯。但弑君者在春秋普遍不受欢迎。一些国君就算以前自己是弑君上位的，也不屑与这样的人会盟。

楚庄王对这些道道了解得还不是很透彻，一出手就成了人家的工具。

本来是打算讨伐陈国，主持公义的，结果被夏征舒利用，变相承认了他的国际地位。只怕这个时候，楚庄王已经沦为中原各国的笑柄。

想了一下，楚庄王认为这是郑襄公和夏征舒给他下了一个套。郑襄公是夏征舒的舅舅，当然跟夏征舒一个鼻孔出气，而夏征舒也太狡猾了，在会上一个劲儿地引导他往服楚这一事件上讨论，对自己的弑君之罪竟然避而不谈，这才让他疏于防范，上了这舅甥俩的当。

说起来，还是楚国开会经验不足啊。

谁污染谁治理，谁破坏谁建设。陈国的这一烂摊子是楚庄王搅浑的，当然还得他来处理。

惊人一鸣

这一年的冬天，楚庄王亲自撕毁自己主持并签订的辰陵和约，率兵攻打陈国。

这一次，他终于旗帜鲜明地打出了讨伐逆臣的旗号。在发动军事攻势的同时，楚国还进行了一些心理战。

楚国派人在陈国散布消息，表示你们不要惊慌（谓陈人无动），我这次不打别人，只打夏征舒！

这个宣传攻势取得了极好的效果，陈国人果然放弃了抵抗。楚军长驱直入陈国，进入国都，抓住了夏征舒。

在陈都的栗门外，楚庄王下令将夏征舒车裂示众。这种残忍的酷刑虽然在刑法上的确适用于弑君者，但楚庄王搬出这一套，大概还是对夏征舒忽悠他感到极其愤怒。

在车裂完夏征舒后，楚庄王又干了两件事。

第一件事情是，把夏征舒的母亲夏姬抢回了楚国。这不是楚国第一次抢他国女人了。上次抢回息国国君的老婆息妫。算起来，息妫正是楚庄王的奶奶。据说息妫是位贤妇人，为楚国的发展也做出过贡献。楚国这次故技重施，也不知道是不是想再次捡个便宜。而从事后的发展来看，楚国这次抢回夏姬，如同打开了楚国的潘多拉魔盒。

第二件事情是，楚庄王将陈国给灭了，将陈国归划为楚国的一个县。这大概是进入春秋以来，被诸侯吞并的最大的一个国家。

对于第一件事情，楚庄王还有些不好意思，毕竟传出去，人家会以为楚庄王是个好色之徒，但对第二件事情，楚庄王可是极为得意的。灭陈建县，楚国的国土第一次深入到中原腹地。以后，楚国再也不是居住在城乡接合部的南蛮，而是处于中原开发区，有正儿八经的城市户口。

《第十三章》 乱世妖姬

楚国的大夫对此也是极为赞赏,纷纷发来贺报,称赞楚庄王的丰功伟绩。一时之间,楚庄王也有一些飘飘然,直到有一个人一棒击碎了他的幻想。

楚庄王得胜班师之后,一个楚国的大夫也回来了。这位是出使齐国的申叔。回到楚都,申叔进见楚庄王,汇报了出使的情况就要告退。

楚庄王十分奇怪,并有些小生气。你虽然刚从齐国回来,也应该知道我刚率领众诸侯讨伐了陈国的逆臣夏征舒,灭了陈国,我们楚国又多了一个县。你怎么恭喜的话也不说一句呢?

于是,楚庄王叫住了申叔,不满地提出了质疑,大有问罪的意思。

申叔停下脚步:"请问,我可以申辩吗?"

"你说!"楚庄王瓮声瓮气说道。

申叔行了一个礼,十分神秘地说道:"夏征舒杀害国君,罪大恶极,你这样做是应该的。不过,我听说了一个闲话。"

"什么闲话?"

"有一个人牵着牛从别人家的田里踩过去,另一个人出来主持公道。最后,主持公道的人把踩田之人的牛给牵走了。"

楚庄王沉默了。显然,他就是这个顺手牵牛的人,借着征讨夏征舒的机会,却把陈国给霸占了。

"国君用讨伐有罪的名义召集诸侯,最后却以贪财结束,这恐怕不行吧。"

楚庄王点点头,看来这一次事情又没办好。这只能怪春秋的礼节太多,到了战国时期,占了就是成功,胜了就是伟大,哪有这么多讲究。

"哎,你说的对啊。可惜,你说的这些以前没有人跟我讲。现在我把陈国还给他们，可以吗？"楚庄王彻底服了。

申叔也松了一口气，连忙说道："可以的。这就是我们常说的，从别人怀里得到，又还给别人。"

虽然从别人怀里抢东西是不对的，但能还给人家，这就是进步！

楚庄王老老实实地将陈国还了回去。陈国人重新迎立了先前逃亡晋国的太子妫午。

孔子老师读到这一段历史，对楚庄王的行为大为赞赏："贤哉楚庄王！轻千乘之国而重一言。"

楚庄王的这个行为是值得赞许的，但或许并不像孔子说的那样是因为遵守贤德，而是出于现实的考虑。

陈国是中原的老牌诸侯国，楚国是南方的新兴国家，一个新兴的国家猛然吞并一个老牌国家，自然会引起国际社会的恐慌，这打破春秋以来大家共同维护的不相吞并的国际惯例，其后必将引起中原诸国的警惕甚至是联合对抗。

而春秋，只是一个争霸的时代，而不是如战国一般的兼并时代。楚国虽然强大，但也只能在春秋这个棋盘里，按照春秋的玩法，去争当这个游戏的胜者，而不是去改变这个游戏的规则。

楚庄王没有贪图千乘之国，但毕竟是知难而改，错误一经犯下，社会影响就已形成，这就不是一天两天就可以消除的。

郑国第一个慌了。

说起来，那天跟着夏征舒忽悠楚庄王的还有郑襄公。楚庄王车裂了夏征舒，只怕也不会放过郑襄公。恐慌之下，郑国马上联系晋国，请求晋国

《第十三章》 乱世妖姬

的保护。

对于这样的老油条，楚庄王的对策很干脆：打！打到服为止！

郑国国都，新郑。郑国的宫殿里，一群人正面容严肃地望着一块龟甲。经过燃烧，龟甲上的裂纹呈现一种神秘的图案。古人相信，通过研读这些龟甲裂纹的走向可以预测祸福。

他们刚刚预测了一件有关郑国生死的重大外交事项：是否同楚国议和。

一开春，楚国的大军就侵犯郑国，将新郑围了起来。时至今日，楚军在外面攻了十七天，攻势十分猛烈，郑国的城墙多处受损严重。

这对郑国来说并不是新鲜的事情。郑国也早有这件事件的处理预案：议和。

打我就服软，走了我就关起门来过我自己的小日子。当然，虽然应对是现成的，但这一次，郑国还是决定慎重起见，占卜一下为好。

去年陈国被楚国灭掉的事情让郑国大吃一惊。虽然后来楚国又把陈国还了回去，但这个事件还是让附近的小国大为警惕。楚国似乎开始不按规则出牌，再按老思维跟楚国打交道就太危险了。搞不好，郑国就会成为楚国的郑县。

经过专业人士——卜官的解读，在场的郑国大夫们面面相觑，上面的郑襄公更是面色铁青。

卜官报告，如果现在跟楚国议和，郑国就会遭受大难。

以前的虚与委蛇真的不管用了吗？那郑国该何去何从，又拿什么来应付强大的楚国？

惊人一鸣

"如果我们现在去祖庙号哭，将兵车拉到街巷上呢？"咬咬牙，郑襄公问道。

所谓去祖庙号哭，把兵车拉到街巷上，就是跟楚军决一死战。

卜官再次打卦，过了一会儿，卜官抬起头，略带惊讶地报告了结果：吉！

"那就遵照卜象的指引去做吧。"郑襄公做出了最后的决定。

第二天，郑襄公率领大夫到祖庙祭告祖先，为郑国面对的重大危机而号哭。很快，新郑的国民也知道了缘由，他们纷纷聚集到祖庙外大哭。守城的将士同样号啕大哭。

新郑的上空弥漫着悲伤的哭声，而除悲哀之外，似乎还有坚强的信念在里面。郑国终于放弃一味求和，要举国之力一敌楚军。

这个哭声飘出新郑，传到了楚营。楚庄王听到这个哭声，也吃了一惊。很快，他也明白了这其中的原因。想了一下，楚庄王下达了一个命令：退兵。

兵法上有一种说法叫哀兵莫敌。两国相交，强者固然占上风，但如果弱国激发出决一死战的情绪，未必不能让强者吃一个大亏。

退兵三十里，楚庄王重新扎下了营地，然后派人前去打探消息。他做出了自己的让步，然后等待郑国的回应。

不久后，消息传了回来，这个消息让楚庄王怒火中烧。趁着楚国人退去，郑国人连忙把前些日子损坏的城墙又修好了，准备跟楚军决战到底。

这就是把楚庄王的好心当成驴肝肺了。

楚庄王后退三十里，是在给郑国一个议和的机会。要知道如果在新郑城签订协议，那郑国签的就是城下之盟，这是极为丢脸的事情。所以，楚

《第十三章》 乱世妖姬

庄王让了一步，后撤三十里，等着郑国派人前来谈判，可没想到，郑国人压根儿没有议和的意思，反而趁机深挖洞、广积粮地准备打持久战。

既然你要打，那就打吧。楚庄王再次将兵马拉到新郑城下，重新发起了攻击。三个月后，新郑城破。

楚国的大军从新郑的皇门进入，来到了新郑城的大路上。这不是楚军第一次进入到新郑城内了。楚成王时期，楚国令尹子元就曾经率兵进入过，只不过那时是中了空城计，子元逛了一圈就跑了回去。现在，楚军终于以征服者的姿态站在了新郑的街头。

郑襄公这才知道龟壳也是靠不住的。但事已至此，怪罪乌龟是没用的，他只好以标准的亡国之君的形象去见楚庄王。

郑襄公裸露着上身，左手牵扯着羊，极其恭敬地迎接楚庄王，并对自己的行为作了深刻的检讨，表示：自己不能侍奉楚王，让楚王带着怒气来到敝邑，这确是我的罪过。现在，楚王就是把我流放到江南或者海边，我也一定服从。灭亡郑国，将郑地分给别人，让郑人作奴隶，我也唯命是从。

在说了一大堆软话之后，郑襄公终于说出了自己真实的想法："如果君王还顾念我们的好，请看在周厉王、周宣王、郑桓公、郑武公的面子上，让我们郑国继续存在下去，重新侍奉您。"

郑襄公为了保住郑国，连郑国的列祖列宗都搬了出来。他本人出来投降时，除了牵羊，还带着祭祀时的旄旌和杀牛用的鸾刀，表示以后列祖列宗能不能吃到肉，就全看楚王发落了。

这是郑襄公的以退为进，这种伎俩当然骗不到楚国的大夫。楚国大夫纷纷表示，不能这么轻易放过郑国。为了攻打郑国，他们不远千里兴兵，死伤也很大，光是大夫就搭进去几个，士兵不说了，光是打杂的勤务兵都死了好几百人，岂能白白放过郑国？

又一个巨大的诱惑摆在了楚庄王的面前，郑国是比陈国还要大的千乘之国。关键时刻，楚庄王终于没有犯在陈国犯的错误。他被郑襄公谦卑的态度感动了。

"郑国的国君能够屈居于人下，他以后一定可以重新得到百姓的信任。郑国还没到灭亡的时候。"

劝告自己那帮野心勃勃的手下后，楚庄王告诉郑襄公把衣服穿起来，羊牵回去，旗子、鸾刀什么的也拿回去。他们不会吞并郑国。

说罢，楚庄王亲自跳上兵车，挥动令旗，指挥楚军退到新郑三十里外，然后派了大夫潘尫再次进入新郑签订盟约。而郑襄公也很够意思，除签订盟约之外，还把郑国最有名望的大夫子良派到楚国当人质。

以夏征舒弑君引发的一系列事件中，楚庄王错误不断，但总算能够及时更正，从而取得了不错的效果。怀里揣着跟郑国的盟约，楚庄王准备班师回国，他没有想到真正的大戏才刚刚开始。

第十四章

邲地之战

第十四章

死地之战

第十四章　邲地之战

楚国进攻郑国的三个月后，晋国的大军抵达郑国。

这个效率实在是太低了。论距离，晋国跟郑国相距并不远，可郑国被攻打了三个月，晋国才姗姗来迟。

这是赵盾去世之后，晋国的第一次大规模军事行动。它将直接证明，离开了赵盾，晋国这辆超级巨轮能够再次乘风破浪。

从这次出兵的效率来看，答案不是太美妙。而到了前线，晋国的大夫很快就下一步的军事行动产生了分歧。

荀林父的意见是退兵。这位荀林父是晋国的老人了，赵盾去世之后，他代替赵盾成了中军的主将。

此时，晋军已经收到郑国跟楚国达成协议的消息。在荀林父看来，我们这一次本来是救郑国来的，现在郑国既然已经服楚，就没有救援的必要。不如先退回去，等楚军走了之后，我们再攻打郑国，让郑国再回到我们的阵营。

可见，荀林父采取的办法是这些年晋国的老办法，不与楚国正面交锋，只与楚国争夺诸侯的支持。

惊人一鸣

上军主将士会大为赞赏这个提议，给出了一个好评："善！"这位士会就是当日晋国费了九牛二虎之力才从秦国重新召回来的大夫。我记得当时荀林父主张召回贾季，并不看好士会。

显然，当初的分歧并没有影响他们的公务。

在进军之前，士会就仔细观察了对手。用兵之道，要善于观察敌人的间隙而行动。这个理论后被孙武总结为："不胜在己，可胜在敌。"言下之意，一支军队最多只能保证自己不败，而能否取得胜利要看对方是否有机可乘。

遗憾的是，士会没有在楚国身上看到机会。

"楚国讨伐郑国，先是怒其二心而大动干戈，但后又哀怜郑国的卑微而宽恕他们，这是德与罚兼备的。这样的对手不宜攻打。而且我听说楚国这些年接连作战，国内的百姓并不疲劳，对楚子也没有怨言。这是楚国管理有方的原因。楚国用兵，国内的各行各业不受影响，该营业的还是照常营业。楚国的用兵也很有纪律，各有所司……"

士会列举了楚国的一些情况，这些情况表明，现在的楚国正处在最好的时期，各个方面都没有什么可以挑剔的地方。这样的对手实在不是晋国可以强行挑战的。

而楚国之所以大治，从而让楚庄王放心外战，是因为楚庄王得到了一个贤人。

数年前，楚庄王一直在寻找一个能够辅助他管理国家的贤者。可当时楚国刚经历若敖之乱，一大批人被清理，要一下子找出个既有才华政治上又靠得住的人实在是不容易。

第十四章　邲地之战

最后，楚国的大夫推荐了一个人："孙叔敖可以一用。"

孙叔敖是楚国的名相，知名度大概仅次于楚庄王屈原之类的人物。据记载，孙叔敖年轻的时候就发生过一件奇怪的事情。

有一天，孙叔敖外出旅游，在路上看到了两头蛇。孙叔敖大吃了一惊，想了一下，他拔出剑，将两头蛇杀死，又仔细将它埋了起来。回家后，孙叔敖找到母亲哭了起来："我听说见到两头蛇的人一定会死，我今天不幸看到了，只怕要死了。"

母亲也吓了一跳，连忙问道："那条蛇现在在哪里？"

"我怕他人看到，所以杀了埋起来了。"

母亲松了一口气，甚为宽慰地说道："我听说有阴德的人，天会赐予福报。你不会死了！"

这个故事的可信度不太高，但据说对孙叔敖以后的执政产生过积极的影响，因为他的仁义，他的政策还没有颁布，国人就已经信任他了。

想了一下，楚庄王记起了这个人。事实上，孙叔敖算是楚庄王的故人了。孙叔敖的父亲就是前楚国司马芳贾，他也姓芳，孙叔是他的字。我们分析过，芳贾其实是楚庄王的亲信，在除掉若敖一族时曾经发挥过重要的作用。

而根据一些史料显示，楚庄王这个人并不是一个恋旧的人。芳贾一死，楚庄王也没顾得上抚恤一下芳贾的家人。芳贾又得罪了若敖族人，为了避免政敌的打击报复，孙叔敖就带着老母亲逃到了偏僻的期思居住下来。

初到期思，孙叔敖混得很一般。这跟他本人比较低调有关系，毕竟是来逃难的。二来跟他本人的长相有些关系。据说，孙叔敖长得很影响市容，头发少，几乎是秃的，两只手不一样长，左手比右手要长一些，身高还没有高过车前的横木。

直到楚庄王彻底清除了若敖族人，孙叔敖开始出任地方官。在任上，孙叔敖修建了中国最早的大型渠系水利工程——期思雩娄灌区（期思陂）。这个可比郑国渠早三百多年。这个渠修成后，期思成为"百里不求天"的良田区。

既然是蒍贾的儿子，政治上应该靠得住。在地方又有政绩，那就提拔上来试用一下吧。

试用期三个月之后，楚庄王就将孙叔敖提拔为令尹，将国政交到了他的手上。

孙叔敖从一个偏远地区的地方官一跃成了楚国的令尹，这是许多楚国权贵拼了命也未必能得到的职位。《孟子》将这作为案例激励青年不要为暂时的困境所屈服（孙叔敖举于海）。而时人也津津乐道，认为这位孙叔敖能够遇到用人唯贤的楚庄王实在是一件幸运的事情。

楚庄王却明白，将孙叔敖任命为令尹，不是孙叔敖的幸运，而是他楚王的幸运。

孙叔敖是一位极其杰出的政治家，在专门收录优秀官员的《史记·循吏列传》中，孙叔敖排第一位，在他后面的人分别是郑国子产、鲁国公仪休、楚国石奢、晋国李离。

孙叔敖跟这些人有一个共同点：他们都是有技巧的官员。

有一次，楚庄王觉得楚国的车太矮了，不便于驾马，就想把矮车改高。这是一项细小又重要的改变，楚国以后要进军中原，从丘陵进军到平

第十四章　邲地之战

原,去哪里都是驾马车。楚国的一些习惯自然也要能够适应中原地形的变化。一般来说,下个通知,让大家遵照执行。大不了,再让各地召开会议,传达并学习一下楚王在调研矮车不能适应中原时关于车子改高的重要指示。这样一来,何愁不能强行推广下去。

正当楚庄王要发文件时,孙叔敖却让楚王先停下来,他有更好的办法:"政令屡出,百姓无所适从",楚王如果真的想改高,不如让下面的人把城门的门槛加高。乘车的这些人都是君子,门槛一高,他们就得频繁上下车。久而久之,他们自己觉得不便,自然就将车子加高了。

这个办法推行后,大家当然少不得发发牢骚,抱怨一下路政设施,但没多久,还是自发自觉地把车子加高了。

春秋时,大家一提到令尹国相,往往第一个想到的是这个人有没有高尚的道德品质。道德固然重要,但令尹国相毕竟是一个管理岗位。管理岗位不是选道德标兵,它的工作本质是一个技术活。

就在这场大战的前一年,孙叔敖在沂地筑城。修城之前,孙叔敖派人先做预算,计算工时,分配用料,调拨物资,又仔细规划取料的距离,计划完善后才开工。施工时,又巡察工程,备好粮食,管理好施工队伍。整个工程只用三十天完成,完全在当初的预定日期之内。

军事较量归根到底还是国家实力的较量,在孙叔敖高超的管理技巧下,楚庄王才能放开手脚,在中原大施拳脚,年年用兵,百姓却不受大的影响,这一次又是一连出来三四个月。换别的国家,早就支撑不住了。

士会对楚国这些情况十分了解,相比较之下,晋国的治理就要差一些。尤其是赵盾去世之后,晋国的权力移交出现了一些混乱。真正的晋国领头羊大夫也没有出现。在这种情况下，与楚国交战，并没有什么胜算。

士会建议，避开楚国的锋芒。而为了保护晋国的霸业名声不陨落，可以选一些实力弱的国家动手，比如郑国。

这是个不太讲究的方法，但确实是晋国目前的情况下唯一正确的选择。

正当士会与荀林父要达成统一意见时，晋国先縠跳出来，大力反对。

"不行！晋国之所以成就霸业，就是因为军队勇敢、大臣尽力。我们坐看晋国失去诸侯，怎么算尽力？面对敌人不敢进攻，怎么算勇敢？要是在我们手上失去了霸主的地位，还不如死了好！"

这位先縠是先克的儿子，先轸的重孙，算是晋文公还乡团的四代了。此时是中军军佐，是荀林父的副手。此人年轻气盛，说着说着，就开始对人不对事起来，而且把苗头直接对准了顶头上司荀林父。

"现在领兵出战，听说敌人强就后退，这不是大丈夫。受命担任军队统帅，却以非大丈夫的行为终止，也就是你们这些人干得出来，我是不干的。"

臭小子！你说什么呢？在座的都是你的叔伯辈，甚至是爷爷辈。尤其是中军主将荀林父，三十年前城濮之战时，荀林父就给晋文公当驾驶员了。那时候，你在哪里？

看你前三代的关系，给你安排一个中军军佐，你不但不虚心，反而嚣张起来了。

听完先縠的炮轰，在座的人脸色都不太好看。但荀林父竟然哑口无言。一来他本人确实是个老实人，平时温和不得罪人，也只有这样的人才

第十四章 邲地之战

能长寿且历经四朝而不倒。但缺点也很突出,在军中的威望不高。现在提拔上来,估计也是老同志起一下过渡作用。二来,先縠说的并非没有道理。去年楚国平定陈国内乱,就抢了晋国的风头,毕竟讨伐不臣是霸主国的义务。而今天,楚子又在郑国打出高水准的征服战。此战之后,只怕郑国要彻底投靠楚国了。

这些年,跟随在晋国身后的诸侯越来越少。再不拿出点成绩,晋国的霸业就真的要崩溃了。

于是,所有人都沉默了。

先縠轻蔑地扫了一眼在座的大夫。随即一挥长袖,气愤地离开会议现场。

不久后,传来一个让大家都张口结舌的消息。先縠竟然不听号令,私自领着自己的部队渡过了黄河。

先縠无疑是血气方刚的。但血气方刚这四个字,乍看上去跟勇敢很接近,但有的时候,却比懦弱都离勇敢要远。

听到先縠擅自用兵,下军大夫荀首叹了一口气:"完了,这支军队危险了。"

荀首是荀林父的兄弟,年纪也很大。据他从卦象分析,先縠不听统帅指挥,士兵必离散。这样的队伍跟楚军交战,一定会失败。这个先縠是罪魁祸首,就算他侥幸不死回到国内,也一定有大灾祸。显然,荀首说这一段话,主要还是替他老哥荀林父开脱责任。要是先縠真的败了,那是他不听指挥啊。

荀林父微微点头。先縠不把他放在眼里,让他大感没面子。现在的情况更是麻烦了。幸亏自己的弟弟先出来把事情说开，不然，追究起来，自己也要负首责的。

正当荀林父暗叫弟弟聪明时，司马韩厥跑出来对荀林父说了一句话："先縠要是陷入楚军，您的罪过就大了。您身为元帅，军队不服从指挥，这是谁的罪过呢？我们现在已经失去了郑国，再损失军队，这个罪就大了。"

荀林父的脸刹那间就白了。韩厥一下说中了他最担忧的事情。他是主将，下面犯错，他是逃不掉干系的。而且韩厥这个人死心眼，胆子又大，当年连赵盾的车夫都敢杀，指望他替自己开脱那是不现实的。

"那怎么办？先縠又不听我的。"荀林父一时之间也没有了主意。

"不如我们进军。如果失败了，这个责任也可以大家一起来分担。这总比您一个人承担要好一些吧。"

事到如今，也没有更好的办法了。晋军只好全数渡过了黄河，面对这一场他们并不想面对的大战。

得知晋军全军渡过黄河时，楚庄王的第一个想法竟然也是撤军。

原本听说晋军在黄河对岸集结，楚庄王也意气风发，号令大军挺进，准备饮马黄河，向晋军展示一下楚军的力量。不过，楚庄王并没有与晋国决战的打算。在他看来，这么多年晋楚一直保持着互相挑战、从不决战的默契，这一次应该也不例外。

楚庄王还是忽视了晋国此时不再是赵盾的时代，现在是群卿执政的时代，人一多就容易出意外。

听说晋军打破常规，渡过河来。楚庄王也不喝黄河水，下达了撤军的

第十四章　邲地之战

命令。

此时，楚军也产生了两个完全不同的意见：楚国大夫伍参力主出战，令尹孙叔敖却认为不能战。

虽然楚国的令尹会担任主帅一职，并且这个岗位上也出过不少名将，但孙叔敖的特长却是治理国家，对军事并不擅长，而且考虑问题，也常常从治理国家的角度出发。他认为去年攻陈，今年又攻打郑，兴兵已经够多了。再打下去，就有些穷兵黩武的意思。

面对孙叔敖这位令尹，伍参坚持己见。虽然他没有孙叔敖的地位高，但他却有独特的地位。史书记载他是一位"嬖人"，就是楚庄王的宠臣，地位不高，但特别受宠信。前面给楚王讲大鸟故事的伍举就是这位伍参的儿子，伍举敢无视楚庄王劝谏必死的命令，大概多少就恃着父亲受楚庄王的宠信。伍参名气一般，其后人倒是名气很大，那人叫伍子胥。

估计孙叔敖平时就看这位伍参不太爽，现在看到他仗着君王的宠信，敢直接顶撞他，也是怒火中烧："要是贸然出战，失败了的话，你伍参的肉够我们吃吗？"孙叔敖个子不高，但发起火来，凶神恶煞。

"哈哈，要是胜了，你孙叔敖就是无谋之人。要是败了，我伍参就会落入晋军手里，你就是想吃也吃不到。"伍参哈哈大笑。

孙叔敖不愿意把自己降到伍参的水平，让他凭借经验打败自己，干脆不跟伍参争论，直接出去下令调转车头，军旗也指向南方，就此回国。

没过一会儿，楚庄王的命令下来了："调转车辕，向北进军，寻找合适地点扎下营地，静候晋军。"

孙叔敖走后，伍参留下来继续说服楚庄王，他准确地分析出了晋国主将没有权威，中军军佐先縠刚愎自用，不服从指挥。这样上令不下行，各

惊人一鸣

有主意,必败无疑。

紧接着,伍参说出了让楚庄王下定决心的一句话:"您是一国之君,对方却只是晋国的大夫,您以国君的身份逃避臣子,楚国的声誉怎么办?"

为了自己与楚国的荣誉,也只有决战了。

楚军继续挺进,抵达邲地,与晋军对峙。楚庄王并不会想到他的名字将与这个地名捆绑在一起流传数千年,并将继续流传下去。

楚国跟晋国的大部分人都不愿意决战,可有一些人,巴不得晋楚拼个你死我活。这些人是郑国人。除抱有看热闹不嫌事大的心理外,郑国也有实际的考虑。

这些年,晋楚相互避战,却老是拿郑国当示威的工具,郑国苦不堪言。与其夹在两个大国之间,不如让这两国决出胜负,郑国以后专心跟随胜者更好。

听说晋军来了之后,郑国马上派了一个大夫皇戌到晋营访问。

皇戌解释郑国屈服于楚国也是没有办法,不屈服就有亡国的风险,并表示郑国其实对晋国没有二心。最后皇戌提供了一个情报:"楚国屡次获胜,军队极其骄傲。而且出师的时间很长,士气也不高,军队也没有设备。如果晋国攻击他们,我们郑国将作为后续部队跟上。这样楚军必败!"说完,皇戌十分期待地望着晋国的大夫们。

荀林父让皇戌先退下,表示我们先商量一下再做决定。

皇戌走后,先縠极其兴奋。看吧,我说可以一战吧。

"打败楚国,降服郑国,就在此举了。一定要答应郑国人。"

旁边有一个人发出了冷笑:"楚国是那么好战胜的吗?而且郑国就那

么单纯吗？他们都已经把国内的重臣子良送到楚国当大夫了，这明显已经彻底投靠楚国了。而郑国这一次跑来，不过是希望我们跟楚国决战。什么一交战，就后面跟上。我看，要是我们占上风，他当然会跟着我们打楚国。如果我们败了，他们只怕就会跟着楚国攻打我们。郑国简直就是把我们当作占卜的龟甲来用。"

说话的是晋国下军的军佐栾书，也是晋文公还乡团的后代。

栾书的话音刚落，中军大夫赵括跟下军大夫赵同一起跳出来，表示我们过河来就是打仗来了。现在还等什么呢？就按先縠说的办！

见了鬼了，现在的晋国主帅是荀林父。你们叫嚷着按先縠的指示办，这是把荀林父当空气吗？

赵括跟赵同是赵盾的兄弟。赵盾在晋国执政二十多年，这让老赵家底气很足，谁也不放在眼里。好在老赵家还是有明白人的。赵盾的儿子赵朔是下军的主将，对自己下属栾书的意见极为赞同，当场表示栾伯是个好人，听他的话，晋国一定能够长治久安。说完，还向自己两个不懂事的叔叔横了两眼。

现在我们可以看出一定要战斗的并非勇者，退缩的也不一定是懦夫。晋国主战的一方基本没什么理由，翻来覆去，就是我们一定要打。而主退派则是认真分析了晋楚的实力对比才做出的判断。

这一次的会议又是不欢而散，没求到同，也没存下异。

郑国使者皇戌没得到晋国明确的答复，悻悻然回去了。刚走不久，楚国的使者也来到了晋营。

楚国使者是来搞外交攻势的。主宾双方见过礼后，楚国使者不慌不忙，说出一番话来："我们的国君自幼处于忧患当中，不太善于辞令。我们今天也是沿着我国先君成王跟穆王的足迹，目的是教训和安定郑国。我们岂敢得罪晋国呢？诸位大夫就不要在此久留了。"

所谓的外交，就是手拿大棒，口说蜜语。这两句看上去诚恳，首先就谦虚地说楚王不善言辞，但实质上暗藏杀机。

这种事情，我们以前经常干，现在接着干，以后还会干，关你们什么事？你们还是打哪儿来，回哪儿去吧。当然，我们楚王不太会说话，上面这些你要是不服，过来打我啊！

面对楚使的咄咄逼人，士会也毫不退缩："当年周平王就命令我国先君'与郑一起辅助周王室，不要背弃天子之令'。现在郑国不遵循天子的命令，所以我国国君派我们过来质问郑国，又怎敢劳你大驾前来问询呢？在此拜谢贵国君的命令。"

要说打郑国的历史，我们晋国可以追溯到周平王时期呢，你们楚国算什么。我们这是奉天子之命打郑国，轮不到你们楚国说三道四。

这一段有来有往，极其精彩。楚庄王拿郑国说事，回避晋楚交锋的事实，晋国同样装糊涂。外交上的事大抵都是这样的各装糊涂，各说各话。这一轮，晋楚打了个平手，互不服软，互不吃亏。可有的人就偏偏认为士会对楚国太客气了。

这个人正是一直主战的先縠。外交见面会结束后，先縠派了赵括追上楚国使者，告诉他："我们先前的代表说得不正确，我们的国君当初就是命令我们将楚国人从郑国赶出去，并特别交代'不要避敌'，我们这些臣子是不会逃避命令的。"

楚国使者瞠目结舌，大概被眼前的情况给惊呆了吧。外交活动中，最

第十四章 邲地之战

忌讳的就是口径不一。一边表示一切好商量，一边却表示要开战。这无疑就是明白无误地告诉对手，我们内部不团结。

很快，楚庄王针对晋军内部不和谐的情况制订了一个计划。

不久后，楚庄王再次派出使者到晋营，请求跟晋国和谈。晋国人答应了，还确定了结盟的日期。

可就在临近结盟的日期时，楚庄王派出一支战车，前去向晋营致师。

所谓致师，就是现在所说的挑战。一般只派出一辆战车，冲到对方的营地前，耀武扬威一番，以示必战的决心。

这是一个危险度很高的任务，搞不好就是有去无回。担任这次任务的主将是乐伯，驾车的是许伯，负责保卫工作的是摄叔。

作为战车的驾驶员，许伯首先就表了一个态："我听说致师者，战车一定要开得飞快，快得让旌旗靡倒，迅速迫近敌营后安全返回。"

作为主将的乐伯同样表了态："我听说致师者中的车左，不但要负责用利箭攻击敌人，在到达敌营前，还要暂代驾车人执掌缰绳，让驾车的人下去整理好马匹跟马脖上的皮带，然后再回去。"

乐伯表态的同时，给许伯加了一个工作：整理车容马容。许伯毫不在意，当下保证一定按标准流程去完成致师的任务。

看到两位同行纷纷表态，摄叔一拍胸脯："我听说致师者中的车右，要负责攻入敌人的堡垒，杀死敌人，割取左耳。最后还要抓一个活的俘虏回来。"

这个显然是对自己高标准高要求了。

三位许下诺言的致师者坐在一辆车上冲到了晋营。这三个人果然不负所诺。许伯将车驾得飞快，车上的旌旗飞靡。乐伯利箭频发，连射连中，将晋营搅得大乱。到了晋营前，摄叔跳下车，猛然冲到晋营里，横冲直撞，手刃数人，还一拳打昏一个拖了回来，扔到车里。

晋兵被这突如其来的致师者搞晕了，过了好一会儿才明白过来。愤怒之下，连忙组织士兵前去追击。

而此时，许伯勒停战车，将缰绳交到乐伯的手里，自己大摇大摆地跳下车，从容不迫地整了整马匹毛发，又仔细调整了一下马带，这才跳回车上，朝大本营飞驰而去。

这就不只是在肉体上伤害了晋兵，而且在精神上也是一种侮辱。

晋兵大为愤怒，也不讲究单车对单车的挑战规矩，数车齐出，朝乐伯们追了过去。

一路上，乐伯频频射箭狙击晋兵，为了显示自己高超的射术，他没有胡乱发箭，而是专门射左边的马、右边的人。一时之间，晋兵被乐伯的箭术所惊，竟然无法追近。

到了最后，乐伯发现了一个不太妙的事情，箭只剩一支了。

这一回玩大了。要是让晋兵追上，还不得被他们抓了皮？

危难关头，乐伯眼前一亮，前面出现了一只麋鹿。乐伯连忙搭箭一射，正中麋鹿。乐伯叫停战车，让摄叔将这头鹿献给后面的晋兵。

此时，追来的是晋国的大夫鲍癸。摄叔抱着这头麋鹿，走到鲍癸的面前："因为现在还不到时令，应该奉上的禽兽还没有出现，就谨以这只鹿作为你随从的膳食吧。"

这是一个极为有礼的言辞。一来，周礼讲：冬天献狼，夏天献麋鹿，春秋献兽物。现在已经是秋天，本应该献上秋天常见的兽物，但现在只抓

第十四章 邲地之战

到了麋鹿，就只好请晋国大夫原谅了。二来，摄叔没说献给鲍癸，而是送给鲍癸的部下，表示这个东西不成敬意，不敢说成送给君下。

鲍癸愣住了，良久，他收下了这头麋鹿，然后让部下放弃追击，调头回去。

"他们的车左善于射箭，车右又善于辞令，这都是君子啊。"

在你死我活的战场上，这群敌对的人没有倚仗武力就横行无忌，而是文质彬彬论起礼来。这种春秋士的风度着实让人敬佩而神往。

楚庄王一面议和一面又挑战的行为把晋国搞晕了，同样，也彻底激怒了晋国人。这么多年，只有晋国人耍他国玩，什么时候被人这样忽悠过？

大夫魏锜跟赵旃同时请求去楚营致师。这两位同时跳出来，确实有一个共同点：他们都是对晋国心怀不满的人。

魏锜想担任公族大夫，而赵旃想当卿。无奈晋国人才太多，他们的要求又太高，要求进步的请求一直没有批下来，难免对晋国有些怨恨，心里都巴不得晋国大败，然后问责撤一批人下去，他们好上位。

这两位的请战要求都被驳了回去，他们又没有先縠那样擅自行动的胆量。最后，这两位不约而同想了一个办法。

魏锜表示我不去楚营致师，但让我去楚营出使一下，打探一下情况，搞清楚这个楚子葫芦里卖的什么药。

这个可以有。魏锜的请求得到了批准。

魏锜就朝楚营进发了，靠近楚营后，就弯弓射箭，大喊大叫地挑战。

楚国人也不含糊，连忙派了兵车出来追，楚国的重量级大夫潘党亲自前来追击。追到一半，魏锜眼见就要被追上了。此时，大概是巧合，或者是郑国生态环境保护得好，野生动物多，前面竟然也出现了麋鹿，还是六只。魏锜灵机一动，楚国人机灵献鹿，难道我不可以吗？

于是，魏锜连忙朝这群鹿发箭，箭术水平稍差了一点，只射中了一只。魏锜将这头鹿送给了后面追上来的潘党。

"您有军事在身，您的打猎官员恐怕不能提供给您新鲜的野味，就把这头鹿献给您的随从吧。"

说完，魏锜抬头看潘党，心里却七上八下。谁知道这个楚国大夫讲不讲礼呢？

潘党微微一笑，当然明白对方是在模仿乐伯，要是自己不放人，那岂不表示自己不如晋国大夫懂礼了吗？

想到这里，潘党一挥手，收下麋鹿，放走了魏锜。

魏锜刚逃走，晋国的另一个大夫赵旃就来了。这位赵旃就更奇葩了，他是打着结盟的旗号来进攻的。

到达楚营，已经是夜里。赵旃就在楚营的外面铺了一张席子坐在地上，然后命令自己的部下进攻军门。

介绍一下，这位赵旃是赵穿之子，从这种鲁莽的行事风格来看，果然是有其父必有其子。

这么点人，就敢来踏营，眼里还有楚国人吗？

收到消息，楚庄王大怒，立马率领兵马前去迎战。赵旃一看，果然把楚军惹毛了，也不准备在楚营前露营了，席子也不收就跑。

第十四章　邲地之战

这一天很热闹，发生的事情很多，一时之间，让人无法理清头绪，但晋营里的人已经感觉不太对劲了。

看到魏锜跟赵旃先后出营朝楚方而去，上军军佐郤克摇了摇头："这两个人都心怀不满，现在他们去了楚营，只怕要出事，我们再不防备一下，肯定要吃亏的。"

对于郤克的担忧，主战派头目先縠翻了翻白眼，不以为然地说道："郑国人让我们跟楚军战，我们不敢听；楚国向我们求和，我们又不答应。军队没有一个固定的战略，多加防备有什么用？"

这是什么逻辑？这简直就是闹情绪，开玩笑嘛。

士会一看不对劲，也劝道："还是防备一点好。如果赵旃、魏锜这一去激怒了楚国人，楚国人趁机攻打我们，那么我们就会全军覆没。做了防备，楚国不来，我们再解除防备，缔结盟约，他们也没什么话说。本来诸侯相会，守卫都不会撤除的。如果他们怀着恶意来，那我们有准备也不至于失败。"

先縠依然否决了这个建议。先縠的爷爷先且居、太爷爷先轸都是名噪一时的大将，尤其是先轸，可以称之为军事家，怎么传到先縠这一辈，种子就坏了呢？当年先轸指挥城濮之战，一举成就晋国的霸主之位。现在这个霸业要败在这孙子身上了。

在晋国大夫讨论不休的时候，赵旃正狼狈地逃命。他本人就没有那么好运碰到什么麋鹿了，嘴皮子也不会说，就一直被楚军追着不放。最后实在没办法，赵旃丢下战车，钻进了树林里，想借着林深草密逃之夭夭，却不料被楚庄王的车右屈荡追到林中，两人扭打在一起。赵旃技不如人，最后使出一个金蝉脱壳，被对方扒下了战甲才逃了出去。

对赵旃的遭遇，只能说一声，不作不会死。

两位晋国大夫挑起了楚军的怒火，但真正让大战爆发的却是另一辆战车。这一辆战车本来还是晋营派出来调和矛盾的。

晋国的大夫们看到赵旃们去了半天都没有回来，担心这两位是不是真的去惹楚军了，就派了一辆兵车想把这两位叫回来。

大概是走得比较急，车开得比较快，扬起的尘很大，楚军的斥侯一看，车尘滚滚而来，这不是大军来袭是什么？于是，连忙派人回去报告："晋国大军杀过来了！"

此时，楚庄王正在外面抓赵旃呢，要真是晋军全军出动，楚庄王就得陷入晋军的包围当中，再联系昨天夜里发生的事情，说不定就是晋国人设的圈套。

于是，坐镇营中的孙叔敖连下了两个命令：

"列阵迎敌！"

"进军！宁可我们逼近敌人，不可让敌人逼近我们！"

孙叔敖本来是主张撤退不战的，但一旦楚庄王下了决战的命令，孙叔敖就坚决执行这一命令。在执行力上，楚军超过了晋军。

一场决定中原霸主归属的大战就这样无意间被触发了。

楚军大举进攻的消息传到晋营，晋军的主帅荀林父的反应竟然是不知所措。

荀林父跟士会、栾书一样不愿意同楚军交战，但出发点却是不同的。士会、栾书是看到了楚国的强大，而荀林父仅仅是担心犯错。

第十四章　邲地之战

荀林父年纪大了，官也做到了上卿。对于人生，他实在没有什么太大的想法。能够稳稳妥妥从上卿的位置上退休，应该就是其最大的想法。出征时，他就抱着应付的态度，所以才来得迟。本想迟一些，郑国估计也降楚了，自己领着大军来表个态，回去就是了。

可没想到，老江湖碰到了愣头青，先縠执意要战，还擅自行动，把他也拖下了水。

看着楚军潮涌而来，荀林父心慌意乱。情急之下，他想的并不是组织反击，而是下达了撤军的命令。只要撤到黄河对岸，就不算大败，事情还有回旋的余地。

为了尽快撤到黄河对岸，荀林父更是下了一个大脑缺氧般的命令："先济者有赏。"

顿时，兵败如山倒。本就士气低落的晋兵纷纷朝黄河拥去，那里有晋国的船只。因为荀林父下达的那个命令，晋国的大撤退呈现出公交站台最常见的现象：没上去的想挤上去，挤上去的不想后面的人上来。

中军跟下军为了争夺登船名额开始拼斗起来，仿佛眼前的大船是诺亚方舟。许多人被挤到了水里，而先上船的人怕超载，就把攀住船舷的人的手指砍断。断指在船里散落一地，多到可以用手捧起来。

晋国没有败在楚军的手里，而是败在了自己的手里。

在中军跟下军争船的时候，晋国的上军没动。在昨天先縠否决了增加防备的提议后，士会独自率领上军在地形的险要之处设下了七处埋伏。楚军大举进攻时，上军给了楚军迎头一击。虽然没有逆转战局，但总算保全了上军。

惊人一鸣

现在中军跟下军已经溃不成军，仅仅凭借上军是无法同楚军对抗的。当下属来请示是否继续坚守阵地时，士会摇了摇头，"楚军的士气正旺，要是全力攻击我们，我军必定全军覆没，还是收兵撤退吧。其余两军已经跑了，我们上军坚守，岂不显得他们罪过更为严重？我们也走，多少为他们分一些谤。而且撤退之后，也能保全我们的士兵。"

到了这个时候，士会还考虑到其他两军的将领回国之后要面对败军的问责，难怪士会被称为晋国最受欢迎的人。

数十年后，晋国大夫赵武跟叔向到九原散步。九原是晋国卿士的墓地，这里埋葬了不少晋国的先贤。

赵武突然问了一个问题："要是这时死去的人可以复活过来，你愿意跟谁在一起？"

"大概是阳子吧。"叔向说道。阳子，阳处父是也。

"嗯，阳子这个人确实清廉正直。"赵武点了点头，却又说道，"但他不能使自己免遭祸难，他的智慧不值得称赞。"

"那就是舅犯！"舅犯是还乡团核心狐偃。

"舅犯啊，他这个人见到有利可图就不顾君主，他的仁义不值得称赞。"赵武摇了摇头。当年晋文公回国，渡黄河时，狐偃故意请罪，其实是让晋文公表态以后不会忘了他这位从龙之臣。

停了一会儿，赵武说出了自己的人选："我看还是随武子吧，这个人采纳忠言不忘记他的老师，谈到自己的优点不忘夸奖自己的朋友，侍奉君主却不因私荐才，也不附和君主的错误。"

随武子，正是士会。因为封地在随邑，谥号为武，所以也称为随武子。

第十四章 邲地之战

有这样的朋友，正是如沐春风。

士会下达了撤退的命令后，他本人则走在最后面，引兵断后。因为军容整肃，楚军也不敢逼上来，这支上军才有条不紊地渡过了黄河。

士会的冷静跟防备，为晋国的这一场惨败保留了一丝颜面跟实力。但整个战局，败势已定。

晋国溃不成军，兵马渡了一天一夜，整夜都有人马喧嚣的声音。

这是一支混乱的军队。这支军队无法担起霸主之军的声名。

战斗结束后，楚军最后的队伍辎重也到达了邲地。此时，邲地到处可见晋兵的尸体。楚国大夫潘党提了一个建议："不如把这些晋兵尸体收集起来集中掩埋，再在上面堆土筑成京观。这样，我们就可以把我们的战功展示给子孙后代看，让他们不要忘记祖先的武功。"

楚庄王摇了摇头，说出了自己对"武"的理解："从文字构造上看，武由止戈二字组成。所谓的武功，不过是禁除残暴、消灭战争、保有天下、巩固功业、安定民众、和平诸国、富饶天下这七种功德罢了。现在我让两国士兵暴尸荒野，这是残暴。只是炫耀武力威胁诸侯，战争就不会结束。残暴又不能止戈，怎么保有天下？晋国现在还在，怎么巩固功业？我们时常违背民众的意愿，百姓无法安定。仅凭武力争霸，怎么让各国和平？乘人之危为己谋利，幸灾乐祸他国的动乱，这怎能让天下富饶？武功的这七种德行，我们一种也不具备，谈何向子孙展示？以前圣贤君主讨伐不听王命的国家，杀掉首恶将其埋葬，这才有了京观。现在晋国的罪名又没确定，两国士兵只是为了执行国君的命令而尽忠，又怎么能制造京观呢？"

望着滚滚的黄河，遍地的尸首，楚庄王陷入了一种沉思与反省。他第

惊人一鸣

一次从内心去理解所谓的霸业，并试图寻找自己的答案。

原来"武"不是武力，不是打倒对方。原来武是安定，是维持，是内涵极为丰富的一种东西。它包含着禁除残暴、消灭战争、保有天下、巩固功业、安定民众、和平诸国、富饶天下七项内容。只有做到这七项，才是真正的"武"者。

这应该就是中国的"武道"精神，是所有人精神上的最高追求。

这种武功的思想深深影响了许多后来者，所有想有所作为的帝王，无不追求武功，但武功的度很难把握，有的人一追求，就变成了炫耀自己的能力，放纵自己的傲气。这其中的原因大概在于内心。

唯心平者得天下，唯内敛者容天下！

停了一会儿，楚庄王叹了一口气："就在这边修一座庙，向祖先汇报取得胜利就可以了。"

在黄河边上，楚军举行了祭祀，修建了祖庙，向列祖列宗汇报了此战。三百年前，从楚国的熊渠开始，楚军就试图挺进中原，回归这片古老的土地，现在他们终于饮马黄河。这其中，楚成王大概最为欣慰吧。他终于可以借邲地的胜利来治疗城濮战败的伤了。

邲地之战结束了，这是春秋历史上著名的战役之一。此战如同城濮之战一样，是决定霸主归属的决定性一战，可以宣告当今的霸主非楚庄王莫属。

而在此战中，还发生了一些无关大战结局但颇有意思的事情，也算这一大战的花絮吧。

花絮一：楚庄王的亲卫兵分左右两广，这两广分两班，二十四小时执

第十四章 邲地之战

勤。楚庄王晚上追赵旃时，正当左广当值，楚庄王就坐着左广的指挥车。战斗了一天，楚庄王不累，可拉战车的战马却有些疲劳了。于是，楚庄王就想换到右广的指挥车上去。这时，左广指挥车的车右屈荡拦住了他，表示国君是坐着左广的车开始这场战斗的，也应该乘坐着它结束战争。正所谓有始有终，这是对这辆战车的尊重，也是对这辆战车的战斗配备人员的尊重，更是对车广的尊重。

楚庄王采纳了这个意见，乘坐着这辆车到战斗结束。又据说，因为楚庄王坐着左广的车取得了邲地大捷，从此之后，楚国人就以左为尊。

花絮二：楚军来袭，晋军大败，晋国的兵车仓皇逃奔。这期间，有几辆战车陷进了坑里出不来，晋国士兵连忙下来推车，可是忙出一头大汗都没把车子推出来。

很快，楚国人追了上来，一看到晋国的战车陷住了，并没有趁火打劫，而是仔细观察起来，并出了一个主意："你们看，横木这里卡住了，把横木抽掉看看。"晋国人照此方法，果然有效果，兵车往前移动了一下，可依然出不来。这怎么办？

晋国人再次望向了国际友人楚国人。楚国人皱着眉头，围着兵车又仔细看了两圈，当看到兵车上硕大的旗子时恍然大悟："旗太大了，风吹着旗子，车子就重，所以出不来。你们把旗子拔掉试试。"

晋国人醍醐灌顶，连忙拔掉了旗子，最后连车轭都拆下来扔掉了。这下兵车变轻了许多，终于从坑里拉了出来。

多亏了楚国兄弟帮忙啊。晋国人跳上车子，回头说了一声谢谢，还扔下一句话："论逃跑，我们还是不如你们楚国常年跑路的有经验啊。"

花絮三：大战爆发后，那位惹事的赵旃也跑了回来。在逃跑的路上，这位仁兄还有些良心，把自己的两匹好马让给了自己的哥哥跟叔父，用差的马拉着自己的车逃跑，结果楚军穷追不舍，眼见就要被追上了，赵旃使出弃车保帅这一招，丢下战车不要，一个人跑到了树林里。这一回，终于成功摆脱了追兵。

　　从树林里钻出来，赵旃一眼就看到前面正有一辆晋国的车在跑，他连忙打招呼。

　　这辆车是晋国逢大夫的。事实上，这位逢大夫早就看到了赵旃。一看到赵旃，逢大夫就气不打一处来，就是这个赵旃没事跑去招惹楚军，使得晋军遭此横祸。本来，士兵在战场上有相互救助的礼仪，可逢大夫实在讨厌赵旃，而且他的车子上也没有空位，一辆车只能载三个人，他的车上还有他的两个儿子，于是，逢大夫就警告两个儿子不要往后看，装不知道，我们赶紧逃跑就是了。可是儿子们不听话，偏偏回过头来，还大声招呼了一声："赵老头在后面呢！"

　　既然看到了，就不能不管了，逢大夫气愤地将儿子赶下了车，指着一棵树说："明天我到这里来收你们的尸体。"说完，逢大夫把登车的绳子交给了赵旃，拉着赵旃逃了出去。

　　第二天，逢大夫回到战场，果然在那棵树下看到两个儿子的尸体叠压在那棵树下。

　　史书没有记载逢大夫看到此景的心情，大概是极为悲凉的吧，为了军礼，就算不情愿，他也不得不把逃生的机会让给了赵旃。而两个儿子在被追杀的时刻，竟然同时想到了父亲的话，拼着最后一点力气来到了这棵树下，以便让父亲可以找到自己的尸体，仿佛在赴与父亲的最后约定。

第十四章　邲地之战

花絮四：交战中，晋国下军大夫荀首的儿子知罃被俘虏了，荀首带着他的部属返回战场找儿子。曾经擅自去楚营致师的魏锜主动过来为他驾车，大概也是良心不安吧。

两人带着下军士兵又杀了回去，一路上碰到不少楚兵。魏锜驾车，荀首主攻，也就是射箭。每次射箭，荀首总要看一下，如果是利箭，荀首就顺手放到魏锜的箭袋里；如果是一般的箭，荀首就用来射敌。

魏锜很生气地说道："什么时候了，竟然还舍不得用好箭，你到底是爱你的箭，还是要救你的儿子？董泽那里的蒲柳可以造无数的利箭，你用得尽吗？"

荀首尴尬地一笑，说道："你不要笑我保留好箭，好箭是为楚君的儿子准备的。如果抓不回来别人的儿子，你以为我能救回我的儿子吗？"

果然，荀首留下的这些好箭发挥了作用，他先是射死了楚国的大官连尹襄老，把人家的尸体抢了过来，又射中了楚庄王的儿子公子谷臣，将他活捉了回去。有了这两个人，荀首放心了，自己的儿子可以回来了。

后来，荀首果然用连尹襄老的尸体和公子谷臣换回了自己的儿子。顺便提一下，这位连尹襄老去年刚当了新郎，新娘就是从陈国抢来的夏姬。也就是说，夏姬又成了寡妇。夏姬如同一只在历史的天空展翅的蝴蝶，给这个时代带来许多微妙及深远的影响。

花絮五：在这场大战中，楚庄王发现一个人作战特别勇猛，总是杀到最前面，五次交锋都取得胜利，极大鼓舞了楚军的士气。战斗结束后，楚庄王特地把这个人召来，问他的姓名。这个人极不好意思地说道："我是三年前宴会上的绝缨者。"

惊人一鸣

绝缨者？楚庄王怔了一下，但马上想起来那件事情。

三年前，楚庄王大宴群臣，喝到高兴的时候，一阵穿堂风将灯烛尽数吹灭，这时，有个娇滴滴的声音尖叫了一声。过了一会儿，这个声音的主人，楚庄王的妃子上前告诉楚王，刚才有人趁黑抓她的衣服。竟然有人揩王妃的油！

妃子愤愤不平地说道："楚王不要担心，我刚才趁机摘下了非礼之人的冠缨，只要点起烛火，看谁的冠上没有了冠缨，自然就能把他抓出来了。"

楚庄王摇了摇头："奈何以妇人之节，而羞辱士人呢？"

楚庄王站起来，大声说道："今天与寡人饮，不绝缨者不欢！"

虽然不太懂楚庄王关于绝缨与痛饮之间的逻辑关系，但王说了，就照此执行吧，客人纷纷取下冠缨。当然，那位咸猪手的主人也明白了这是楚庄王放自己一马。

这个故事有些不尊重妇女同胞，这是封建糟粕，大家注意分辨就是了。重要的是，这个故事体现了楚庄王的宽大胸襟。这样的故事很多，比如前面赵盾碰到的饿汉灵辄。而楚庄王的这个故事不见于正史，只是记载于一些野史，也不知道是确有其事，还是后人编出来劝人向善的。

第十五章

倔强的宋国

《第十五章》 倔强的宋国

邲地之战结束之后，郑襄公跟许国国君许昭公特地相约去了一次楚国，算是正式拜了山头，认了老大。

这个结果让楚庄王既满意又不满意。满意的是一向滑头的郑国终于铁了心跟着楚国，还带着许国这个小弟。不满意的是，前来聘问的国君毕竟只有两个。这跟万国来朝的霸主气势相差太远。

这说明，中原的那些国家，依然不愿臣服于楚国。

革命尚未成功，同志还须努力。同年的冬天，楚庄王也就在家里歇了一口气，就率领大军攻打萧国。

与此同时，中原的诸侯在见识了楚国的强大之后，终于因为畏惧而再次走到了一起。

晋国、宋国、卫国以及曹国各派了大夫在卫国的清丘会盟，会议的主题是"恤病讨贰"，也就是说帮助有灾难的国家，讨伐有二心的国家。会议的主题看上去很虚，但实际上却是有所指的。

所谓帮助有灾难的国家，那自然就是帮助正被楚国攻打的萧国；所谓讨伐有二心的国家，不用说了，就是讨伐郑许陈这些投靠楚国的国家。

惊人一鸣

这个会议开得可算及时，但事实上，却是一个只见打雷不见下雨的忽悠大会。首先这些国家中，只有晋国是超级大国，却刚经历邲地之败，元气大伤，哪里还有实力去主持江湖正义。其次，很多重量级国家比如齐鲁秦都没有参会。

而且这个大会，最大的忽悠就是晋国了。

其他三国派出的代表都是国内重量级大夫，比如卫国派出的就是老牌大夫孔达，这位大夫在二十年前就已经活跃在卫国的第一线，记性好的人可能还记得此人胆气壮人，在城濮之战后，因为晋国侮辱了当时的卫成公，分了卫国的国土，他竟然率兵攻打晋国，结果被晋国抓住关了起来。

晋国派出的代表却是先縠。先縠说起来也是晋国的国卿了，但大家都知道，此人在邲地之战中，不听指挥，擅自渡河，使晋军滑向了失败的境地，可谓是邲地之战的罪魁祸首。晋国现在为了国内安定暂时没有收拾他，以后肯定会清算的。这样一个待罪大夫，能签署什么重大协议？

可想而知，这大概是晋国新败，为了挽回点面子，才勉强召开的一次诸侯会盟。不求真的要搞什么大行动，只是强撑场面，宣示晋国还是霸主国罢了。

大家对这个也是心知肚明的。偏偏这里面有较真的主，会议一开完，真的按照会议精神，部署实际行动去了。

开完会，宋国跑去攻打了有二心的陈国。宋国的举动已经够让人吃惊了，可接下来的事情更让人惊愕莫名。

卫国的孔达竟然率兵去救援了陈国。据他本人理直气壮的介绍，卫国的先君卫成公曾经跟陈共公有过盟约，大家约定相互救援，现在我不能见死不救。

《第十五章》 倔强的宋国

这都是上上辈子的盟约了。现在的人连昨天签的盟约都懒得遵守，谁还管那些陈年旧事？况且，刚在清丘开了会，大家达成共识要"恤病讨贰"的，宋国按章办事，你卫国却来阻拦。这要是晋国追究起来怎么办？

"要是大国来攻打卫国，我就去死！"孔达斩钉截铁地说道。

三十年前，这位孔达就是愤青，现在变成了老年，可愤怒依然，可称之为愤老吧。

在卫国的阻挠下，宋国只好退了兵。听到这个消息，晋国十分不满，马上派出使者到卫国去，要卫国给一个说法。晋国使者十分强硬，表示卫国要是不交出救援陈国的主谋，我们就派兵过来打你们！

看来，这一次是含糊不过去了。孔达没有退缩，他告诉国君卫穆公："如果对国家有利，请将我交出去吧，这个罪过确实在我。我作为执政而招来大国的讨伐，责无旁贷。我愿以死解晋国之怒。"卫穆公没有答应孔达的请求。

孔达退下之后，望了望卫国的天空。这个曾经被狄人灭亡又复建的国家，在漫长的岁月里，几乎总是跟灾难相随。它弱小又无力，但它毕竟是我的故土，是我必须守护的家园。

孔达自缢而死。

卫国用孔达的死向晋国人做出了交代。迫于大国的压力，他们将孔达说成国之罪人。但在国内，他们将公室之女嫁给了孔达的儿子，让他接任了孔达的官位。

坚守过去的信念，守护自己的国家。这是卫国无数君子中的一员。

宋国打不成陈国，自然无法"讨贰"，那就"恤病"吧。在楚国攻打萧国时，宋国跑去救援，还拉上了蔡国人。蔡国一直是楚国的基本盘，也不知道为什么跟在宋国的后面跟楚国作对。史书对这个事情是不太支持的，用了"宋华椒以蔡人救萧"来做记录。其中用到了"以"这个字，表示宋国人自己去救萧就可以了，自己不怕死，何必拉着蔡国人。而且，萧国被打，也不完全怪楚国霸道。这里面，萧国也有一些责任。

在楚国攻打萧国时，大概是因为大意，大夫熊相宜僚和公子丙被萧国人俘虏了。打一个小国，损失两位大夫，显然是个亏本买卖。楚庄王连忙派人跟萧国谈判，表示只要你们不杀他们，我们就退兵。

我们知道，萧国是宋国的附属国，大抵相当于一个自治邑。其身上大概也有宋国人的狂妄。本来是一个很好的议和机会，却脑子一热，直接把这两位大夫给杀了。

楚庄王怒火冲天，马上将萧国包围了起来。此时还是冬天，楚国又地处南方，士兵跑到北方来，对天气还有些不适应，大夫报告士兵们普遍反映天气很冷。

于是，楚庄王就亲自下去巡视，抚慰士兵。结果，三军的将士都好像跟穿了棉衣一样，心里感到十分温暖。很快，三军拼命攻到了萧城。

这是一场没有悬念的交战。很快，萧国就溃败了。而在交战当中，发生了一件极为有意思的事情。

被楚军包围之后，萧国人才明白大难临头了。其中有一位萧国大夫还无社出使到楚营。两位大夫被杀，楚庄王正在气头上，谈什么都是无用功。还无社也明白这一点，他这次来也不是指望楚军退兵，而是指望萧国战败之后，楚国的朋友能拉他一把。

第十五章 倔强的宋国

还无社认识楚国大夫申叔展，关系还不错。大概萧国位于中原腹心，楚国的使者南来北往出使，大多要经过萧国。这位申叔展出差路过萧国认识了这位还无社，两人还成了朋友。

来到楚营后，还无社提了一个要求，请申叔展跟他见一面。

这个要求有些奇怪，但也不是什么大不了的事。很快，楚国人就把申叔展叫了过来。

接下来，自然是还无社要求申叔展到时救自己一把。但有个现实的问题，楚国的其他大夫都在，两人不可能在这里讨论这件事情。于是，这两人采用了一些暗语。

"你那里有麦曲吗？"见到还无社后，申叔展马上明白了过来，随即问了一句让人摸不着头脑的话。

"没有啊。"还无社想了一下，回答道。

"那有山鞠穷吗？"

"这个也没有。"还无社摇了摇头，也是一头雾水的样子。

"唉。"申叔展叹了一口气，"没有这两种御湿的药，只怕河鱼就要有腹疾了。"

旁边的人依然不懂这两位在谈什么，但还无社总算明白过来了。申叔展问起的麦曲、山鞠穷都是御湿用的。据后人分析，这是申叔展让他在大战爆发时，赶紧找块泥水地躲起来。

躲在泥水里，那就太不堪了，有损士人的风采。于是，还无社灵机一动，回答道："河鱼要是有腹疾，那我就把它放到枯井就好了。"

意思是别让我在泥水里打滚，到时，我隐在一个枯井里就可以了。

申叔展点点头："这倒可以，不过，最好井边放根草绳。如果有个人在井边哭,那就是我了。"

枯井那么多,我上哪儿找你去啊。你千万要记得用根草绳做记号。还要记住,除非有人在旁边哭,你千万别出来。不然,可不敢担保就是我啊。

两个人打了一顿哑谜,把其他的楚国人听得一愣一愣的,就是不明白什么意思。

第二天,大战爆发,萧国大败。申叔展到处晃荡,果然看到一处枯井处好好摆着一根草绳,申叔展连忙坐到旁边大哭起来。

井下那条河鱼发出了一声幽叹,"兄弟,别哭了,是我。把我拉上来吧。"

在攻打萧国之后的第二年,楚国再次进攻宋国,报复它竟然敢救援萧国。对于这个事件,君子评价,在去年的清丘之盟中,除宋国之外,其他国家都应该受到批评,他们都没有把"恤病讨贰"当回事。

大家都没把这个盟约当回事,只有宋国执行了。这到底是其他国家太随便,还是宋国太较真呢?

楚庄王也在思考有关宋国的问题。他讨伐了陈国,征服了郑国,战胜了晋国,可就是这个宋国让他感到难缠无比。这个国家似乎从不按通行的规矩出牌,不像晋国那样可以用武力打压,也不像郑国那样可以威逼利诱。这个国家简直就是一个愣头青,好的不听,坏的不理。

总而言之,就是不服你楚国。看这个性,简直就是中原的另一个楚国。

苦苦思索了很久,又从两国的历史渊源上找原因。楚庄王认为自己找到了宋国的症结。

《第十五章》 倔强的宋国

宋国之所以一直跟楚国对着干，大概还要从宋襄公跟楚成王的交锋说起。楚成王先是在盟会上不讲道义，抓住了人家宋襄公。后又在泓水之战中，占了宋襄公讲礼的便宜。而最近的梁子大概是他老子楚穆王跟宋昭公时的事。那时候，宋国难得主动服软，可楚穆王这个"蜂目而豺声的忍人"竟然不好好珍惜宋国的善意，强拉着宋昭公去孟诸打猎，让人家宋昭公给他当车右。打猎就打猎吧，还抓什么纪律，把人家的仆从给打了。

宋国人这个面子可谓丢得不小，这些年，宋国一直拼了命地跟楚国干，多半还是不服气。

楚成王时的事，已经太远，楚庄王没有办法，但孟诸打猎事件还有挽回的余地。毕竟，此事的当事人，孟诸之猎宋楚矛盾的始作俑者还在人世嘛。

当初，一直叫嚷自己职责所在，不顾国际影响，鞭打宋昭公仆从的是司马文之无畏，他现在还担任着楚国的左司马一职。

公元前595年，楚庄王同时派出了两路使者。公子冯出使晋国，文之无畏出使齐国。这两国跟楚国并不接壤。到晋国去，要经过郑国。到齐国去，要经过宋国。

楚庄王特地交代，"到晋国去的，不要向郑国借道。到齐国去的，不要向宋国借道。"

这个命令一下来，文之无畏的脸顿时就白了，这不明摆着让我去送死吗？

使者经过他国，就跟现在的过境一样，必须要有经过国的签证。宋国跟楚国关系这么僵，自然不会有什么免签的互惠国待遇。再考虑到当年的恩怨，宋国人当然不会放过文之无畏。

惊人一鸣

文之无畏连忙跑去找楚庄王，抱怨道："郑国人明理，宋国人昏聩。去晋国的使者没有事，我则必死无疑。"文之无畏说的这些话，用一个成语概括了春秋郑宋两国的区别：郑昭宋聋。

楚庄王自然明白他给对方下了一个死亡命令，可宋楚两国外交的死结就在文之无畏的身上。如果他这一去，宋国人不杀他，说明宋国人态度软化，也能接受当年的羞辱。如果杀了他，不仅让宋国人消了气，两国也可以把这件事情摊上桌面，好过现在相互怨恨，却不明说来得好。

于是，楚庄王长吁了一口气："你还是去吧，如果他们杀了你，我就攻打他们。"

听到楚庄王的这句话，文之无畏明白事情已经无法挽回，当初自己种下的因，就由自己来食其果吧。文之无畏将自己的儿子申犀引见给楚庄王，这算是托孤了。

文之无畏朝着宋国进发了。在宋国时，文之无畏被跟踪已久的宋国人抓了起来。

宋国人仔细一看，哦，文之无畏，你是宋国人的老朋友了。这些年一直找你，可你在楚国，我们没办法，现在你竟然来了，那就不要走了吧。

据宋国大夫华元讲，这位楚国使者不向我国借道就径直过去。不管他，他就是把我国当成了他们的边地。把我国当成他们的边地，也就是认为我们已经亡国了。杀了他，楚国就会讨伐我们，可讨伐我们也不过是亡国而已。反正都是亡国了，不如杀了以泄心头之恨。

这位华元当年曾经被郑国俘虏过，回国后被修城的民工羞辱，华元大度地没有计较。可对国耻，华元还是记得很清楚的。

《第十五章》 倔强的宋国

虽然料到文之无畏这一去凶多吉少，但文之无畏被杀的消息传回国时，楚庄王还是十分愤怒。

这里顺便介绍一下春秋三位大牛的穿着打扮。

春秋有三位实至名归的霸主——齐桓公、晋文公、楚庄王。这三位可谓风格各异，孔老师对他们的评价也大为不同。晋文公滑头，齐桓公正直（晋文公谲而不正，齐桓公正而不谲），而楚庄王则得到孔老师一个轻国守信之贤者的好评（贤哉楚庄王！轻千乘之国而重一言）。这是楚庄王把陈国还回去后得到的好评。这三位的区别在穿着上就体现得淋漓尽致。

齐桓公十分威严，戴着传统的高高的周冠，系着大带。可谓华夏衣冠，大气恢宏，腰上还挂着金灿灿的剑，一看就是超级土豪。

晋文公就低调多了，平时穿着粗布衣服，披的袍子也是普通的母羊皮做的，腰上的剑也很普通，剑带没啥装饰，一点不像超级大国国君的样子。要不是多少还佩了剑，简直就是一放羊老农。据说晋文公这么一穿，下面的臣子也不敢造次，纷纷把家里的老棉衣翻出来穿到身上，搞得举国上下都是一副穷酸样。明明仓库里摆满了各国送来的孝敬品，就是不用，着实勤俭。

至于楚庄王，看看此时的他就知道了：戴着鲜艳的帽子，帽子有点歪，帽上有许多装饰用的丝带，衣服是没点气质就镇不住的宽松大红袍。双手叉到衣袍里，半倚在榻上，十分悠闲。就这副样子，跑到中原，大家多半以为是来了一位非主流青年"杀马特"。

听到文之无畏的死讯后，这位楚国非主流国君顿时爆发了。宋国人！孤王陪你们玩到底！

楚庄王挥袖而起，径直就往外走。一边走，一面大声叫嚷集结军队。

惊人一鸣

后面的侍卫一看，楚王连鞋也没穿，剑也没拿，就准备这样赤手空拳地找宋国人算账。

侍卫连忙追了上去，到了前庭的时候，才把鞋送上。楚庄王穿上鞋，头也不回，依然径直朝前冲，侍卫只好再追，直到寝宫的外面，才把佩剑送上。而出了宫，楚庄王依旧不管不顾地朝外冲，大概是想去祖庙汇报情况，誓师出战。但这可不是一段短的距离。楚庄王的车左连忙驾上车，猛起直追，到了蒲胥街市，才让楚庄王坐上了车。

天子之怒，伏尸百万，流血千里。楚庄王的王虽然是自己封的，但论实力，却是天下第一。这雷霆一怒，不是宋国可以轻易抵挡的。

秋天，楚军北上，围住了宋国的商丘。我们知道，宋国位于平原，国内无险可守，很容易就会被人攻到都城之下，而宋国的商丘却是春秋数一数二的坚城。

楚庄王也知道这一点，大军抵达之后，就在城下立营扎寨，准备跟宋国打持久战。

面对楚国攻宋这一事件，国际社会做出了不同的反应。

鲁国的第一反应是害怕。宋国就在楚国跟鲁国的中间，要是宋国被攻破，难保楚国不会将兵锋挥向鲁国。

在春秋，有很多国家，比如齐鲁、郑宋、秦晋相邻，但民风民俗、外交策略却有很大的差别。像郑宋两国中，郑国比较偏向于楚国，宋国比较偏向于晋国。齐鲁两国也有这样的差异，总的来说，齐国比较偏向于楚国，经常与楚国进行外交互访。而鲁国偏向晋国，虽然经常被晋国揍，但好歹五百年前跟晋国是一家，自然要亲近一些。于是，鲁国不太重视跟楚

《第十五章》 倔强的宋国

国的外交关系。

现在楚国明显已经成为第一强国，应该是转变外交策略的时候了。

鲁国大夫孟献子建议鲁宣公赶紧趁楚王在宋国的机会，派使者前往接触一下，最好送点厚礼过去。毕竟我们国弱，楚国强，趁现在楚国没有盯上我们，先送上厚礼结好。不然，等楚国责难就来不及了。

鲁宣公听了十分高兴，马上派了使者前往宋国，跟商丘城外的楚庄王见面，据说，鲁宣公还充当中间人，想要调解楚宋之间的矛盾。当然，鲁国的面子还没有这么大。

同为东方大国的齐国对楚国的这一军事行动毫不在意，既不反对，也不支持。此时的齐国国君是四年前刚继位的齐顷公，这位仁兄是齐惠公的儿子。到了他这一代，齐桓公五子争位的混乱局面终于告一段落。作为中原的传统大国的国君，齐顷公应该是有一些想法的。

楚晋争霸，楚宋相争，对齐顷公来说，只需要静观其变，等待属于齐国的机会。

在楚宋大战之中，最为敏感的应该是晋国了。

被围后，宋国派了大夫乐婴齐到晋国告急。前年在清丘会盟，是你们晋国提出要"恤病讨贰"的。现在我们宋国就"病"得很厉害，你们晋国不能见死不救吧。

晋国国君晋景公的确准备救援。这些年，晋国的情况急转直下。先是楚国服陈打郑，抢光了晋国的霸主风头。邲地一战，等于晋国直接交出了霸主的位置。郑陈彻底投靠了楚国。齐鲁这些国家向来都是摇摆不定。在中原这些国家里，宋国可谓是最后的老朋友了。

眼下，要是再不救宋，只怕中原诸侯再没有人愿意相信晋国了。

晋景公答应了宋国的救援请求，派出大夫解扬先赴宋国，告诉宋国人挺住，我们晋军已经全部出发，马上就到。

带着使命，解扬出发了，经过郑国时，解扬被郑国人抓住了。

郑国人一向善于见风使舵。郑国也是邲地之战的受益者。霸主决出后，从理论上讲，郑国再也不需要朝晋暮楚。但郑国人一向小心，也见惯了霸业更替。为了安全起见，郑国一般是不会将宝押在一个国家身上的。

要是平常，抓住了晋国使者，可能就悄悄地放了，但这一次郑襄公做出了一个决定，将解扬交给楚国人。这等于向楚国交了投名状，彻底投靠了楚国。

让郑国做出这个决定的人其实正是晋国。

就在这一年的夏天，晋景公率领晋国的大夫们跑到郑国搞了一次大阅兵，并把这一阅兵事件作为新闻发送给了诸侯。阅完兵之后，晋景公就把兵拉回去了。

这就是传说中的耀武扬威了。这是荀林父的主意。

邲地之战后，荀林父自知要负领导责任，主动请死，晋景公也不劝，直接就批准了。最后还是大家来劝说，认为荀林父虽然有责任但毕竟忠心为国，现在晋国又处在低潮期，再杀大夫就更削弱国力了。晋景公这才收回了批示。

就我看来，荀林父不死是可以的，但完全可以把他撤下去嘛，这么大年纪了，也该退休了。

《第十五章》 倔强的宋国

荀林父发挥余热，出了这个主意，表示我们不要轻易攻打郑国，只要在郑国境内大阅兵，向郑国展示我们的实力，郑国就会害怕，他们自然就会主动要求归服我们了。

荀林父还为自己的这个主意起了一个好听的名字："示之以整，使谋而来。"

郑国果然谋了。晋军一退，郑襄公连忙收拾东西跑了一趟楚国，跟楚庄王商量了一下，用另一个大夫，也就是晋国的使者解扬，把在楚国为人质的子良换了回来。

子良是郑国的核心大夫，放到楚国太浪费人才，郑国也急需要这样的人来主持大局，好对付以后晋国的挑衅。

你不是要对我"示之以整"嘛，那我就让我的大哥楚国来整你！

收到郑国押解来的晋使解扬，楚庄王大喜过望。

这位解扬对楚国来说倒不是陌生人，在以前的一次晋楚交战中，解扬就被楚国俘虏过。后面不知道是送了赎金，还是交换人质，解扬才回到晋国。

楚庄王一直担心晋国的动向，马上把解扬叫了过来盘问。解扬也不隐瞒，大方告诉楚庄王："我就是我们国家派过来安抚宋国的，我们晋国的大军马上就到！"

楚庄王的脸色阴晴不定。过了一会儿，楚庄王突然堆起了笑脸。接下来，楚庄王非但没有为难解扬，反而送了他很多财物。当然，无事献殷勤，非奸即盗。

楚庄王提了一个要求，待会儿你到了商丘城下，你告诉宋国人，你们

惊人一鸣

晋国不会派一兵一卒了。

原来如此。即使手里拿着楚庄王的礼物，解扬仍然否决了这个提议。楚庄王只好耐着性子做他的工作，表示只要照我说的做，就绝不伤害你，还可以放你回国。

经过数次细致的劝说，解扬终于想开了，勉强答应照楚王说的去办。

于是，喜滋滋的楚庄王领着解扬抵达城下，将他请上了瞭望车，让他向宋国人喊话。

解扬站到高高的瞭望车上，清了清嗓子，大声喊道："宋国人千万要顶住，我们晋军已经全军出动，过不了多久就能来救你们了！"

楚庄王的脸都气白了，他连忙叫人爬上车子把解扬拽了下来，"你既然答应我了，为什么要反悔？不是我不讲信用，而是你食言在先，你准备好脖子接受我的刑罚吧！"

解扬轻轻笑了笑："臣听说，国君发令为义，臣子执行为信。臣子的信配合国君的义，这就是国家利益。国君的义不能兼有两种信，臣子也不能接受两种义。我已经接受了我们晋侯的义，你又用财物来收买我，就是不懂这个道理嘛。我受命出使，当然是死也不会背弃君令的，更不会被财物收买。但楚王你扣着我，我没办法，只好假装答应你，好完成我的使命。现在我完成了使命，就是死了也是福分。我们国君有我这样的守信臣子，我死得其所，还有什么他求！"

不但耍了楚庄王一通，还极为骄傲地给楚庄王上了一课。狂，实在是狂！

楚庄王竟然哑口无言，他望着眼前的解扬，明白这是一个不怕死的人。

《第十五章》 倔强的宋国

人不畏死，奈何以死畏之？楚庄王苦笑着摇摇头，下令放解扬回国。

得到了解扬的保证，宋国人打起精神，准备死守商丘，以待晋军。

从去年的秋天一直等到了今年的春天，又从春天等到了夏天，除了看到解扬和他慷慨激昂的飞沫，连一个晋国大兵都没有看到。

没有晋国的援兵，宋国人依然在苦苦坚持着。算起来，宋国已经坚持了大半年。长期的围困让宋国大为困窘，而围城的楚军也受不了了。

到了五月的时候，楚国决定退兵。这时，文之无畏的儿子跑了上来，扑通一声跪在了楚庄王的马前，"我父亲虽知必死无疑却依然不敢违背君王之令。可楚王，你不讲信用啊。"

文之无畏的儿子毫不客气，当场指责起楚庄王来。楚庄王一时之间，竟然无话可说。不退，攻了大半年也没效果，退的话，又会违背自己的诺言。

正在进退两难之间，楚王的驾驶员申叔时出了一个主意："我们在这里修建营房，然后让逃跑的人回来接着种田，做出长久攻打之势，宋国人一定会屈服。"

楚庄王点点头，眼下，也只有这个办法了。

当楚国的营房修建起来，开始耕地种田时，宋国人果然害怕了。

宋国想来想去，终于愿意低下倔强的头颅，准备跟楚国人谈一谈。宋国派出的人正是那位力主杀掉文之无畏的华元。这个事情就是你惹出来的，当然归你负责。

现在山穷水尽，说是去谈判，其实就是去签署投降协议，这是一个很丢脸的事情，而且还是签署最丧权辱国的城下之盟。

惊人一鸣

华元出了城，想了一下，做出了一个决定。他没有直接前往楚营，而是找个地方躲了起来，等到夜间，华元才跑出来，溜进了楚军的大营，一直找到了楚国大将子反。子反是楚庄王的弟弟。史书记载，华元竟然爬到了子反的床上。当时，子反还没有醒过来，最后还是华元把他叫醒了。

两个男人在深邃的夜里，在星光之下，对坐在一张榻上，谈起了有关两国生死存亡的大事。

华元介绍了宋国城内的情况，他没有欺骗对方，全盘托出宋国的困境："现在都城里的人已经开始交换儿子来杀了吃，把骨头劈了当柴烧。可是，你们不要以为我们就怕了，我们是死也不接受城下之盟的。"

"那你半夜爬到我床上来干什么？不会就是来说这些的吧。"子反镇静地说道。

华元低头想了一会儿："如果你们退去三十里，我们一切都听你们的安排。"

据史书记载，听了华元的话，子反十分畏惧，可想而知，两个人的谈话并不轻松快乐。极有可能，华元拿着刀对着子反，准备万一对方不同意，就来个同归于尽。

想想宋国人可是比楚国人还要蛮上三分的。子反答应了华元，两位大夫就在床上宣誓，达成了宋楚和解的盟约。

关于这两个大夫在夜里发生的故事，在《春秋·公羊传》里，是这样记载的：

楚国进攻宋国一直攻了九个多月，最后只剩下了七天的粮食。楚庄王准备吃完这些粮食还攻不下商丘，就班师回国。

第十五章　倔强的宋国

做出这个决定后，楚庄王派出子反去打探一下商丘的情况。子反登上了为攻城搭建的土山，伸了伸脑袋往商丘看，结果巧得很，宋国的大夫华元也登上了城墙。

两个男人在城上一对眸，瞬间心有灵犀般打起了招呼。相互通报姓名后，两位就隔空聊起家常来。

"你的国家现在怎么样了？"子反率先问道。倒没有废话，直接就问的是楚庄王交代的任务。

华元叹了一口气："我们已经疲惫不堪了。"

"哦，到底什么情况？你详细说说看。"

"城中断粮已久，百姓在交换子女杀了吃。城内连柴都没有了，百姓敲破骨头烧火做饭。"

果然是很惨。子反听了也不禁叹了一口气："唉！看样子确实是相当疲惫啊。不过，我听说古代被围的国家，把木头放在马嘴里再给马喂草，这样马想吃也吃不上。而牵出来给敌国看的都是膘肥体壮的马，以此来显示自己粮草充足。但是您为什么直言相告呢？"

"我听说，君子看到他人危难就怜悯，小人才幸灾乐祸。我看您是一位君子，所以才把宋国的实情告诉您。"

子反一听，大为感动，大声对着华元喊道："好！请一定坚守下去，我国的军队也只有七天的粮草了，吃完这些还攻不下就会撤军的。"说完，子反向华元行了一个礼就下了土山。

回到楚营，楚庄王问起宋国的情况，子反就把华元介绍的"易子而食，劈骨为柴"复述了一遍。楚庄王同样叹了一口气，接着说道："宋国的确很惨了，但就算这样，我还是要攻下商丘才回去。"

惊人一鸣

子反摇了摇头:"国君,现在恐怕不行了啊,我已经告诉宋国人我们只有七天的军粮了。"

楚庄王像看一个怪物一样瞪着子反:"我派你去侦察对方,你倒好,竟然把我军的机密透露给了对方!你到底想干什么?"

子反理直气壮地说道:"一个小小的宋国都有不欺骗人的臣子,难道我们楚国这样大的国家没有这样的人吗?所以我就把实情告诉华元了。"

好!好!算你有理,面对这个二愣子,楚庄王气得发抖:"行,我现在就在这里扎下营房,调来粮草,一定拿下宋国给你看!"

子反脸朝天,不以为意:"好啊,国君您留在这里继续攻啊,我可回国了。"

望着死猪不怕开水烫的弟弟,楚庄王一时没有了脾气,再一想,调粮草哪是容易的事情。于是,楚庄王只好无奈地放弃攻宋的打算。

这两个记录,一个惊险,一个大义。就我个人而言,我更喜欢后面的这个。

楚国放弃了继续围攻的打算,两国签订了停战协议,并宣誓:"我无尔诈,尔无我虞。"

我不骗你,你也不要骗我。算上标点符号,不过十个字,却字字浸着血肉。

楚庄王终于征服了中原最硬的一块骨头。但其中剩下一个问题:解扬口中的晋国大军呢?

事实上,晋景公食言了。

出兵之时,晋国大夫伯宗拦住晋景公:"现在不是出兵的时机,古人说'马鞭虽长，不及马腹'。现在是天授于楚，不能与其相争，我们晋国虽然也是强国，但能够违背天意吗？"

晋景公沉默了，他是晋文公的孙子，一出生就碰上了晋国最强盛的时期。虽然邲地之战发生之时，他才继任国君三年，而晋国的霸业早在晋灵公时代就已经露出颓势。但正式说起来，晋国的霸业是在他的手上丢掉的。

"寡人怎么能忍受楚国的横行？怎么可以坐视诸侯的失去？"晋景公不服气地说道。

"国君听过'高下在心'这个谚语吧。"

"什么意思？"

"一个人要做到收放自如，不能一味逞强。河川总要容纳污垢，山林也会潜伏毒虫，美玉不免有瑕疵。而国君忍受耻辱，这不过是上天的常理罢了。"

伯宗给晋景公行了一礼，最后说道："请国君等待吧！"

是的，忍耐吧，这是楚庄王的时代，而你的时代还未来到。

第十六章

晋国的复苏

《第十六章》 晋国的复苏

公元前594年的六月，晋国向赤狄中的潞国发起了进攻。

说起来，这次进攻还是潞国国君发起的邀请。潞国国君叫潞子婴儿，他给晋景公送了一封信，请求晋国前来攻打潞国，因为潞国国内有一位极其飞扬跋扈的权臣，此人叫酆舒。

当年赵盾跟贾季争当晋国一哥，结果贾季失败，逃到了潞国。有一年，贾季与酆舒聊天，抛出了赵盾乃"夏日之阳"的说法。

贾季应该早不在人世了。这位酆舒却老而弥坚，掌控了潞国的权力，开始变得横行霸道起来，竟然把潞子婴儿的眼睛给弄伤了，而且还杀了潞子婴儿的妻子伯姬。

这位伯姬不是别人，正是晋景公的姐姐。当年晋景公的父亲晋成公为了拉拢潞国，把女儿伯姬嫁了过去。

酆舒敢杀晋景公的姐姐，明显就是断绝晋潞两国关系，挑起两国争端，其用心不可谓不险恶。而这些年，在酆舒的指使下，潞国趁着晋国忙于经营中原，频频在晋国后院闹事，不是攻晋国的城，就是抢晋国的粮食。

这样的敌人晋国自然要除掉，正好又接到了被架空的潞国国君的求救信，晋景公当即做出了出兵的决定。

出发前，晋国国内同样有反对的声音。有的人认为酆舒能够主政潞国是有一些能力的，不如等酆舒下台了，我们再攻打潞国。

晋景公拒绝了，他早就派人仔细调查过酆舒，搜罗了对方不祭祖先、嗜酒成性、抢占大夫土地等罪行，当然还有杀害伯姬、弄伤国君眼睛两项大罪。晋景公表示既然他有罪，那就应该及时征伐。不然他的子孙上来了，万一重视德行，侍奉神灵安定国民，我们拿什么借口追究？

看来，这种逆臣之罪也有时效性的。

不顾国内大夫的反对，晋景公毅然决定出兵潞国。

一个愿意接受意见的国君无疑是合格的，但一个优秀的国君也需要有自己的判断。

当年晋国霸业如日中天时，或许需要以守为主，现在晋国的霸业已经失去，无霸一身轻，正好可以大施拳脚。

当然，我们介绍过，赤狄是狄人中最强的一支，而潞氏则是赤狄中的精英。为了成功拿下潞国，晋景公派出了我们很熟悉的一张面孔，邲地之战的败军之将荀林父。

荀林父是差点死去的人。荀林父很清楚，自己是造成那次大败的主要负责人，他也没有逃避的意思，从邲地之战回来之后，就写了自杀谢罪书。而晋景公也被邲地大败的消息震惊，愤怒之下，竟然马上就批复同意。

最后，将荀林父救下来的是士会。士会举了三十年前城濮之战的历史，那场大战结束之后，晋文公反而有忧色，直到得到城濮之战楚军主将

第十六章　晋国的复苏

子玉自杀的消息后，才转忧为喜，表示再不用担心楚国了。也正因为此，楚国一败再败，被晋国压制了三十年。

现在，我们要犯楚国当年的错误吗？

晋景公终于消了气，驳回荀林父的请罪书，让他官复原职，算是戴罪立功。

现在，留下荀林父的好处显现出来了。荀林父虽然军事能力一般，但却是晋国难得的对狄工作的专业人才，尤其善于怀柔与分化之策。在荀林父的主导下，晋国曾经成功将一些非赤狄族的狄人招降到晋国之下，让赤狄在狄人中的实力大为削弱。

顺便提一下，邲地之战的罪魁祸首之一先穀不但不思悔改，还勾引赤狄人攻打晋国，事发后，被晋景公干脆利落地连族一起灭了。

荀林父在中原战场一败涂地，但对狄作战却是轻车熟路。六月十八日跟赤狄接战，同月二十六日就灭亡了潞国。潞国国君潞子婴儿从此就成了晋臣，而权臣酆舒则逃到了卫国，可惜卫国也没有庇护这位仁兄的意思。要知道，卫国在卫懿公时期就被赤狄灭过一次，要不是齐桓公大义，卫国早就消失了。

卫国毫不客气，连忙把酆舒逮住送到了晋国。晋景公下令处死酆舒，为自己当初的判断画下一个完美的句号。

拿下潞国后，晋景公论功行赏，荀林父作为主帅，得到了狄人奴隶一千户。晋景公还赏给了士会瓜衍县。他诚恳地告诉士会："寡人能得到狄人的土地，正是你的功劳。没有你的劝谏，我早就失去荀林父了。"

晋景公的封赏得到了晋国大夫的一致好评。大夫羊舌职甚至把晋景公的行为跟周公相比，认为晋景公只要继续发扬这种任用贤人、采纳良谏的

惊人一鸣

精神，就一定会成功的。

在晋国进攻潞国的同时，晋国的老冤家秦国又开始进攻晋国。

此时的秦国国君是秦桓公，是秦康公的孙子、秦共公的儿子。秦国传了三代，晋国也从开始的晋灵公到晋成公、晋景公传了三代，秦晋之间的恩恩怨怨似乎从来都没有一个头。秦桓公似乎一直没有忘记晋国对秦国干下的不讲究的事情，一直谋求找回面子。

据记载，秦国经常派间谍到晋国收集情报。有一回，晋国还抓住了秦国的一个探子，随后将他处决在街市上，结果六年后，这个秦国探子死而复生了。《左传》煞有其事地记载了此事，也算是春秋为数不多的灵异事件吧。

这一次，秦桓公抓住了一个好机会。这两年，晋国正在对狄人用兵。不久前，晋军还在外面搞军事演习，然后乘机夺取狄人的土地。

秦军猛然来袭，晋军抽调不出太多兵马，连卿士都没有，只派了一名大夫率军前往应敌。

这位大夫叫魏颗，是前还乡团保镖魏犨的儿子。魏家是还乡团中混得最差的。因为魏家的封地离秦国近，算在边境，这也是他被派来应敌的原因之一。

在晋地辅氏，魏颗迎上了来犯的秦军，碰上的对手极为棘手，据说秦军主将杜回是一员虎将，而且打仗十分有特色，不喜欢寻常的车战，也不常用箭术攻敌，而是喜欢徒步近战；他常常率领数百猛士，奔跑如飞，下砍马足，上劈甲将，英勇无敌。

交战途中，魏颗就被杜回这种非常规战法搞得很不适应，很快就落荒

《第十六章》 晋国的复苏

而逃。跑着跑着，突然听到后面扑通一声。魏颗回过头一看，杜回竟然摔了一个嘴啃泥。而杜回的身后有一个奇怪的老头，手里拿着草做的绳子，绳子结成圈，正好套在杜回的脚上。

魏颗大喜过望，来不及考究这位神秘老头是谁，连忙回来将杜回活捉。没有了主将，秦军自然大败。

回来之后，魏颗当天夜里就做了一个梦。梦里那个老头再次出现，告诉他："我是你所嫁妇人的父亲，你按照你父亲清醒时的命令去做，所以我来报答你。"

原来，在这之前，魏颗的父亲魏犨有一位宠妾，宠妾没有生儿子。魏犨生病时，曾经嘱咐魏颗，等自己死了后就将这个宠妾嫁出去，魏颗点点头。在病得很严重的时候，魏犨又更新了遗嘱："一定将她给我殉葬。"魏颗依然点点头。等父亲去世后，魏颗就将父亲的这位宠妾嫁了出去，并告诉她："人在病重的时候，神志混乱不清，我现在只能按照父亲神志清醒时的吩咐去做。"

也不知道这个老头是活人，还是鬼魂。这个故事被并入另一个故事，名为"结草衔环"，用来形容感恩报德。而魏颗的后代封在了令狐，后人遂以令狐为氏，也不知道著名江湖人士令狐冲是不是魏颗的后代。

魏颗击退了秦军，为晋国争取了时间，让晋军可以全力对付狄人。

第二年，晋国再接再厉，又灭掉了赤狄中的甲氏和留吁部落。至此，赤狄这个曾经在中原横行无忌，让大国都极为头疼的一族终于元气大伤，再也无法对中原构成威胁。

而在灭狄事件中，功劳最大的荀林父决定从上卿的岗位上退下来。

惊人一鸣

他早就该退了,如果在邲地之战前退下,就能获得一个圆满的人生。而这种明哲保身的心态最终影响到了他,使他在邲地之战失去了判断力,最终导致了大败,差点身败名裂。而经历大败之后的他,犹如置之死地而后生,积极进取,焕发了人生的第二春。在对狄之战上,终于完成了人生的大逆转。

现在他终于可以骄傲地把上卿这个位置交给后来者。

士会成为新一任的中军主将,晋国上卿。据史书记载,为了郑重其事,晋景公派人给周王室送了狄人俘虏。这当然是符合礼节,也是极给周王室面子的事情。趁着这个机会,晋景公专门向周天子周定王打了报告,请求天子准许士会升职。

在各国随意任命大夫的时代,竟然还有人记得这种事情应该要到周王室这里来备案!周定王极为感动,连忙批准了这个请示,还特地赐给了士会卿大夫的礼服。

一个当年流亡秦国的大夫,士会这些年一步一个脚印,没有靠太多的背景,完全凭借着自己的才识成了晋国的上卿,这实在是可喜可贺。

而士会被周王室任命为晋国上卿的消息传到晋国国内,一个奇怪的现象出现了:晋国国内出现了一股逃晋潮,许多人打包的打包,结业的结业,关山门的关山门,开始离开晋国,进入秦国。经过调查,这些人全是特殊行业的从业人员,准确地说,全是盗贼。

士会当上了晋国上卿,盗贼以后在晋国捞饭吃就不容易了,还是趁早到秦国看看吧。

晋国大夫、著名时事评论员羊舌职同样给出了一个好评,他认为士会的这个情况就跟当年大禹举拔贤人之后,不贤的人纷纷离开是一样的。必

第十六章　晋国的复苏

须得说,羊舌职的嘴还是很甜的。这一句话,不但夸了士会,连晋景公都被狠狠地表扬了一番。

这一年,可以称为士会年,因为他一上任,就碰上了发挥才能的机会。

在这一年的夏天,周王室摆放乐器的宣榭宫突然失火,经过调查,这是一次人为纵火事件,有人故意放火烧宫。

在楚晋争霸这些日子,周王室也没闲着,主要精力放在了国内斗争上。此时,周国的三位大夫为了争夺执政之位打得不可开交,也不知道是谁胆大包天,竟然把摆放乐器的宫殿给烧掉了。

刚领了周定王的工作服,士会自然是不会袖手旁观的,马上受命出使周国,亲自平定了周王室的动乱。

为了感谢士会,周定王设宴款待他。在宴会上,士会发现了一个令人大惑不解的现象:周定王令人端上了肢解好的带骨肉。这个吃起来很方便,闻起来也很香,可士会心里却犯起了嘀咕,因为这代表着周定王给他上了一道"肴烝"。

肴烝在宴会中是比较低一级的食物,士会有些不太高兴,心想,是不是周天子给我降低招待规格啊?

士会没有沉住气,马上请教旁边的人,结果被周定王听到了,周定王却不生气,反而十分开心,毕竟这是难得展现优越感的机会。周定王微笑着叫士会上前:"季氏啊,你难道没听说过吗?天子设享,用半只牛。设宴,就是要上煮熟并切开的带骨肉。享礼是对诸侯的,宴礼是对卿用的。这就是我们周王室的礼仪。"

这里介绍一下,所谓宴礼,也叫"殽烝",就是把肉切好了端上来。除此之外,还有上整只牲口的"全烝",以及只上半只牲口而不切开的"房烝"。这三种东西适用的场合不同。全烝一般祭祀祖先、郊祭天地才用得上。而"房烝"又叫享礼,端上来的肉只是半只牲口的,而且是生的。

周定王说得很清楚,享礼是招待诸侯的,因为诸侯是天子家人,就不用太客气,大家吃饭首先要宣传节俭的精神,所以端上生的肉,大家看看,解解眼馋,等下还要端回去的。当然,酒也给你倒上了,你看一看,挺香的,但别喝,还要收回去。你座位的旁边有扶几,你累了肯定想靠一靠吧,但一靠就犯错误了。这么隆重的场合怎么可以身体歪斜呢。正所谓"设几而不倚,爵盈而不饮"。

而殽烝就不同了,肉煮熟了,也切开了,大家一起吃,这主要用来招待诸侯的卿士。这些卿士对周天子来说,相当于亲戚家的管家,于自己就是地位较低的宾客,所以天子端上可以吃的肉,表示慈爱部下。

士会对此心服口服,回国后,马上开始研究礼仪,进一步完善晋国法度。

孔子说:"进入一个国家,只要看那里的风俗,就可以知道该国的教化。人们如果温和柔顺,那就是《诗经》教的;如果通古晓今,那就是《尚书》教的。"(入其国,其教可知也。)

百年大计,教育为本。现在士会准备用周礼来教化国民,此举将大大提高晋国在中原的竞争力。

此时,离邲地之战已经过去了四年,在晋景公跟晋国大夫的共同努力下,晋国终于露出了一丝复苏的迹象。

第十七章

国际玩笑

第十七章 国际玩笑

第二年,公元前592年,晋国在国内的断道邑举办了一次诸侯会盟。晋国为了开这个会,做了长期的准备,但结果却让晋国十分失望。

这次会议,与会的国君只有鲁宣公、卫穆公、曹宣公以及邾定公。不但已经铁了心跟楚国走的郑陈宋的国君没有出席,齐国国君也没有来。

说起来,齐国国君已经好多年没有参加晋国主持的诸侯大会了。在我的印象中,齐国国君上一次参加晋国的会盟好像还是晋文公时的践土之盟。这么多年,齐侯一直不来参会,晋国以前也没在意。开会的人这么多,多一个齐侯不算多。可现在陈郑宋已经不参会了,再少一个齐就没法看了。

为了让齐侯参会,晋国在召开大会之前,特地派了大夫郤克到齐国访问,请齐侯齐顷公给晋国一个面子,好歹来参加一次会议。这一去,就闹出一次外交事件。

事情最初的原因在郤克身上,郤克是晋国大夫郤芮的孙子、郤缺的儿子。郤芮当年是晋惠公的亲信,曾经阻止晋文公回国,被晋文公杀掉,郤缺被晋文公流放。后来郤缺在田间劳动时,其妻来送饭,夫妻两人相敬如宾，经过大夫胥臣推荐，又重新回到晋都。

这位郤克也是晋国难得的人才，据记载，其人颇有赵衰、士会之风。这两人都是晋国出了名的老好人，这个郤克竟然兼此两者为一身，想必一定是性格敦厚。晋景公派他出使齐国，应该是要对齐国来软的。

可晋景公千算万算，没算到两点：一是，郤克这个人身体有点小缺陷；二是，齐国有个十分不靠谱的老太太。

到了齐国首都临淄之后，郤克发现临淄十分热闹。这些年，齐国关起门来搞发展，又有当年齐桓公打下的底子，渐渐地也恢复了一些霸主的影子。很多国家派大夫到齐国访问，跟齐国搞好关系。这里面，除了晋国的郤克外，还有鲁国的大夫季孙行父，卫国大夫孙良夫，曹国的公子首。

说来也巧了，郤克脚有点跛，季孙行父头是秃的，卫国的大夫孙良夫是个独眼，而曹国的公子首是个驼背。

郤克站在齐国的宫门前，等着齐顷公的使者前来带路。不一会儿，齐国的咨客到了。一看，郤克怔了一下。来者上身晃动不已，脚竟然不太利索的样子，赫然也是一位跛者。

这大概是齐顷公用人不慎吧，毕竟这很容易让人误会是使者故意模仿郤克走路。可过了一会儿，迎接鲁卫曹三国的使者也到了，四个人的脸色同时阴了下来。接季孙行父的是一位秃头，接孙良夫的是一位独眼，而接公子首的是一个驼背。

这就不是工作失误，而是齐顷公故意安排的。鲁卫曹三国不敢得罪齐国，郤克有国君的使命在身，四人虽然大怒，但依然跟着这四位咨客进入了宫城。

走到宫里，一处高台上突然传来了哈哈大笑声。

第十七章　国际玩笑

大笑者，齐国国母、齐顷公他妈萧同叔子。原来这是齐顷公特意为母亲安排的活报剧。做出这个安排之后，齐顷公就把母亲请到高台上观看。看到这奇怪的一幕，萧同叔子再也忍不住，哈哈大笑起来。

为了博母亲一笑，齐顷公竟然拿四国使者的身体缺陷开玩笑，孝心实在可嘉，智商实在低下。

四位大夫极为生气，见面会匆匆结束。出来后，四位大夫面色铁青，聚在胥闾之门，商量了很久。无法得知这四位到底聊了什么，但显然不是什么快乐的事情。离开时，郤克恨恨地发誓："此仇不报，我就绝不再渡过黄河。"

而从宫城回来，郤克不肯在齐国临淄多待一天，他留下自己的副手在临淄等待齐顷公的答复，自己先期回去了。

齐顷公是一个诙谐的人，做事不经大脑，事后才知道后悔。现在晋国请他去开会，他不去，晋国就会趁机攻打他。去了，就更危险了，联系到晋国从来都不心慈手软，有多次趁开会绑架国君的记录，齐顷公一去只怕不复还。

去也不行，不去也不行。想了一下，齐顷公做了一件很不地道的事。他派大夫高固、晏弱、蔡朝、南郭偃替自己去参加晋国的大会。

这就不对了，明明是你为了讨母亲的欢心惹下的事，怎么能让别人来背黑锅呢？

当初齐侯戏弄四国大夫时，就有齐国人断言将有祸事。齐国普通百姓想得到的，身为老牌政客的齐国上卿高固怎么会想不到呢？一路上，四人访问团的团长高固越想越不对，走到卫国的敛盂，竟然不打招呼，一个人逃回了齐国。

国君不敢来，团长又成了"高跑跑"，只剩下了晏弱、蔡朝、南郭偃三位大夫。

以他们的身份去参加诸侯大会，当然是不够级别的，摆在他们面前的道路似乎只有一条，走高前辈走过的路，让晋国去说吧。可这三位大夫一合计，还是照原定计划前往断道邑。在他们看来，如果不去，就会断绝国君与诸侯的友好关系，所以即使一去必死，也还是要去。

这个忠于职守的态度是值得赞许的，但齐顷公在国际社会上哪里还有什么友好关系？

来到断道邑，三位大夫代表齐顷公参加会议，这个会议可谓开得三位大夫大汗淋漓。一开始，晋景公还是老调常弹，宣布这次大会的议题就是研究如何讨伐怀有二心的国家。这些国家自然还是宋郑陈三国了。传达完这个精神后，晋景公话锋一转，表示这次会议比较仓促，很多议题没有来得及谈。接下来，我们要在卷楚再开一次会议，就最近国际社会上出现的一些非礼现象进行研讨，并制定出一些打击措施来。这就是要针对齐国这个反面典型了。

看看断道邑会盟的国君——晋景公、鲁宣公、卫穆公、曹宣公，分明就是一个齐母受害者联盟嘛。而且晋景公明确表态，下一次大会不欢迎齐国的大夫参会。

三位齐国大夫面面相觑，最后无可奈何只好离开断道邑打道回府。这次会议没有维持齐侯与诸侯的友好关系，可事情也没有就此结束。

一路上，三位齐国大夫发现晋国人对他们极不友好，经常有不明人士在他们附近出没。三位大夫心里暗暗叫苦，看来，这一次参会确是进了龙

《第十七章》 国际玩笑

潭虎穴，要想从晋国安然脱身并不容易。

果然，晋国人在野王抓住了晏弱，在原地抓住了蔡朝，在温地抓住了南郭偃。三位大夫尽数落网，晋景公不管不问，放任国人捉拿齐国的使者，因为他本人就是幕后主谋嘛。

在诸侯大会上不好撕破脸皮抓人，但要让你们安全离开了晋国，晋国的颜面何在？于是，晋景公暗中指挥，推波助澜将齐国三位大夫给关了起来。

眼见三位大夫就要在晋国坐黑牢了，有一位大夫挺身而出，拉了他们一把。这位大夫叫苗贲皇。苗贲皇原本是楚国人，是斗椒的儿子。斗椒造楚庄王的反，失败后若敖族被灭，他的儿子苗贲皇却逃到了晋国，当起了晋国的大夫。

齐国大夫晏弱在野王被抓的时候，苗贲皇正好从外国访问回来。看到晏弱被抓，苗贲皇亲自上前询问了情况，又跟晏弱进行了一番交流，最后，他说："晏子不要着急，我这就去想办法。"

苗贲皇匆忙回到国都，面见晋景公："晏弱没有罪啊。以前诸侯争先恐后地侍奉我们，现在却开始对我们有了二心。这是为什么？不就是因为有些事情我们不讲信用嘛。齐侯怕我们不礼遇他，所以不敢来，派了四个臣子来。齐国人又说我们一定会囚禁齐国使者，所以齐国上卿半路就逃了。而剩下的这三位，不肯背弃国君的使命，冒着危险来参会，我们应该欢迎他们，把他们当成一个正面典型来抓，这样才能怀柔各国诸侯。现在我们把他们抓了，不正证明齐国人说得对吗？这样那个逃归的高固就有借口了，从此就会散布对我国不利的消息，让诸侯害怕我们。这对我们实在没有什么好处！"

惊人一鸣

听到这里，晋景公也明白了，自己这件事干得确实有失考虑，光顾着出气了，没想到会造成这样的国际影响。但人已经抓了，要就这样放掉，对晋国的威严似乎也是一种伤害。

过了一会儿，晋景公想出了一个办法。既不放人，也不关人，而是暗中指示看守这些大夫的人放松看管，让这些大夫自个儿逃出去。

看来开会是不能解决齐国的问题了，那只剩下一种途径了：打！

晋国的郤克早就想开战了。这位仁兄在历史上被评有赵衰、士会之风，性格温和，但这个评论并不全面。事实上，这个人还有一个特点，就是对国内的同事像春天一般温暖，对国外的敌人可是像冬天一样无情。

愤怒地从齐国出使回来，郤克马上打了报告，请求率兵攻打齐国。晋景公否决了这个提议。被拒绝后，郤克火气很大，表示国家不为我出头，那我就领着我的私兵去。晋景公同样没有批准。

现在晋国还在恢复期，对手楚国正在全盛时，这时候去攻打强大的齐国，并不是一个明智的选择。可一个人的愤怒是无法靠行政命令压下去的。

晋国的执政大夫士会察觉到了这一点。他叫来了自己的儿子士燮，说出了自己的决定："士燮啊，《诗经》上说，君子的喜怒，可以影响祸乱，要么平息祸乱，要么增加祸乱。我看郤子是准备在齐国平息祸乱，如果不让他把这口气发出去，只怕就会在晋国国内制造动乱。我打算告老还乡，让郤克接任上卿的职位，好有机会出这口恶气。我退下去之后，你跟几位大夫一定要恭敬从事。"

士会才在晋国上卿的位置上干了不到两年，本来是大展拳脚的时候，

《第十七章》 国际玩笑

可为了同事，也为了晋国，他放弃了权力，选择了退去。这是极其难得的行为。如果说赵衰是冬日之阳的话，那士会可称得上冬天里的一把火了。

士会还特地叫来儿子，让儿子好好扶助郤克，不要对自己辞位有想法。在史书的记载中，士会对儿子的教育问题是抓得很紧的。

退休之后的某天，士燮下班回来得有点晚，士会问他原因。士燮骄傲地告诉父亲，今天宫里面来了秦国的客人，这个人在朝堂上打哑谜。大夫们都答不出来，结果我答对了三个。

士会一听，勃然大怒。

礼法有明文规定："侍于君子，不顾望而对，非礼也。"就是说君子发问，不要急着抢答，而是要看看周围有没有比自己有才能的人。如果不看就贸然抢答，那可是没分加的，而且是很失礼的行为。估计士燮仗着自己老子是前上卿，德高望重，就不太把晋国的大夫放在眼里，只顾着自己显摆才能，忘了要敬老尊贤。

"臭小子，不是大夫们不会，是互相谦让想让元老们答。结果你一个童子，三次抢答。要是我不在了，我看这个家马上就会亡！"说完，士会气不打一处来，抄起手上的拐杖就打士燮，最后还把士燮礼帽上的簪子给拔下来，一把折断丢掉了地上。

表示你这个无礼的家伙，还戴礼帽干什么！

士会主动让位，郤克如愿当上了晋国的上卿。而上天似乎感受到他的怨气，也为他攻齐复仇搬开了最后一块障碍。

在郤克当上国卿的第二年，楚庄王去世了。

自从收服宋国之后，楚庄王就再没有大的行动。也许是因为曾经登上

惊人一鸣

过最高的顶峰，见过最壮丽的风景，天下再没有什么东西能吸引他继续前进。又或者是他已经看透了争霸这个游戏的本质，对武也有更多的理解。

武，不是为了施暴，而是为了镇服。武不是为了杀戮，而是为了止战。

在最后数年里，楚庄王未曾大动兵戈，也没有像齐桓公一样频频开会，宣讲诸侯友好的精神。可这数年，却是楚国最为和平的数年。

在生命的最后时刻，楚庄王审视着自己的人生：隐忍、危机、奋起、辉煌……

一鸣惊人，一飞冲天，他做到了。这样的人生，了无遗憾。

《春秋》里详细记载了楚庄王是七月七日这一天去世的。一般来说，夷狄之国的国君死了，《春秋》是不记载的。除非他的地位高，才会记载其死亡的消息，但并不记载具体的日期。如果记载了，那就是他的地位已经同中原大国的诸侯相当。

经过数代人的努力，楚国终于摘掉夷狄的帽子，获得了中原文明的认可。

在楚庄王去世的两年后，晋国终于摆脱了对楚国的畏惧，确切地说是摆脱了恐楚王症，从而决定攻打齐国。

这一年是公元前589年。在晋国决定进攻齐国前，发生了一些影响晋国决定的事件。

一是，这一年的春天，齐顷公又攻打了鲁国。

这些年，鲁国几乎成了齐国的出气筒。齐国一有不开心的事情，就去找鲁国的麻烦。鲁国也找过老大哥晋国，可晋国那时明哲保身，自己大夫郤克受辱的事情都不敢展开报复行动。万般无奈之下，鲁国想到了楚国，

第十七章　国际玩笑

派人到楚国请求楚庄王主持正义。据说，楚庄王也想会一会齐国这个东方的大国，结果还没发兵，楚庄王就去世了。

齐国大概也得知鲁国去楚国请帮手未遂，打起来就更肆无忌惮了。这一年的春天，齐顷公亲自率兵进攻鲁国，包围了鲁邑龙地。一去就折了一员大将，齐国大夫卢蒲就魁在攻打龙地城门的时候，被龙地人活捉了。这位卢蒲就魁是齐顷公的宠臣。看到宠臣被抓，齐顷公的心情也没了，请求龙地人不要杀他，表示愿意结盟并撤出边境。这些年鲁国被齐国惹烦了，一气之下干脆杀了卢蒲就魁，并把他挂在城门上给齐顷公看。

齐顷公很生气，亲自击鼓督战，三天后，攻取了龙地。齐顷公顺势南下，一直打到了鲁国的巢丘。

另一件事情是卫国进攻了齐国。卫国是一个小国，但卫国这个国家并不胆小，甚至颇有些向强者挑战的勇气。当年晋文公称霸天下的时候，卫国都敢对晋国用兵。

听说齐国正在进攻鲁国，卫国马上派了一支军队去骚扰齐国。率领卫军进攻齐国的大夫是孙良夫，正是那年被齐顷公羞辱的大夫之一。大军抵达齐境，碰上了齐国的大军。当看到连绵不绝的齐国大军时，卫国的大夫石稷表示齐军兵强马壮，我们还是撤回去吧。

石稷大夫是当年大义灭亲的石碏的四世孙，他本人并不赞同这次军事行动。在他看来，卫国跟齐国实力相差太大，根本不能独力挑战齐国。

孙良夫瞪着唯一的眼珠，厉声喝道："不许退！我们本来就是要攻打齐国人的，现在碰到齐军却退后，回去怎么跟国君交代？早知道这样，还不如不出兵，现在既然已经遭遇了，不如一战！"

惊人一鸣

　　大无畏的孙良夫率领卫军向齐国发起了攻击。结果可想而知，因为实力的差距，接战没多久，卫军就大败。

　　卫兵纷纷后撤，站在兵车上，孙良夫的眼里依然冒着怒火，这次军事行动，说到底也是为了替他出当年受辱之气。可是，如果没有实力做保障，光凭一腔怒火行事，只会带来更大的羞耻。

　　"我们已经败了，如果不派人断后，只怕要全军覆没。孙子，你丧失了军队，怎么向国君交代？"

　　开战前，你没有考虑两军的实力对比，以向国君复命为借口贸然用兵，现在兵败了，同样需要向国君交代的。

　　孙良夫沉默了，所有的人都没有说话，开腔就意味着要接下断后的差事。最后石稷叹了一口气，对孙良夫说道："你是国家的卿，损失了你，国家就要受辱。你带领大家退去吧，我来断后！"

　　孙良夫带着大夫先走了。石稷留了下来，他的行为再次证明了，一味主战的未必是勇士，选择避让的也未必是懦夫。真正的勇者是那些了解畏惧，然后挑战畏惧的人。这世间大多数的勇敢，只是因为无知，是谓无知者无畏。这种无畏，不是真正的勇敢。

　　石稷向留下的士兵宣传，将会有一支国际救援大军前来。齐师收到这个消息，就此停下追击的脚步。

　　不久之后，援兵果然来了，却不是国际救援大军，而是卫国新筑大夫仲叔于奚。仲叔于奚率领私兵前来救援，成功将孙良夫救了回去。算起来，仲叔于奚也是立功了，卫国准备赏赐给仲叔于奚一块封地。可仲叔于奚摇着头表示不要，国君要赏，就允许我享受三面悬挂的乐器以及用繁缨装饰马匹的朝见之礼。这两样东西不需要国君出钱，不给国家财政添加困

第十七章　国际玩笑

难，卫国国君卫穆公欣然同意。

对这个赏赐，孔子摇头不已，因为仲叔于奚要求的这两样待遇是诸侯才能享受的。仲叔于奚的要求，卫穆公的批复显然是"礼崩乐坏"的一种。孔子先生认为宁愿多赏点封地给他，也不能让他得到这两样东西。因为一个国家的器物与爵号代表着威信与礼法，这是治理国家的关键，一定要特别珍惜。

孙良夫从战场上败退下来，连国都没有回，直接到晋国去搬晋兵了。与此同时，鲁国的大夫臧宣叔也来了晋国。这两位大夫没有找晋景公，而是找到了上卿郤克。

郤克等待这个机会很久了，晋景公同样等待这个机会很久了。郤克需要的是一个复仇的机会，晋景公需要的是一个重振晋国霸业的机会。很多年来，中原的霸主都把征服中原腹心的郑宋陈作为跳板。但郑宋陈已经彻底服楚，楚陈郑宋组成了一个坚固的联盟。攻其一，必将面对四国的攻击。

而齐国就是一个极佳的对象。首先，齐国是个大国，还有争霸之心，不打服它，以后迟早是心腹大患。其次，齐国这些年比较嚣张，经常欺负鲁卫等邻居，在国际上早就是失道者寡助。鲁卫曹这些国家甚至比晋国还想打齐国。再次，晋国打齐国，足以重振晋威，但又不致太冒险到与楚国交战。最后，齐国离楚国远，就是楚国想干涉也来不及。

那就进军吧，让晋国的霸业踏着齐国的身躯前进！

晋景公再没有犹豫，马上批复了郤克的请兵要求，并批复了七百辆兵车。

惊人一鸣

想了一下，郤克提了一个要求："七百辆兵车是城濮之战时的兵力，那次大战，因为有先君文公的明德跟先大夫们的集体智慧才能取得胜利，我与先大夫们比，连给他们提鞋都提不上。请国君给我八百辆兵车。"

在面对可以复仇的机会时，郤克没有冲动，而是仔细分析，放低姿态，增加自己胜利的筹码，这是他与卫国孙良夫本质上的区别。

晋景公点头同意。

听说晋国发兵，鲁国的季孙行父来了，卫国的孙良夫来了，曹国的公子首也来了。这几个正是当年的受辱成员。

现在让我们共同讨回我们的尊严。

四国大军向齐国进军。在进入卫国时，发生了一件不大不小的事。晋军中有一个人违反了军纪，司马韩厥将这个人抓了起来。郤克听说后，马上跑了过去。郤克是了解韩厥的，此人治军极严，动不动就要杀人的。现在大军尚未接敌，就杀一士，对军心未必没有影响。于是郤克匆忙跑过去，想让韩厥刀下留人。结果，郤克去慢了一点，到了后，违反军纪的人已经被杀了。

站在死者面前，郤克叹了一口气，转身却下了一个命令："将这个人拉到全军面前示众！"

郤克不赞同韩厥杀掉这个人，晋国国内也有不少人对韩厥的治军过严有意见，但人既然已经死了，与其再反对韩厥，不如站在韩厥一边支持他，维护韩厥的威严。郤克将这个称之为"分谤"。

对于一些过激的行为，与其大义凛然地反对，来表达自己的立场，不如在原则范围内，从为他人着想的角度，替他人分担一些指责。这大概就

《第十七章》 国际玩笑

是春秋士人所说的风度吧。

面对来势汹汹的四国联军,齐顷公毫不畏惧,主动派人到晋军营,向晋军主帅郤克宣战。

"子以君师,辱于敝邑,不腆敝赋,诘朝请见。"

这是一句十分谦卑的话,翻译过来就是,您老人家率领你们国君的军队,屈尊来到敝邑,我们虽然已经疲惫不堪,但也准备同贵军明天早上见上一见。

齐顷公身为国君,面对低一级的大夫郤克,没有丝毫的傲慢,反而用了"敝邑""敝赋"这样的自谦语,而且还把血肉横飞的大战文雅地说成见面。实在难以想象,这样知礼的人怎么做出羞辱四国大夫的事情。

细想一下,这位齐顷公大概也有激怒四国,主动邀战,从而一举重塑桓公霸业的考虑。

对齐顷公怀有怨恨的郤克同样保持了克制,谨慎地表示,晋与鲁卫二国是兄弟国家,他们前来求援,说齐国天天对他们发泄愤怒,我们国君不忍心见死不救,所以派我们前来。我们受君之命,也只有一往直前,再无后退了。

齐侯,放心好了,明天我们不会让您失望的。

一场硝烟弥漫的大战就在这样文质彬彬的对话中拉开了序幕。

而齐顷公的宣战是文武搭配的。前面的齐国使者刚跟郤克聊完天,后面齐国的大将就杀过来了。

来的是齐国的上卿高固。这位高固曾经半路逃盟,此时大概有些知耻

惊人一鸣

而后勇。

高固径直冲进了晋阵，举起一块巨石砸向晋国士兵，又抓住了一名晋军士兵放到自己的车上。高固意犹未尽，又跳下车跑到一棵桑树前，一声大喝，双手一抱一提，就将这棵桑树连根拔起。高固将这棵桑树系在车后，扬起一阵尘土趾高气扬地回到齐营。又在齐军中转了一圈，表示军中要是有人没有勇气，可以到我这里买，我这里多的是。

这应该就是传说中的"致师"了，晋国有没有做出相应的回应就不知道了。从春秋的交战记录来看，晋国似乎不像宋国、齐国和楚国那样有单兵作战能力很突出的大将。晋军的大将主要还是以足智多谋而闻名。

"致师"完毕的第二天，两方大军在鞌地摆开阵势。春秋著名的鞌地之战就此拉开序幕。

那一天早上，天未大亮，齐顷公还没有吃早餐就站在战车前，望着前面的晋军。此刻，他感觉并不孤单，齐僖公、齐襄公、齐桓公这些齐国先君此刻就同他在一起，等着见证齐国的重新崛起。

仆从端来了早饭，齐顷公看了一眼，摇了摇头，"等我把敌军消灭了再来吃早饭。"

齐顷公长剑一挥，中军脱阵而出，战马连甲衣都来不及披上。

高固的"致师"跟齐顷公的勇猛大大鼓舞了齐军的士气，加之齐军又是主场作战，一时之间，面对实力强劲的四国联军齐军竟然占了上风。

而此时，晋军的主将郤克却有些苦不堪言。交战没多久，他这位晋军主帅就中箭了，鲜血从身上一直流到了鞋上。郤克却保持着不管轻伤还是

《第十七章》 国际玩笑

重伤都不下火线的作风，一直擂打战鼓，指挥军队反击。

最后，郤克实在有些顶不住了，歪着头，对自己的战车驾驶员解张说道："我受伤了！"

领导受伤了，怎么说也得把车停下来，仔细包扎一下。可解张连头都没回道："哎，郤子，何止您受伤啊，从一开战，我的手跟肘就中了一箭，我把箭折断了继续驾车。您看，左边的车轮都被我的血染红了，我都没敢说受伤了。您老夫子就再坚持一下吧。"

右边的车右郑丘缓也开始吐起了苦水："从开始交战，只要车子陷进去了，我就下车推车子，您老又哪里知道？"说完，郑丘缓往郤克看了一眼，眼色有些微变，郤克的血流得有点多，郤克站在左边，解张说左轮被血染红了，这里面可能不光有他解张的血，更多的可能还是郤克的血。于是，郑丘缓点点头，"哦，您确实受伤了。"

这两个人同属郤克警卫团成员，一个司机，一个保镖，竟然到现在才知道领导受了伤。这兵当得，真够马虎。

解张更是没有半点保护领导的意思："我们别聊了，我们是全军的耳目，大军进退，全靠我们的旗鼓。这辆车只要有一个人坐镇，事情就还可以成功，怎么可以因为受了点伤就影响国君的大事呢？我们既然披上了铠甲，拿了兵器，就有一死的决心。现在只是受伤，又没有死，还是打起精神接着作战吧！"

说完，考虑到领导确实没什么力气，解张就用左手抓住缰绳控制战车，用右手接过郤克手中的鼓槌，大力击鼓，战马狂奔不止，径直冲向齐军逆袭而上。

在震耳欲聋的战鼓声中，在帅旗的一往直前下，四国联军终于站稳了阵脚，并开始凭借兵力上的优势反败为胜。

齐国大败，晋军追着齐军围着华不注山转了三圈。齐军绕着山跑，晋军绕着山追，这个画面想想就有些忍俊不禁。

这一场胜利，郤克的战车三人组起到了中流砥柱的作用，而司马韩厥立下的功劳也不小。

韩厥在司马这个岗位上一干就是十多年，一直没得到提升，这大概跟他家族已经在晋国没落有些关系。

没有家族的支持，那只有付出比别人更多的努力才能获得成功。以前的大战，晋国没有拿得出手的成绩，虽然韩厥主持军纪颇为严谨，但大多结果不好，他个人的成绩也显现不出来。这一次鞌地之战应该是他最好的表现机会。

在战斗打响的前一天夜里，韩厥梦到他的父亲对他说："早上交战时要避开战车的左右两侧。"

这个梦是否靠谱不知道，但日有所思，夜有所梦。可想而知，韩厥对这一战极为紧张，对这个梦中的示警也极为重视。

第二天接战时，韩厥作为一车的主将，本来应该站在车的左边，他却跟中间的御者换了一个位置。这个安排的好处很快就显现出来了。

在郤克的率领下，晋军完成了逆袭。一看处于下风，齐国开始撤退。韩厥马上控制战车朝齐顷公的车子追了过去。

齐顷公的战车组合也不是泛泛之辈，齐顷公本人就十分厉害。

看到韩厥在后面紧追不放，齐顷公的车御邴夏感觉很吃力，往后看了一眼说："国君，快射那辆车的御者，这个人看上去是个君子。"

《第十七章》 国际玩笑

是不是君子倒难说，但这个人驾车技术高明，让邴夏怎么都摆脱不了，当然应该一箭将他射死。

"这怎么行！明明知道对方是君子而射他，这不是非礼吗？"齐顷公断然否决道，然后张弓瞄向了左边，一箭就将车左射了下来。

史书批评齐顷公不懂得戎礼。所谓戎礼，就是交战时的礼仪，而据史书介绍，真正的戎礼可不是这样讲客气，而是要拼尽全力去杀敌，前面不要说是君子，就是圣人，该射还是要射的。

但据我看来，只怕并不是齐顷公不懂戎礼。毕竟大家都知道车左才是一车的灵魂人物。齐顷公不射中间的人，不是因为他是君子，而是要射就射主将。

齐顷公一看一箭奏效，当下再施一箭，箭一发出，韩厥右手边的车右扑通一声瘫倒在车里死去。

射完这两箭，齐顷公不慌不忙，下令邴夏不用管了，我们走。

对方武力值高、擅长近击的车右以及擅长远攻的主将都被我射死了，这辆战车不足畏也。

果然，后面那辆车的速度慢了下来。

韩厥不得不将速度放下来，他一个人只能控制好车辆，而没办法发动攻击。正在这个时候，有个人大汗淋漓地追上来，表示韩司马等一下，请载我一程。

这位要求搭顺风车的是晋国大夫綦毋张，綦毋是姓氏，张才是名。这位晋国大夫有些倒霉，开战后竟然把自己的战车搞丢了。这可是很丢面子的事，也是很危险的事。

正叫苦不迭的时候，他突然看到韩厥的战车。而且韩厥的车上，

惊人一鸣

有空位！綦毋张连忙追上来，老司机等等我，带我去打仗。

韩厥放慢车速，让对方跳上车来。上来后，綦毋张很自觉，往韩厥身边站。韩厥肘子一伸将他推到了身后。

他的两边已经成了不吉利的位置，而且齐顷公的射术如此高明，韩厥可不想綦毋张成为他车上第三个倒下的人。

韩厥又弯下身子，将车右的尸体放稳。这是他的战友，自然不能任由他卧倒在车上。

在韩厥弯腰的时候，齐顷公的车子上也发生了一个小小的变动。

没用多久，韩厥再次追上了齐顷公的车子。追上后，韩厥勒停马车，大摇大摆地走下车，朝齐顷公走去。

齐顷公的车子被树木绊住了。彼时的基础设施很落后，战车也不是全时四驱，很容易陷住，所以战车专门配了一个人来推。这个人就是车右。

齐顷公的车子陷在这里不动，那就是说，他的车右没有尽到职责。车右叫逢丑父，而他没有及时推出战车是有原因的。

前天夜里，逢丑父睡在战车里，有一条蛇爬到他身边。逢丑父用手去打它，结果被蛇咬了一口。逢丑父也没有跟齐顷公汇报这件事，带伤就上岗了。这种精神当然可嘉，但结果却并不美妙。现在车出不来，韩厥自然追了上来。

面对敌国的国君，韩厥做出一番极有礼仪的行为来。韩厥拿着缰绳走到齐顷公的车前，先是郑重行了一礼，又捧上了酒杯以及一块玉璧。

"国君派我们这些大夫前来救援鲁卫两国，临行时吩咐我们'不要让大军失陷在齐国'。下臣不幸，正好在军队里任职，自然不能逃脱这次任务。我

《第十七章》 国际玩笑

本人也没有什么能力，但没有别人替代我，我也只好完成自己的使命了。"

韩厥先生上场打仗，竟然还随身备着这样的礼器，一手拿着杀人的弓，一手准备着送人的玉。这种反差，着实让人感到诧异。这大概就是传说中的军礼吧。

韩厥的这番话极为谦虚有礼，但说来说去，其实就是一句话：对不起，齐侯，你现在是我的俘虏了。

带着齐顷公，韩厥十分高兴地回去了。走着走着，齐顷公表示口渴，要让自己的车右逢丑父去打水。

韩厥没有多考虑，就让逢丑父去了。没过一会儿，逢丑父打水回来了。齐顷公一看，大发脾气，把水倒在地上，表示这水不干净，下令逢丑父去远一点的地方取水。

国君就是国君啊，都成俘虏了，还这么讲究。逢丑父老老实实地走了。

过了许久，那位逢丑父都没有回来。到了这时，车上的齐顷公才哈哈大笑，告诉韩厥自己才是车右逢丑父，而那位打水的人是齐顷公。

齐顷公玩了一招调包计。

在韩厥弯腰整理战友尸体时，齐顷公趁机跟旁边的逢丑父换了一个位置。逢丑父跟齐顷公长得很像，衣服也穿得差不多。这是齐顷公的刻意安排。出战之前，考虑到此战凶多吉少，齐顷公特意找了这么一个人来当自己的车右，好随时调包走路。

据记载，借着打水跑掉的齐顷公很讲义气，马上集结了部队准备前来救回逢丑父，其间三入三出。齐顷公的这个行为让人大为钦佩。当齐顷公

惊人一鸣

退走时,齐国的士兵就跟在后面保护他;当齐顷公冲进晋国的狄人军阵,狄人士兵竟然抽出戈和盾保护齐顷公;而进入卫国的军队时,卫国的士兵也没有伤害他。

三次抢救失败之后,齐顷公才放弃了决斗,率领剩下的大军朝临淄走去。一路上,他垂头丧气,可每经过一地,都强打精神告诉当地的守卫者:"齐国已经败了,你们加油吧。"

快到国都的时候,一位齐国女子拦在了齐顷公的车驾前。正当齐国士兵示意她让路时,这位女子表情紧张,张口问道:"我们的国君逃出来了吗?"

"已经逃出来了。"

"那锐司徒逃出来没有?"

"也逃出来了。"

女子松了一口气,喃喃说道:"既然国君跟我父亲都逃了出来,那我就放心了。"说罢,女子径直跑了。

听说这个事情,齐顷公大为感动,派人去调查这个女子,发现此人是锐司徒的女儿,辟司徒的妻子。

齐顷公因为她先问国君,再问其父,是极为有礼的行为,当下决定封赏她。这大概也有拉拢人心的意思在里面。

齐顷公是国君中的另类,他曾经做出过荒唐的事情,但在大敌面前,却表现出非同一般的智慧与勇气。有这样的后代,齐桓公九泉之下总算可以松一口气了。

没有抓到齐顷公,对韩厥来说是一大损失,但现在人已经跑了,后悔

《第十七章》 国际玩笑

也没有用。韩厥只好带着逢丑父去郤克那里交差。

听说齐顷公得而又失，郤克极为愤怒，又看了看眼前这个跟齐顷公撞脸的逢丑父，更是火上浇油，下令处死逢丑父。

正在这时，逢丑父在旁边大喊起来："从今天开始就再没有人代替国君受难了，因为今天就有一个这样做的要被杀掉，大家快来看啊。"

郤克哭笑不得，逢丑父给他扣了一个破坏礼仪的大帽子。孔子说："始作俑者，其无后乎。"臣子替国君受难的优良传统要是从自己手上破坏掉，那可是要受骂名的。

郤克只好下令将逢丑父放走，并表示，一个人为了国君死都不怕，我要是杀了他，就太不吉祥了。

春秋时的这些人之所以可爱，是因为他们在礼与传统的面前还保持着一份敬畏之心。

齐顷公虽然逃了回去，但这回齐国是真的被打惨了。据史书记载，这次大战一直延续了五百里地，四国联军攻到齐国国都，把国都雍门的门楼都给烧了，战车甚至抵到了海边。

到了这个地步，只有投降了。郤克早就给齐国开出了条件，要停战可以，必须做到如下几点：

第一，齐国把当年灭亡纪国时得到的一些礼器送给晋国。

第二，把这些年侵占鲁卫两国的土地还给他们。

第三，把萧同叔子送过来当人质。

第四，将齐国的田地改成东西向，以方便以后各国军队的军车进入。

齐国的使者来了，手里拿着纪国的礼器，也带来侵占的鲁卫两国的土地契约，可萧同叔子这位老太太没有来。使者还告诉郤克，我们齐国也没有办法将田地的方向改变。

郤克开出的四条对齐国来说都称得上丧权辱国的条约，又以最后两条让人无法接受。萧同叔子是齐顷公的母亲，老太太当年虽然有些不对，但让她老人家去当人质，确实不太合适。而改田地就更不可能了。田地的走向都是按照生产的需要而划分的，强行改道，以后晋军进入是方便了，但齐国的农业生产只怕要完蛋了。

使者解释完这些原因，就十分强硬地说道："如果贵国不答应我们的求和，那我们就收集残兵跟贵国再打一仗，如果不胜，就再战。再战不胜，就三战。三战不胜，那我们就把齐国全部交给你们。"说完，齐国使者调头就走。

这一走，郤克就慌了。说实在话，他要求对方拿萧同叔子当人质也是一时气话。这个老太太请回去有什么用？还不得当姑奶奶好好侍候着，万一有个三长两短，晋国还要负责任。而田地改向就更不可能了。就是齐顷公下了命令，也未必能执行下去。

提出这两个条件，只是想为难一下齐顷公，报复一下当年所受的屈辱。现在气也出了，和平协议还是要签的。

郤克连忙朝鲁卫两国的使者使眼色。两国大夫心领神会，有的上前拖住齐使，表示不要着急，一切还可以谈；有的跑到郤克面前，表示这一次已经教训齐国了，现在齐国死了很多人，很多还是齐侯的宗族，如果不停战，他们就会跟我们结下死仇，这就没必要了，现在，晋国得到了齐国的国宝，我们拿回了土地，见好就收吧。

郤克借驴下坡，就此答应了齐国的停战条件。

《第十七章》 国际玩笑

带着齐国的国宝，晋军大胜而归。晋景公也终于迎来了晋国的复兴，这么多年的努力，这么多年的隐忍，终于得到了回报。

此刻，在晋国的国都里，更有许多人翘首以盼，等着得胜的亲人从前线归来。这其中，有前任上卿士会。士会的儿子士燮在军队中，还担任上军的军佐。

在国门等待半天，在最后，士会才看到了儿子士燮的身影，他松了一口气，却有些埋怨："怎么这么迟？你不知道我在家里等你吗？"

士燮恭敬地回答："大军得胜归来，国人都欢天喜地来迎接。如果走在前面，就会引人注目，代替主帅享受这份荣誉。所以我不敢先回来。"

听到这个回答，士会激动万分。当年那个抢答秦国哑谜的骄傲儿子不见了，眼前的这人完全可以称之为君子。

"你现在终于懂得谦让了，这下我知道我们家族能够幸免于祸患了。"士会欣慰地说道。

在士会跟儿子会面时，晋景公正在召见郤克。晋景公十分高兴，大力表扬了郤克，表示这次大胜是郤子你的功劳啊。

郤克摇了摇头："这完全是国君的教导有方，以及几位将军的努力，我哪有什么功劳。"

没有晋景公的忍耐，没有将士的努力，当然不会有今天的胜利，但这份胜利，也是郤克浴血拼搏得来的。郤克没有揽功，而是强调他人的作用。

第二天，晋景公再次召见士燮，对他又说了同样的话，可见晋景公的情商是很高的，没有一次性地召集诸臣，不然，都不知道夸谁好。这样一个个接见，一个个夸奖，自然能让臣子受宠若惊。

士燮同样很谦虚，"这次胜利，我不过是听从荀庚的命令，接受郤克的统帅，实在谈不上什么功劳。"荀庚是上军主将，是士燮的顶头上司，这一次根本就没有出战，而士燮谈到自己的功劳时，依然不忘记提及上司。看来，当年争强好胜的少年果然变成熟了。

第三天，晋景公又召见了大夫栾书。栾书是下军主将，是这次晋军四大将领之一。同样，晋景公又把那番便宜话拿出来复述了一遍。栾书同样把功劳让给了别人。据他说，能够取得胜利，主要得力于士燮的指挥和士兵的奋不顾身，他本人是没什么功劳的。

没有人提韩厥，看来，韩厥的运气实在不好，好不容易抓住了齐顷公，结果却让他跑掉了。不然，这首功只怕要记在韩厥身上了。

自赵盾执政以来，晋国风气大变，人人争权，人人争功。现在，晋国终于回到了晋文公时期人人谦让的轨道上。这实在是一件可喜可贺的事情。

《第十八章》

晋国的复霸

《第十八章》 晋国的复霸

在四国联军的围攻下，齐国在鞌地之战大败，国际社会普遍认为这是齐国自找的。但要说国际社会一边倒也是不正确的，至少楚国曾经发过兵救援齐国。

此时，楚国的国君是楚庄王的儿子楚共王。楚共王接班已经有两年了，年龄却只有十一岁。楚国的大权掌握在令尹子重的手里。这位子重是楚庄王的弟弟。

听说晋国率领诸国进攻齐国，大有卷土重来之势，子重将楚国所有能够调动的军队都征集起来，前往齐国救援。无奈路途遥远，还没抵达齐国，大战就结束了。

但大军来了，也不能无功而返。于是，楚军趁机攻打了卫国，接着又攻打了鲁国，也算是给晋国一个警告。

此时，晋国倒是十分清醒，明白此时楚国憋了一口气，要是硬碰硬，就会丢掉好不容易通过鞌地之胜建立的威信。于是，晋国干脆把队伍拉回家，不同楚国交战。

晋国大哥不出头，鲁卫二国只好向楚国低头了。鲁国派出了大夫到楚营，提出用木工、缝工、织工各一百人作为礼物同楚国讲和。

想想气也出了，晋军也不迎战，出来的时间也很长，能得到这些专业技术人才，也不算空手而归。楚国答应了罢兵的请求。

这一年的十一月，楚国干脆在鲁国的蜀地搞了一次诸侯大会。与会国极其多，计有楚、鲁、蔡、许、秦、宋、陈、卫、郑、宋十国参加，声势不可谓不浩大。

这样的大会在春秋的历史上有三四十年没见人举办过了。但这么多人参会，并不代表着这是一次成功的大会。事实上，这是一次极为仓促的大会，在这次大会上，并没有提出什么具体的纲领，而且与会人员很多，但诸侯却不多，除东道主国鲁国派出国君之外，大部分都只是派大夫参会。蔡国国君蔡景公跟许国国君许灵公倒是来了，只是这两位都还年幼，连冠礼的年纪都没有到。而楚国为了让他们够格来开会，勉强给他们行了冠礼。而且，这两位还是坐着楚国的车子抵达的会场。

楚国这次用兵，楚共王年轻没有来，人不来，但车子是要出征的。而楚国一看，蔡许两国国君年轻，没必要再坐自己的车了，正好我们国君的车空着，就让他们一起坐吧。

上去之后，还不能坐主位，中间的位置是楚共王的，两位只好坐到了左右两个位置。这个安排就显出楚国的滑头了，这不是又搞楚穆王那一套，把别国国君当陪臣吗？

车子，是一个人的身份与地位的象征。现在蔡许两国国君不坐自己的车子，等同于丧失了国君的地位。

要么国君不来，要么来的已经没有国君资格，这个会议就等同于一个部长级的会议。当然，还有一个人确是货真价实的国君嘛，那就是鲁国的

第十八章 晋国的复霸

国君。介绍一下,现任鲁国国君才上任两年,史称鲁成公。

就是这个货真价实的鲁成公也是有水分的,因为鲁成公是偷偷摸摸来的。

鲁成公既不敢得罪晋国,也不敢招惹楚国,只好瞒着晋国跑来参加楚国的大会。因为与会国大多没有什么诚意,这个会议也被称为"匮盟"。

楚国声势浩大地前来,因为晋国避战,也只好搞了这个"匮盟"示一下威就退了回去。这大概是楚国最后一次在中原展现实力了,不用多久,楚国就会发现自己的后院多了一个强大的对手。这个对手将成为楚国的心腹大患,自此让楚国疲于奔命,再没有余力到中原争霸。当然,这还是以后的事情。

虽然楚国的"蜀地匮盟"搞得不太成功,但对晋国来说,却是一个不大不小的警示。楚国的霸业毕竟是经楚庄王一手建立起来的,他去世也不过两年,楚国也没有犯太大的错误,眼下的诸侯多半还是听从楚国调令的。

要想真正将霸主的位置从楚国手里夺回来,还需要付出更多的努力。

晋景公这些年开了这么多的会,"恤病讨贰"是雷打不动的会议精神,现在帮助鲁卫两国打击了嚣张的齐国,算是完成了"恤病",接下来自然要"讨贰",也就是要对付这些年一些追随楚国的国家。

郑国,首当其冲。

鞌地之战的第二年,晋景公会同鲁成公、宋共公、卫定公、曹宣公攻打郑国。

从国家来看,这里面都是老熟人,晋鲁卫曹就是去年攻齐的四国,只是多了一个宋国。看来宋国对中原联盟还是比较眷恋的。楚庄王去世了，晋景公打了一个招呼，宋国就重新回到了中原的怀抱。

从诸侯来看，倒有不少的新面孔。比如宋共公今年才继位，他的前任宋文公于去年去世。卫定公同样也是刚当上的国君。

去年九月，卫穆公去世，晋国的郤克、士燮、栾书三人刚结束鞌地之战回国，经过卫国时，本来应该进城行个礼，说节哀顺变。但没有国君的命令，大夫是不能私自接触他国诸侯的。

三位大夫是领兵出战，还没有回国汇报，自然也不敢代表国君去吊唁。

但来了，装不知道也不行。于是，三人就想了一个折中的办法。三人没有进宫，只是在门外慰问，家属也只是门内答礼。这种权宜之礼竟然在之后成了常礼。这大概也算礼法中的判例法了。

五个强国打郑国，这本来是没什么悬念的事，但因为大意轻敌，被郑国打了一个伏击，最后竟然以失败告终。而郑国人打扫战场，把收缴的战利品送到了楚国。

想让郑国屈服，看来并不像想象中那么简单，每一个霸主都在郑国身上费了九牛二虎之力。为了攻打齐国，晋国整整策划了三年，现在为了郑国，难道要再搞一个三年计划？

上天这一次似乎特别眷顾晋国，没有让晋国等三年，甚至也没有让晋国费多大力气。两年后，郑国主动找到晋国，表示愿意跟晋国结盟。

这一年，郑国跟楚国的感情破裂了。郑襄公决定跟楚国决裂，重回以晋国为首的中原联盟。原因是楚国联盟的内斗，郑国跟许国打起来了。

就在晋景公会同四国进攻郑国，结果被伏击不久后，郑国就发兵进攻

《第十八章》 晋国的复霸

了许国。其借口是许国倚仗楚国竟然不侍奉郑国。

郑许两国接壤，许弱郑强，郑国还曾经攻占过许国。一直以来，许国都是唯郑国马首是瞻，但自从郑许两国都投靠楚国之后，情况发生了变化。

在许国看来，我们现在都是紧紧围绕着楚国的弱国，等级都是一样的，说白了，都是楚老大的马仔。我现在由楚国罩着，自然用不着再对郑国低三下四。

而郑国还停留在老思维，认为楚国是老大，我郑国是老二，你许国是老三。虽然总舵主是楚国，但你许国这个老三还是得听我这个老二的。

这一年，郑国刚击退晋国联盟，又给楚国送去了战利品，心里有了底气，干脆就进攻起许国。

一看到郑许两国打了起来，晋景公心里有底了，反而不急着进攻郑国，准备好好看一场好戏。

第二年，郑国的郑襄公去世了，接任的郑悼公举着先君的旗帜，再接再厉，刚办完郑襄公的葬礼，郑国就开始宣布重新划定郑许两国的边境线。这一重划，就不小心把许国的土地划到了郑国的境内。许国十分愤怒，马上组织自卫反击，赶跑了郑国的边境勘察员。

许国一动武，郑悼公就找到了借口，索性兴兵夺取了许国钼任、冷敦的田地。

这一下，晋景公终于出手了。

我们知道，晋景公的霸业核心理念就是"恤病讨贰"，这其中"恤病"常常成功，"讨贰"常常不成功。这里面的原因很简单，恤病，锄强扶弱，向来为国际社会所支持。讨贰就不好说了，这个社会你说谁"贰"，谁都不服气。

惊人一鸣

这一次，晋景公又祭出了"恤病"的法宝，打着救援许国的旗号进攻郑国。

顺便提一下，这一年晋国上卿、鞌地之战的指挥者郤克去世了，新的中军主将是鞌地之战的另一位指挥员栾书。

这一次晋军旗开得胜，夺取了郑国的氾、祭二地。

得知自己的骨干小弟郑国被晋国攻打，楚国连忙派兵来救。率军的是楚国大夫子反，这位子反就是前面与宋国华元促成楚宋停战协议的人。

子反认为此行不过是做个样子，晋楚多半不会交战。这个判断是正确的。听说楚军来了，晋军马上就撤军。可子反很快就发现，等待他的是比晋军还要麻烦的事情。

一到郑国，郑国的郑悼公跟许国的许灵公就都跑到他面前，相互指责起对方来。郑悼公指责许国勾结晋国，攻打楚联盟成员，许国则指责郑国不讲究，夺取盟友土地。最后子反也被搞得焦头烂额，分不清到底谁有理谁没理，索性手一摊，"你们停！别吵了。你们干脆去见我们国君，让我们国君跟其他大夫听听，大概可以分辨谁对谁错。反正我是搞不清。"

去就去，谁怕谁。郑悼公跟许灵公火气很大，谁也不服谁。第二年，两个人真的跑到了楚都，请楚共王主持公道。楚共王果然开了一个诸侯特别法庭。在听取两位的证词之后，楚共王宣判许国胜诉，郑国败诉。

这个判决是公平公正的。郑国这些年仗着楚国的势力有所下降，就想在联盟内赚点便宜。楚国对此心知肚明，既然你郑国来了，干脆整顿一下你。

《第十八章》 晋国的复霸

楚国将陪同郑悼公来的大夫关了起来，放郑悼公回去反省，什么时候知道错了，什么时候放人。

案子是六月宣判的。八月，郑悼公就跟晋国的大夫赵同结了盟。加上郑悼公来回的时间，以及与晋国接触的时间，可以算出，郑悼公一回国，就跟晋国接触并果断投入了晋国的怀抱。

敢判我输，我还不跟你玩了！

为了庆祝郑国的回归，在这一年的冬天，晋景公再次召开大会，会议地点选在了郑国的虫牢。参与代表很多，有鲁、齐、宋、卫、郑、曹、邾、杞等十一国国君，中原各大国皆有参会。至于没来的陈许两国，只要抓住了郑国，这两国自然不敢不服从。

这其中，最引人注目的，当然是齐顷公。

从历史的记录来看，齐顷公这个人属于典型的不打不成器型，自从鞌地之战结束之后，齐顷公仿佛脱胎换骨一般，一改飞扬跋扈的性格，变得低调起来，也很少再去欺负邻居，对国内也是体恤有加，其民调支持率竟然比大败之前还高。

被收拾之后，齐顷公成为晋国的铁杆盟友，前些年，齐顷公还特地出使晋国，亲自送了礼，并提出一个十分有诱惑力的建议。

那时，晋国又进行了一次军队改制，恢复六军的编制，这也意味着军队得到了扩充，卿士也达到了十二名。

正所谓"小国一军，次国二军，大国三军，王六军"，现在晋景公已经有了六军，是不是该提一提级别了。齐顷公脑筋一转，不知道是猜到了什么，还是纯粹投其所好，竟然建议晋景公干脆称王算了。

惊人一鸣

反正洛邑那位，大家都知道的，只是一个空壳而已。而且称王这种事情也不稀奇，楚国的楚子都称王了。又据考古发现，其实很多诸侯表面上不敢称王，但私底下也经常称王的，也有的用陪葬的明器直接给自己提拔成王。

晋景公心里一动，说他没有这个想法是不现实的。人，谁不想成为最高的那位？正在这时，郤克气喘吁吁地跑了上来。

"齐侯这次来，不过是为了妇人之笑辱也。至于你说的，我们寡君可不敢当。"

听说这位坏心眼的齐顷公在教坏自己的国君，郤克毫不客气地把他妈的事情说出来。再搞鬼，把你妈送过来当人质！

齐顷公现出尴尬的表情，表示自己就是随口说说。

接下来，晋景公请齐顷公吃饭，一个人突然站出来道："齐侯，你还认识我吗？"

齐顷公一看，正是曾经俘虏自己的韩厥。韩厥靠着鞌地之战的战功，借着军队扩编的东风，担任了新中军的主将，也是光荣的晋国十二卿的成员之一了。

齐顷公讪讪笑道："认得，认得，只是衣服换了。"

韩厥微笑着，登上台阶，举起酒杯："那天我拼着命追齐侯，就是为了今天两国国君能够一起在这里快乐地喝酒啊。"

如此一来，也算是晋齐一笑泯恩仇了。

从此，齐顷公算是彻底服了晋国，听说晋景公要在郑国虫牢开会，二话不说，大老远就跑来参会。

齐国是中原一流的大国，齐顷公肯赏脸，自然让虫牢大会的含金量提

《第十八章》 晋国的复霸

高不少。

对于郑国的背叛，楚国勃然大怒，接下来，频频攻打郑国，试图让郑国重新屈服。而晋景公也见招拆招，使出开大会这一传统法宝，汇集各国兵马抗楚救郑。一时之间，中原联盟跟楚联盟进入了拉锯战。总的来说，以晋国为首的中原联盟稳稳占了上风，借着救郑，中原联盟开始进攻楚联盟的成员，使楚国在中原的势力一步步减弱。

楚国这才意识到舍弃郑国的后果。没有郑国的支持，楚国就无法在中原立足。而现在郑国仗着晋国，根本不怕楚军。

经过思考，楚国为了重新拉拢郑国，想出了一个办法：用钱收买。

楚国给郑国送了不少钱，要求郑国跟楚国结盟。顺便介绍一下，现在的郑国国君不再是参加虫牢大会的郑悼公，而是郑悼公的弟弟，史称郑成公。

郑悼公在参加完虫牢大会的第二年就去世了，去世之前，还亲自跑到晋国聘问。结果因为聘问时不懂礼仪，被晋国大夫士贞伯断定很快就会死掉。果不其然。

郑国是出了名的贪便宜，一看楚国送了这么多钱，立即就答应下来，然后瞒着晋国跟楚国搞了一次会盟。

这件事情，郑成公自以为神不知鬼不觉，竟然在这一年的冬天还敢亲自到晋国访问，哪知道晋国早就收到了消息。

当年轻易得到郑国，晋景公本就不放心，现在看来果然基础不扎实。轻易得到，自然轻易失去。要想让郑国彻底臣服，还是得下猛药。晋景公当即下令，将郑成公抓起来当人质。

惊人一鸣

可是，这个事情是谁透露出去的呢？

仔细思考一下，放出风声的多半就是楚国人。利用一点小钱，楚国约来了郑成公，转身就暗中通过内线知会了晋国，从而成功离间了晋郑。

抓住郑成公之后，晋国犹未罢休，又派出大将栾书前去讨伐郑国。看惹恼了老大哥，郑国派了一个使者到晋国求和，结果晋国毫不理会，直接将使者杀了。这当然是很不讲究的，两国交战，不斩使者。但由此可见，晋国对郑国的背叛实在是愤怒。

这么多年，晋国为了救郑国，开了多少会议，花去多少会议经费，晋国使者的腿都跑断了，楚国只不过给你一点小钱，你就敢背叛晋国。这要是轻饶了，以后晋国还怎么当这个霸主国？而且郑国的背叛在国际上造成的影响很坏，让晋国十分被动。

郑国是春秋霸主风向标，他倒向谁，多半意味着谁将得势，一看晋国失去了郑国，难免让人猜测晋国是不是又有什么搞不定了。果然，第二年，老实了很久的秦国马上跟白狄人合作，前来进攻晋国。

看来，要想坐稳中原霸主的位置，就必须彻底征服郑国。晋景公也没太着急，他的手上握着郑成公，还怕郑国不服？

正当晋景公信心十足的时候，他收到了一个消息，这个消息让他的心里一凉。

郑国人非但没有就赎回国君前来谈判，反而攻打起许国来。而接下来的消息更让晋景公脸有点黑了。

郑国人已经立了新国君，而且一立还是两个。先是立了公子繻。公子繻在国君的位置上坐了一个月，就被杀掉，郑国人重新立了郑成公的儿子

第十八章　晋国的复霸

髡顽。看来，郑国人对被关在晋国的郑成公漠不关心，反而十分热情地搞起国内斗争。

这就麻烦了，本以为抓了郑成公是个人质，可以威胁郑国，谁知道人家根本不怕你撕票，郑国国内有一大批人甚至巴不得你撕了票，他们有许多候补的人等着当郑成公的接班人。

眼见郑成公这个奇货可居的物品就要砸在手上，甚至比货烂在手上还麻烦。这个大活人，杀了会被国际社会批判，留着浪费粮食。栾书也急了，连忙发兵进攻郑国，表示要把郑成公还回去。好在郑国也没有拒绝，而且为了赎回郑成公，把郑襄公庙里的钟送给了晋国。

郑国的态度是很好的，不过这个送钟是什么意思，我就不太理解了。

无论怎样，事情总算有转机了。接下来，郑国跟晋国以及众诸侯一起开了一个会，谈妥了各项事宜。最终，郑国送出一名卿士，换回了郑成公。

算起来，郑成公已经在晋国吃了大半年的牢饭，而郑成公能够成功回国，还要多亏了国内的斗争搞得热火朝天。

原来，这原本就是郑国的计划，攻打陈国，选取新君，都是郑国故意做出的姿态，想让晋国误判郑国根本不在乎郑成公。至于后来的公子互相攻杀，那是郑国人假戏真做，确有人想趁机抢夺国君之位。要不是这些人真的见了血，哪能这么容易骗到老道的晋国人。

想出这个主意的人是郑国大夫叔申，可郑成公回国之后的第一件事情就是杀了叔申和配合演出的大夫。

我可不管你是不是为了做戏给晋国看，你们搞得这么真，差点让我成了先君，就不能放过你们！

君子对此大为感叹，认为叔申虽然忠诚，但可惜跟错了人。

看来，古人早就清楚，出来混，跟对人很重要。

经过这一番折腾，郑国果然老实了许多，在此后的数年里，都没有做出对晋国不敬的事情来。

可惜这一幕，晋景公是看不到了。在栾书攻打郑国，将郑成公送回国时，晋景公已经重病在身，并从国君的位置上退下来，让太子主政了。

关于他的病，据史书记载起源于一个噩梦，而这个噩梦又跟春秋最广为人知的一个故事有关，这就是《赵氏孤儿》。

第十九章

赵氏孤儿

《第十九章》 赵氏孤儿

公元前583年，晋景公下达了一个命令，诛杀国内的大夫赵同、赵括以及这两人的族人。

这两人是赵盾的兄弟，大家可能还记得在邲地之战中，这两人曾经同先縠一起，执意要跟楚国交战，结果导致晋军大败。先縠一族已经被灭掉。这两位却因为背景深厚，一直安然无恙，现在突然被晋景公抓出来打倒，倒不是追究邲地之战的责任，而是因为一个女人。

这个女人叫赵庄姬，是晋成公的女儿、赵朔的老婆。而赵朔是赵盾的儿子。从辈分上讲，赵庄姬是赵同跟赵括的侄媳妇。

这一年，赵庄姬向晋景公汇报了一个情况：赵同、赵括两个人准备造反。

赵同、赵括到底有没有造反是个疑案，但赵庄姬突然做出这种大义灭亲的行为，是因为赵同、赵括大义灭过她的亲爱的。

两年前，赵庄姬被人揭发检举跟大夫赵婴有奸情，这位赵婴是赵盾的兄弟、赵朔的叔叔。也就是说赵庄姬与赵婴之间的关系属于跨越年龄、有违伦理的关系。介绍一下，据记载赵朔那时已经去世。赵庄姬身为寡妇，

惊人一鸣

没有守住杏墙，搭了一个梯子让叔叔赵婴爬了进来。

这个消息一出来，可谓举国哗然，赵家人的脸面都没有了。赵家的族长赵括跟赵同商量了一下，决定这个事情不能置之不理。为了挽回赵家的声誉，必须将赵婴赶出晋国。

于是，两位组织召开了族内大会，一致通过了驱逐赵婴的决定。

听说族里要驱逐自己，赵婴连忙找到两位大哥，苦苦哀求，说出了几句石破天惊的话："有我在，栾书不敢作乱，如果我不在了，二位兄长就会有灾祸。再说人各有才能，放我一马，对你们没什么坏处啊！"

没有你，我们还混不下去了？赵同、赵括完全不在乎，让他赶紧收拾东西走人，晚了就不是驱逐这么简单了。

无奈之下，赵婴只好逃到齐国。从后面的事情来看，这可能还是一件好事。

赵家这棵大树虽然枝繁叶茂，但主干已经空了，倒下只是迟早的事。

在晋景公重新划分六军十二卿的时候，赵家还有三人入选，赵同任下军佐，赵括任新中军佐，曾经在郑地之战闹事的赵旃也当上了新下军佐。

但政治场上，人多不是什么优势。而且从历史记录来看，自从郑地之战后，赵家就渐渐失去了晋景公的信任，很少率军出战。晋景公时期最重要的一战鞌地之战，就没有赵家人的身影。

按理说，家族已经出现危机，赵家兄弟应该引起警惕。但赵家兄弟躺在先人的功劳簿上，极为骄横。比如赵同曾经有一次献狄人俘虏给周王室，竟然对周王室不恭敬。结果周王室马上祭出乌鸦嘴，咒骂赵同不到十年就会完蛋。

《第十九章》 赵氏孤儿

被赵庄姬告状时，正好跟被周王室诅咒相隔十年。这个精准度着实让叹服。

一般来说，春秋时期女人不参政，赵庄姬虽然是晋成公的女儿，但想告黑状也是不容易的。但赵庄姬很快说出了一句话，让晋景公不得不慎重对待。

"栾、郤可以作证。"

栾，栾书，晋国上卿，晋国中军主将。郤，郤氏家族，自从郤克取胜鞌地之战后，郤家已经隐隐成为晋国的第二世家。

栾书跟郤家的人信誓旦旦作证，赵庄姬说的都是真的，赵家人真的要谋反。

晋景公想了一下，说道："既然赵家要反，那他们也没有在晋国存在的必要了。"

赵同、赵括遂被诛杀。

这是一起冤假错案。赵庄姬报案，是为了给赵婴报仇，而栾、郤作证，则是典型的政治斗争。

在鞌地之战中，晋国形成了新的权贵集团，这其中的骨干就是鞌地之战的主将：郤克、栾书、士燮。这三位在战斗中结下友谊，回国后相互吹捧，跟老牌世族赵氏家族形成了对抗之势。再考虑到赵盾这"夏日之阳"执政时，打压其他氏族，得罪的人比他爹赵衰提拔照顾的还要多，就知道赵家在晋国树敌太多。

早就看你们赵家不爽了，现在你们赵家没有人才却占了三个卿士的指标，不灭你灭谁？

惊人一鸣

看到赵同跟赵括被杀，赵庄姬着实出了一口气，可后面族灭的消息传来，赵庄姬慌了。说起来，她是赵家的媳妇，她的儿子赵武也是赵家族人。

虽然赵盾当年把嫡宗的位置让给了赵括，赵武不过是赵氏家族的庶宗，但要是扩大化一下，杀了也没人替他喊冤。无奈之下，赵庄姬只好把儿子接到晋景公的宫中。

虽然赵武的命保住了，但赵家的田地被分给了别人，在晋国如日中天的赵家一夜之间被连根拔起。

关键时刻，厚道人出场了。韩厥找到了晋景公，表示以赵衰跟赵盾的忠心，却没有后代，只怕为善的人都会因此害怕。所以，虽然他们的后代为恶，但看在这俩人的分上，也是可以原谅一次的。

韩厥以前是赵盾的家臣，赵盾一力提拔过韩厥。现在，韩厥也算是回报赵盾。而且韩厥采取了很高明的劝说手段，他没有替赵同、赵括翻案，而是搬出了赵衰、赵盾两人说情。

晋景公叹了一口气，下达了命令，立赵武为赵氏继承人，先前剥夺的赵氏田地尽数归还给他。

以上是《左传》的记载，但在《史记》里，有一个更为精彩的记录。

在《史记》的记载中，突然冒出了一个大奸臣屠岸贾，据说这个屠岸贾是晋灵公的宠臣，对赵盾弑杀晋灵公一事怀恨在心。在晋景公三年的时候，屠岸贾当上了司寇，要重新审理此案。于是，屠岸贾召集晋国的将军，表示晋灵公被弑一案，赵盾虽然不知道，但依然是逆贼之首。现在他的后代还在朝中为官，这怎么可以？所以请大家一起出力，诛杀赵家。

这个提议遭到了韩厥的反对。散会后，韩厥还通知赵朔逃跑（《左

第十九章　赵氏孤儿

传》中赵朔已经死了）。赵朔不肯逃跑，只是把后人托付给韩厥。不久后，屠岸贾擅自率兵在下宫袭击赵氏，杀死了赵家所有的大夫，包括《左传》记述中逃到齐国的赵婴。

此时，赵朔的妻子怀有身孕，走投无路之下，逃到了晋景公的宫中躲藏。

接一来，最具戏剧色彩的一幕出现了，赵朔的一个门客叫公孙杵臼，他找到了赵朔的朋友程婴，质问道："你的朋友被灭族了，你怎么还不死？！"程婴平静地告诉他，赵朔的妻子有身孕，如果是男孩，我要抚养他，如果是女孩，我再死不迟。

不久后，赵朔的妻子分娩，生下了一个男孩。大反派屠岸贾自然要斩草除根，冲到宫中搜查。赵夫人将婴儿藏在了裤子里。大概是春秋时期大家穿得比较宽松，塞进一个婴儿外面还看不出来。赵夫人祷告："如果赵家注定要灭宗，你就哭吧，如果不灭，你就不要出声。"屠岸贾前来搜索时，神奇的一幕出现了，婴儿竟然没有哭一声。

搜查未果，屠岸贾只好愤然离去。这时候，程婴再次出现，他告诉公孙杵臼，屠岸贾这次搜不到，以后一定还会再来。这个孩子总有一天会被搜出来的。

沉默了一会儿，公孙杵臼反问了一个问题："立孤与死，哪个难一点？"

程婴怔了一下，他马上明白过来，于是，郑重回答道："死容易，立孤难。"

公孙杵臼露出了一丝从容的微笑："赵氏的先君待您不薄，您就勉为其难做难事，我去做那件容易的事吧，请让我先死！"

数天后，程婴突然跑到屠岸贾面前，告诉对方，只要给我千金，我就告诉你赵氏孤儿在哪里。屠岸贾十分高兴,马上答应了这个请求。

在程婴的带领下,在一座隐秘的山中,屠岸贾果然找到了公孙杵臼。

一见程婴带着兵马前来,公孙杵臼跳起来大骂,并抱着一个婴儿苦苦哀求,表示愿一命换一命。

屠岸贾没有心情跟公孙杵臼谈条件,直接杀死了公孙杵臼跟婴儿,心满意足地离开了。

不久后,程婴带着得来的千金消失在晋都。

十二年之后,晋景公生病了,请人过来占卜,结果显示是因为曾经为晋国立下大功的后代不顺利,所以作怪。

晋景公找来了韩厥,这位是晋国的老人了,没有人比他更清楚晋国的情况。

听到这个宣召,韩厥知道自己苦苦等待的机会来了。十二年前,他被赵朔托以重任,现在终于是兑现这个重托的时刻了。

韩厥告诉晋景公,当年立下大功之人的后代在晋国断绝香火的,应该就是赵氏了。祖先有大功,后代就是有罪,也应该受到庇护。当年你灭了赵氏宗族,晋国人都为之悲哀,所以现在占卜出这个结果。

想不到自己的病跟赵家有关,晋景公连忙问道:"赵氏还有后人吗?"

"有的!"韩厥激动地站起来。

赵家的确还有后人。这个后人就是十二年前,屠岸贾认为自己杀掉的赵朔遗腹子,姓赵名武。

当年程婴跟公孙杵臼玩了一个调包计,两人找到一个婴儿替代赵朔之

《第十九章》 赵氏孤儿

子,然后,两人分工合作,公孙杵臼以死换来了屠岸贾的相信。程婴则活下来,带着真正的赵朔之子逃往他乡,隐居起来。

程婴大概一直跟韩厥有联系,所以韩厥同样知道这个遗腹子的存在。

接下来,韩厥将赵朔遗腹子的事情全盘托出。晋景公就此决定为赵家翻案,晋景公令韩厥将小孩接到宫中,然后趁众将进宫探病的机会,引见赵朔的遗腹子。将军们大概也猜到了国君的意思,纷纷指责屠岸贾伪造君令,发动了下宫之难。

最终,晋国将军一起进攻屠岸贾,成功铲除大反派。赵武继承赵家封地,再振赵家宗室。

到了赵武成年的时候,程婴告诉赵武:"当年下宫之难,所有人都能赴死。我之所以不死,是为了扶立赵氏后人。现在你已经长大成人,恢复爵位,承袭祖业,我也要到地下给你爷爷赵宣子跟公孙杵臼报个信了。"

赵武啼哭叩头,挽留程婴。

程婴摇摇头:"当年公孙杵臼在我之前死去,是因为相信我可以完成使命,现在我不去复命,只怕他会认为我辜负所托。"

程婴就此自杀,去完成人生使命中最后的一环。而赵武为程婴守孝三年,春秋祭祀,世代不绝。

这个故事就是史记中颇具传奇色彩的《赵氏孤儿》。此故事因为充满忠义、复仇、悲剧等流行元素,自产生之日起就为国人所熟悉,并演绎出许多版本,比如说公孙杵臼用来调包的其实是自己的儿子,赵武没有逃往他乡,而是潜到屠岸贾的家中,当了屠岸贾的义子等等。这些只能算来源于历史,又高于历史了。

其实,这种再创作的风潮并不是后人的独创。关于这个记录,《史记》作者司马迁可能也进行了一些文艺上的再创作。

根据后人分析，《赵氏孤儿》这个故事极有可能并不是历史真实事件。《左传》的记录应该更接近史实。《史记》中淫乱的赵庄姬不见了，赵家内斗也不见了，取而代之的则是赵家门客以及朋友忠贞的记录。出现这样的差别，是因为司马迁在创作《史记》时，采纳了一些战国时期的传奇故事。大家都知道的，战国七雄之一赵国就是赵盾的后人建立的。在战国，谁敢编派赵国先人的绯闻？

虽然《左传》跟《史记》在这个故事上罕见地出现了极大的差异，但它们同时都提到了一个噩梦。

一天晚上，晋景公梦见门外有一个恶鬼。这个恶鬼有长长的头发，长到拖到了地上。见到晋景公后恶鬼捶胸顿足："你杀了我孙子，我今天要来报仇！"

晋景公大惊失色，不过一会儿，这个恶鬼发起狂来，接连捣毁了宫门以及寝门冲了进来。晋景公连忙蹿进了内室，可恶鬼紧追不放，又撞坏了内室的门。此时，晋景公满身大汗地醒来，身体犹如虚脱一般。

惊醒之后，晋景公连忙请来了桑田的一位巫师。经过占卜，得出这是一个噩梦。至于是什么噩梦，史书没有记载，但大致推断一下就可以知道，这梦中的恶鬼多半就是赵盾。赵盾生前是"夏日之阳"，手上沾有不少大夫的鲜血，就是变成了鬼，也是极为凶悍的厉鬼。

晋景公当年灭了赵盾的家族，多半是借题发挥，打击一下晋国卿室的力量。从内心来说，自觉还是对不起赵盾，这才有了心魔。

"那会怎么样？"惊魂未定的晋景公问道。

《第十九章》 赵氏孤儿

桑田巫师给出了一个不吉利的判断："国君吃不到新出的麦子了。"

没过多久，晋景公就病了。病得还很重，遍寻晋国的名医都没有办法治好，最后晋景公只好派人到秦国求助。秦国的国君秦桓公不计前嫌，派了一个名医前来给晋景公看病。

在名医没来之前，晋景公又做了一个梦。他梦到他的病化形为两个小孩。俩小孩在他的身体里大摇大摆地聊天，一个小孩大概趴在他的血管上说："兄弟，秦国来的是个名医，这次恐怕我们逃不掉了。"另一个小孩冷笑一声："我们躲到肓的上面、膏的下面，看他能拿我们怎么办。"

不久后，秦国名医来到晋都，仔细给晋景公检查过身体后，摇了摇头："国君的病已经治不好了。病在肓之上，膏之下，无论是用灸，还是用针，或者是用药物，都达不到这个地方。"

在古代医学里，"膏"指心尖脂肪，而"肓"则是心脏与膈膜之间的地方。后人常用"病入膏肓"表示病情严重，无药可医。

顺便说一下，这个名医史书记载名字为缓。这可能跟当时史书记载的习惯有关，春秋的史书，一般是士大夫才记载名字，士大夫才能称之为"人"。不是士大夫是不记载名的，而是根据当时的情况安个名字。为这个秦国名医冠以缓名，大概就是说他来迟一步，来得太缓了。

晋景公愣住了，过了一会儿，才叹了一口气："你的确是一名良医。"随后，他给缓医生包了一个大红包，送他回了秦国。

晋景公大概也接受现实，准备后事了。可他还是有一点不服气：自己真的就吃不到新麦了？

到了六月的时候，新麦出来了。晋景公还活着，能吃能睡。晋景公十分生气,连忙叫人献上新麦,又把桑田的巫师叫过来,把用新麦做好的饭端给他看。

"你不是说寡人吃不到新麦了吗?这不是新麦是什么?"意气风发的晋景公当场下令将这个妖言惑众的巫师拖出去斩了。

不知道,桑田之巫有没有算到自己会以这种方式死去。

杀了桑田之巫,晋景公出了一口恶气,刚端起碗准备吃饭,突然感觉肚子发胀。晋景公放下碗就往厕所里跑,结果戏剧性的一幕发生了。可能因为还没吃饭,晋景公的血糖有点低,头昏眼花,看不清路,一不小心,掉在厕所里淹死了。

呜呼哀哉,这还不如病死呢!

春秋史官左丘明用了"将食,张,如厕,陷而卒"八个字生动简洁地描述了晋景公的悲剧结局。后人也沿用"如厕"两个字来形容上厕所一事。

又据左丘明记载,这一天的早上,有一个宦官梦见自己背着晋景公上了天。结果,到了中午的时候,他发现了晋景公失足趴在粪坑里,太监连忙把国君背上来。可惜古代没有普及人工呼吸的知识,不然晋景公尚有救也未可知。

这个太监马上把这个情形跟自己的梦联系起来,也许觉得新奇,又或者还有一点炫耀的成分,就把这个梦说了出来。

晋国大夫们的反应很干脆。你不是梦到背国君上天吗?现在国君死了,你送佛送到西天,干脆给他陪葬去吧。

这就是晋景公的离奇死亡事件,把晋景公这个不开心的事情说出来,想必大家也能开心一点。但不要忘了我们的主旨,读史不但要怡情,还要

《第十九章》 赵氏孤儿

明智。通过读史增加自己的智慧，开拓自己的眼界，在以后的生活、工作当中能够趋利避害。

在这个事件中，晋景公的死虽然离奇，但也没什么可深究的。毕竟这只是一个意外事件，顶多教育我们不要空腹上厕所。这件事情中有两个人物，可谓是倒霉蛋。一个是桑田之巫，一个是背晋景公的太监，这两位，其中一个被晋景公杀了，一个给晋景公陪了葬。

他们因何而死呢？史家评判："巫以明术见杀，小臣以言梦自祸。"

桑田之巫，巫术高明，却不懂得低调，而是炫耀自己的巫术。太监呢，更没有把紧自己的嘴门，把自己的梦当成一件得意事张扬，结果都倒了大霉。这个事情告诉我们，说话一定要慎重，做事一定要谨慎，尤其是不好的事情，更要特别小心。不要一时得意忘形，跑去围观、评论、宣扬。

孔子老师就教导我们说："言寡尤，行寡悔，禄在其中矣。"

不要随便乱说话，做事不要太冲动，升职加薪的窍门就在这里面了。

一代霸主就这样以极为戏剧性的方式结束了自己的生命。值得一提的是，晋景公死时，鲁成公正好到晋国来访问，碰巧赶上了这件事。晋国人也很不厚道，强行把鲁成公留了下来为景公送葬，结结实实地让鲁成公给晋景公当了一回孝子。

晋景公卒了，这位晋国国君在他所处的时代，也是一位极为顶尖的人才，只是才能要略逊于楚国的楚庄王。好在，他比楚庄王活得长，终于抓住生命最后的十年，征服强齐，收服顽郑，使晋文公开创的霸业得到了复苏。

当然，就成就而言，晋景公的霸业还是略显逊色。而且晋景公对霸主一职理解得不够透彻，在晚年搞出了一些让人哭笑不得的乌龙事件。这其中，又以"汶阳之田"事件最为有名。

"汶阳之田"指山东大汶河以北的一片田地，这里土地肥沃，是著名的产粮区，因为地处齐鲁边境，所以也是外交事件多发地段。围绕着这块"汶阳之田"，齐鲁两国发生了许多有趣的事情。

在齐桓公鲁庄公的时候，齐国曾经发兵抢走这块地皮。结果在两国元首会议上，鲁国大夫曹刿掏出一把匕首抵住齐桓公，迫使齐桓公答应归还"汶阳之田"。

会盟结束后，在管仲的劝告下，齐桓公遵守承诺，归还此地，一举取信于诸侯，奠定了霸业的信用基石。

从这件事上看，可以得知"汶阳之田"一直是鲁国的固有国土。

在齐顷公的时候，这块土又被齐国抢走了。

鲁成公二年，齐顷公进攻鲁国，因为宠臣卢蒲就魁被鲁国俘获并杀死示众，齐顷公大怒之下，攻取了鲁国的龙地。这块"汶阳之田"就在龙地邑的范围内。

后面的事情大家都知道了。鲁国马上跑到晋国搬了救兵，晋国派出大军在鞌地大败齐军。在齐国签署的投降协议里，就有归还鲁国"汶阳之田"。为此，鲁国第二年还专门派使者到晋国，感谢晋国大哥帮忙夺回了这块宝地。

事情到这里就结束了。可七年后，晋景公突然派出了一个使者到鲁国来，要求鲁国把"汶阳之田"还给齐国。

《第十九章》 赵氏孤儿

原来晋景公收到一个消息，说齐顷公自鞌地之战大败后，回到国吊唁战死的将士，探视受伤的兵卒，七年来没有饮酒吃肉。晋景公很感叹，觉得让他国国君七年不饮酒不吃肉太过分了，还是把从齐国获得的土地还给齐顷公吧。

鲁国人当时就蒙了。这些田本来就是我们鲁国的，怎么叫还给齐国呢？别说齐顷公七年不吃肉不喝酒了，就是七百年不吃不喝，也改变不了"汶阳之田"是鲁国固有领土这个事实啊。

晋景公突然做这个决定，可能并不是心疼齐顷公，而是感到了一丝害怕。齐顷公七年不吃肉不喝酒，那多半是在国内积累力量，万一强大了，说不定就拿"汶阳之田"的事情为借口进攻晋国。

晋景公搞了这么一出，不知道齐顷公领不领情，反正是把鲁国搞毛了。鲁国马上利用舆论上的优势在诸侯国中进行广泛宣传。很快，大家都知道了，晋景公这个霸主有些不靠谱，大家跟着他干，还是要小心点好。

史书没有记载，到底鲁国有没有按照晋景公的要求"还"回那块宝地，但晋国的声望还是受到了严重打击。而这两年正赶上晋国频繁开会，召集诸侯与楚国争夺郑国的关键时刻，要是诸侯们对晋国产生了怀疑，那霸业一夜之间崩溃也不是不可能的事。

为此，晋国准备专门召开一个会跟众诸侯解释这个事情，重申以前的会议精神，也就是"恤病讨贰"，并特别派出士燮去鲁国邀请对方开会。结果，一向老实、唯晋国马首是瞻的鲁国很不满。忠厚老实的季孙行父当场发了牢骚："德行已经衰败了，还开会重提旧盟干什么？"

士燮极其不好意思，讪讪地说道："我们晋国现在也很努力了，又要安抚诸侯，宽厚对待各位，又要替大家抵抗外敌。开个会重申一下盟约，怀柔对待顺服的，讨伐有二心的。这个虽然算不上第一等的德行，也是次一等的德行了。"

什么是第一等的德行，士燮没有说。大概当年齐桓公说的"尊王攘夷"以及晋国提出的"恤病讨贰"就是第一等的吧。齐桓公做到了，晋国没有做到。

从这件事情看出，当霸主实在不是一件容易的事情，一不留神就会犯错。而且当霸主也远不像想象中的那么简单，一方面要面对强手的挑战，一方面还要注意安抚诸侯们的情绪。从这个角度来看，霸主已经变成了诸如学生会会长、协会领导、家委会会长这样的职务，其主要工作，从让大家屈服变成了为大家服务。这个理念，应该还是第一届霸主齐桓公留下的优良传统。

除这件关于"汶阳之田"的事办得不伦不类之外，晋景公还犯了不少的错误，比如对他国国君不尊敬。有次鲁成公好心来聘问，结果也不知道晋景公办了什么不讲究的事情，气得鲁成公回国后差点决定投靠楚国，最后还是鲁国的大夫劝住了，认为晋君虽然无礼，但毕竟现在正得势，国力强盛，群臣和睦，而且跟我们国家又近。最重要的，好坏还都是姓姬的嘛。楚国，那毕竟不是咱们一家人。

除有些骄横之外，晋景公还有一些爱贪小便宜、杀人家的使者等等的小毛病。

当然，就晋景公的一生而言，他的错误是次要的，成绩是主要的。而且在生命的最后一刻，晋景公还做了一件极为有益的极具开拓性的事情。

在晋景公去世的前一年，发生了一件小事。而正是这件小事，预告着

《第十九章》 赵氏孤儿

一个旧有时代的结束,一个全新时代的来临。

那一天,晋景公视察军府,看到里面有一个人被捆在军府里,此人明显不是晋国人,因为他戴着南方人的帽子。

"这个人是谁?"晋景公问道。

"这是郑国人献来的俘虏。"下属答道。

两年前,楚国人进攻郑国,讨伐他们投靠晋国,结果反被郑军包围,被俘虏了不少人。为了表示对晋国的敬意,郑国特地送了一批俘虏到晋国,这是其中的一人。

已经两年了,晋国还把人家关在仓库里。这俘虏安置工作也太马虎了些。

晋景公让人给他松绑,并在宫中召见他。经过询问,此人叫钟仪,家里世代都是乐官。

"那你能演奏一下乐曲吗?"晋景公好奇地问道。

钟仪笑了:"我们家世代就是干这个的,我除了这个还能干其他的吗?"

于是,晋景公拿来琴,让他演奏。拿起琴,钟仪演奏了一曲南方的曲子。

晋景公点点头,又问道:"你们的国君怎么样?"

"这不是我这个下官所能知道的事。"钟仪马上说道。

这引起了晋景公的兴趣,大概他也想了解一下自己的对手,于是,晋景公连问数次,一定要钟仪评价一下自己的国君。

想了一下,钟仪回答道:"他做太子的时候,每天早上请教令尹子重,晚上请教司马子反,其他的事情我就不知道了。"

晋景公沉思了一会儿,让钟仪退下,转头问士燮:"爱卿,你怎么看？"

"这个人是个君子，说话时提到先祖的官职，这是不忘本，演奏家乡的曲调，这是不忘旧，只提楚君做太子的事，这是没有私心，直呼两位国卿的名字，这是尊敬您。"士燮对这个乐师大为赞赏，并建议晋景公不如放他回去，以便成就晋楚两国的友好。

晋景公点点头，采纳士燮的建议，对钟仪重加礼遇，并让他回国，促成晋楚两国的和平。

很快，楚国就对钟仪回国事件做出了回应。同年的冬天就派了使者到晋国访问，感谢晋国放回钟仪，并提出愿意进行和平谈判。

这是一个积极的信号。争霸的两方主动开始接触，这暗示着，在中原流行了近百年的争霸风潮似乎走到了尽头。

另一个全新的时代正在绝大多数人沉醉在原有秩序里的时候悄然来临。